O BOM PASTOR

C. S. FORESTER

O BOM PASTOR

Tradução de
Roberto Muggiati

1ª edição

EDITORA RECORD
RIO DE JANEIRO • SÃO PAULO
2020

CIP-BRASIL. CATALOGAÇÃO NA PUBLICAÇÃO
SINDICATO NACIONAL DOS EDITORES DE LIVROS, RJ

F797b
Forester, C. S. (Cecil Scott), 1899-1966
O bom pastor / C. S. Forester; tradução de Roberto Muggiati. – 1ª ed.
– Rio de Janeiro: Record, 2020.

Tradução de: The Good Shepherd
ISBN: 978-85-01-11639-0

1. Guerra Mundial, 1939-1945 – Operações navais – Ficção.
2. Ficção inglesa. I. Muggiati, Roberto. II. Título.

19-54645

CDD: 823
CDU: 82-3(410.1)

Meri Gleice Rodrigues de Souza – Bibliotecária – CRB-7/6439

Título original:
The Good Shepherd

Copyright © C. S. Forester, 1955
Copyright da tradução © 2019, por Roberto Muggiati

Texto revisado segundo o novo Acordo Ortográfico da Língua Portuguesa.

Todos os direitos reservados. Proibida a reprodução, no todo ou em parte, através de quaisquer meios. Os direitos morais do autor foram assegurados.

Direitos exclusivos de publicação em língua portuguesa somente para o Brasil adquiridos pela
EDITORA RECORD LTDA.
Rua Argentina, 171 – Rio de Janeiro, RJ – 20921-380 – Tel.: (21) 2585-2000, que se reserva a propriedade literária desta tradução.

Impresso no Brasil

ISBN 978-85-01-11639-0

Seja um leitor preferencial Record.
Cadastre-se no site www.record.com.br
e receba informações sobre nossos
lançamentos e nossas promoções.

EDITORA AFILIADA

Atendimento e venda direta ao leitor:
sac@record.com.br.

Agradeço ao vice-almirante Ralph W. Christie, reformado da Marinha dos Estados Unidos e ex-comandante de Submarinos no sudoeste do Pacífico, e ao comandante J. D. P. Hodapp, da Marinha dos Estados Unidos, ex-comandante do USS *Hall*.

C. S. F.

Os incidentes descritos neste livro jamais aconteceram. Foram tantos os homens que serviram e ainda estão em serviço na Marinha dos Estados Unidos que é provável que seus nomes se encontrem nas páginas a seguir. Não houve intenção de fazer referência a ninguém vivo ou morto.

1

Naquela hora após o amanhecer, o horizonte não parecia muito distante. A linha onde o céu pálido se encontrava com o mar cinzento não era bem definida; era como se as nuvens taciturnas ficassem mais densas conforme se aproximavam daquele círculo até que, no encontro final, em todos os lados, não houvesse uma transição abrupta, e sim uma simples fusão de elementos gêmeos. Por isso a área confinada sob o céu baixo não era ampla. Além do círculo, em todas as direções, o mar se estendia por quase dois mil quilômetros e, abaixo dele, a água tinha mais de três quilômetros de profundidade; nenhum desses números era compreendido com facilidade pela mente, embora aceitável como fato acadêmico. Três longos quilômetros abaixo jazia o fundo do mar, mais escuro que o centro do mais longo e do mais escuro túnel já construído pela humanidade, sob pressões maiores que quaisquer outras alcançadas em fábrica ou laboratório, um mundo desconhecido e inexplorado, a ser visitado não por homens, mas talvez por seus corpos mortos encerrados e amalgamados aos caixões de ferro dos seus navios afundados. E os grandes navios, tão imensos e tão sólidos para o homem insignificante, chegavam ao fundo do mar, à escuridão e ao frio do lodo imemorial, sem mais afã ou alvoroço do que uma partícula de poeira causaria ao cair no chão de um salão de baile.

Na superfície, a área limitada circunscrita pelo horizonte próximo acolhia muitos navios. As vagas compridas e cinzentas do nordeste varriam a área numa sucessão interminável, cada uma demonstrando seu poder ilimitado. A cada uma que chegava os navios prestavam obediência, balançando para um lado, erguendo a proa, que se lançava em direção ao céu, e depois balançando para o outro lado, baixando a proa, a popa elevada, deslizando pelo longo declive antes de iniciar o balanço seguinte e o caturro e a arfagem seguintes, a subida seguinte, a descida seguinte; havia muitos navios em muitas fileiras e muitas colunas e, observando os navios, o curso e a posição de cada onda podiam ser traçados diagonalmente através de fileira e coluna — navios aqui se elevando na crista e ali mergulhando na depressão até que apenas o topo dos seus mastros era visível, navios aqui seguindo as ondas para bombordo e navios ali seguindo as ondas para estibordo, aproximando-se uns dos outros e se afastando, por tanto tempo quanto a paciência permitia observar.

E os navios eram tão diversificados quanto seus movimentos — navios grandes e pequenos, embarcações frágeis e robustas, cargueiros e navios-tanque, embarcações novas e velhas. Todos, no entanto, pareciam inspirados por uma vontade, todos rumando obstinadamente para o leste, suas breves esteiras todas paralelas; além disso, se fossem observados por certo tempo, daria para ver que depois de longos intervalos irregulares eles mudavam a direção alguns graus a bombordo ou alguns graus a estibordo, os navios da retaguarda seguindo seus líderes. Mas, apesar dessas variações de rumo, logo ficaria evidente ao observador que a direção geral resultante da massa de navios era para o leste, teimosa e constantemente, de modo que a cada hora que passava eles tinham coberto pouco mais dos quase dois mil quilômetros que os separavam da sua meta ao leste, qualquer que fosse. O mesmo espírito inspirava cada navio.

Ainda assim, a observação contínua também revelaria que o espírito que os inspirava não era infalível, que esses navios não eram máquinas impecáveis. Dificilmente uma dessas alterações de rumo não provocava uma crise em algum lugar entre aqueles trinta e sete navios. Isso já seria esperado pelo observador experimentado mesmo que cada navio fosse uma máquina não sujeita à condução humana, porque cada navio era diferente dos seus vizinhos; cada um reagia com leve diferença ao controle do leme, cada um era influenciado de maneira diferente pelas ondas que o golpeavam de frente, na proa, ou no costado, cada um deles influenciado de maneira diversa pelo vento. Com navios separados por pouco mais de meio quilômetro de um lado e por menos de meio quilômetro do outro, essas pequenas diferenças de comportamento se tornavam questões de intensa importância.

Isso teria sido verdade ainda que cada navio fosse perfeito por si só, o que estava longe de ser o caso. Os motores laboriosos que roncavam em cada um deles não eram capazes de um desempenho consistente, nem o combustível era uniforme e, à medida que o tempo corria, os tubos poderiam ficar entupidos e as válvulas poderiam grudar e assim os hélices acionados pelos motores não girariam num ritmo regular. E as bússolas podiam não ser completamente fiéis. E, com o consumo de combustível e suprimentos e a consequente mudança de deslocamento, o empuxo dos hélices traria um resultado diferente, ainda que por um milagre eles fossem mantidos numa velocidade regular. Todas essas variáveis poderiam acarretar uma relativa mudança de posição de apenas alguns centímetros em um minuto, mas naquelas colunas compactas de navios uma diferença de poucos centímetros em um minuto poderia causar desastres em vinte minutos.

Acima e além de todas essas variáveis havia a variável humana, a maior variável de todas. Mãos humanas giravam timões, olhos humanos observavam os instrumentos, a habilidade humana mantinha a agulha das bússolas estável. Todo tipo de homem, de reações lentas ou rápidas, homens cautelosos ou temerários, homens de vasta experiência e homens quase sem nenhuma; e as diferenças entre os homens eram de maior importância do que as diferenças entre os navios; estas diferenças poderiam causar desastre em vinte minutos, mas a variável humana — uma ordem descuidada ou uma ordem mal entendida, um timão girado no sentido errado ou um cálculo que chega à conclusão errada — poderia causar desastres em vinte segundos. As alterações de rumo eram dirigidas pelo navio líder na coluna do centro; baixar as bandeiras de sinalização que drapejavam presas aos seus cabos indicava o momento exato em que a manobra deveria começar, uma de uma série de manobras planejadas dias antes. Era fácil demais executar uma manobra errada; era mais fácil ainda sentir uma ligeira dúvida em relação a qual manobra deveria ser realizada; era igualmente fácil duvidar da competência de um vizinho. Um homem cauteloso poderia se demorar antes de dar a ordem, esperando para ver o que os outros estavam fazendo, e esses momentos de atraso poderiam fazer com que a proa de um navio da coluna seguinte apontasse bem para o costado, o centro e o coração, do navio que hesitava. Um toque podia ser fatal.

Comparados à imensidão do mar em que flutuavam, os navios eram minúsculos, insignificantes; poderia parecer milagroso que atravessassem aquela imensidão diante das forças da natureza e chegassem com segurança ao seu destino. Foi a inteligência e a engenhosidade humana que tornaram aquilo possível, o acúmulo de conhecimento e experiência desde que a primeira pedra foi lascada e os primeiros desenhos de sinalização foram rabiscados. Agora, era a inteligência e a engenhosidade humanas que aumentavam os perigos. Havia ameaça naquele céu que baixava e naquelas ondas enormes e, no entanto, apesar daquela ameaça, os navios continuavam suas manobras complicadas e difíceis, amontoados e a um fio de cabelo do desastre, pois, caso interrompessem aquelas manobras, caso se espalhassem para manter uma distância mais segura, se defrontariam com um desastre ainda pior.

Milhares de quilômetros à frente, havia homens esperando a chegada daqueles navios, homens, mulheres e crianças, embora não soubessem da existência daqueles navios em particular, nem conhecessem seus nomes, nem os nomes dos homens dentro deles, com menos de dois centímetros de ferro separando-os da fria imensidão do mar. Se aqueles navios, se milhares de outros navios igualmente desconhecidos, não chegassem ao destino, os homens, as mulheres e as crianças que esperavam sua chegada ficariam com fome, com frio, doentes. Poderiam ser estraçalhados por explosivos. Poderiam sofrer um destino ainda pior — um destino que, haviam decidido anos antes, com frieza, seria pior; poderiam ser subjugados por um tirano de pensamento estrangeiro, ter suas liberdades arrancadas e, nesse caso — sabiam por instinto, ainda que não fossem capazes de dedução lógica —, não só eles, mas toda a raça humana sofreria e a liberdade entraria em declínio no mundo inteiro.

A bordo dos navios havia homens imbuídos do mesmo conhecimento, ainda que esse conhecimento fosse esquecido na urgência de manter o posto e sustentar o rumo e a velocidade, e ainda que no mesmo navio com eles houvesse muitos homens que não tivessem esse conhecimento, homens que se encontravam ali entre aqueles perigos por outras razões ou por razão nenhuma, homens que desejavam dinheiro, ou bebida, ou mulher ou a segurança que o dinheiro pode às vezes comprar, homens com muito a esquecer e idiotas sem nada a esquecer, homens com filhos para alimentar e homens com problemas difíceis demais para encarar.

Eles estavam empenhados na tarefa de manter os hélices girando ou de manter os navios flutuando ou de mantê-los em suas posições ou de mantê-los em condições de funcionamento, ou estavam engajados em alimentar os homens que se ocupavam dessas tarefas. Entretanto, enquanto executavam seus deveres, por motivos altaneiros ou sórdidos ou sem nenhum motivo, não passavam de peças dos navios em que serviam — não mecanizadas em nenhuma tolerância mensurável graças a sua variabilidade humana —, e eles, ou seus navios (para não diferenciar os navios das suas tripulações), eram coisas pelas quais valia a pena lutar, coisas a serem protegidas por um lado ou destruídas por outro; coisas a serem escoltadas através do oceano ou coisas a serem despachadas para as profundezas gélidas.

2

Quarta-feira
Quarto matutino: 0800 — 1200

Havia aproximadamente dois mil homens no comboio; havia mais de oitocentos nos quatro contratorpedeiros e navios de escolta que o protegiam. Expressando valores inúteis quase imensuráveis, três mil vidas e propriedade estimada em cinquenta milhões de dólares estavam sob a responsabilidade do comandante George Krause, da Marinha dos Estados Unidos, 42 anos, um metro e oitenta, pesando setenta quilos e trezentos gramas, porte médio, cor dos olhos cinzenta; e ele não era só o comandante da escolta, mas o capitão do contratorpedeiro *Keeling*, da classe Mahan, com mil e quinhentas toneladas a serem deslocadas, posto em serviço em 1938.

Esses eram os fatos puros; e fatos podem significar pouquíssimo. Bem no centro do comboio estava o navio-tanque *Hendrikson*; não era de nenhuma importância que constasse nos livros contábeis da companhia, sua proprietária, que ele estivesse avaliado em um quarto de milhão de dólares e que o petróleo que carregava valesse outro quarto de milhão. Isso não significava literalmente nada; mas o fato de que, se ele chegasse à Inglaterra, sua carga forneceria uma hora de combustível para toda a Marinha britânica, era algo importante demais para ser mensurado — que preço em dinheiro se pode atribuir a uma hora de liberdade para o mundo? O homem sedento no deserto não dá nenhuma importância ao seu bolso cheio de dinheiro. No entanto, o fato de que o comandante Krause pesava na balança setenta quilos e trezentos gramas poderia ser de apreciável importância; poderia ser a medida da velocidade com que alcançaria o passadiço numa emergência e, uma vez no passadiço, poderia dar uma leve indicação da sua capacidade de suportar a tensão física de ficar lá. Isso era muito mais importante que o valor contábil do *Hendrikson*; era mais importante até do que os homens que eram seus proprietários, embora eles pudessem não acreditar nisso, sem jamais ter ouvido falar do comandante George Krause da Marinha dos Estados Unidos. Nem estariam minimamente interessados em saber que ele era filho de um pastor luterano, que havia sido criado com devoção e que era um homem bastante familiarizado com a Bíblia. No entanto, essas eram questões de primordial importância, pois numa guerra o caráter e a personalidade do líder são decisivos nos acontecimentos, muito mais do que meras questões de material.

Ele estava na sua cabine, depois de sair do chuveiro e se enxugar com uma toalha. Era a primeira oportunidade que tivera em trinta e seis horas de tomar um banho, e não esperava ter outra tão cedo. Este era o momento sagrado depois do fim do alarme geral, com o dia já totalmente claro. Havia colocado as roupas de baixo grossas, feitas de lã, a camisa e a calça, as meias e os sapatos. Tinha acabado de pentear os cabelos — um gesto um tanto mecânico, pois os pelos eriçados cor de camundongo, recém-aparados, não eram suscetíveis a nenhum tratamento. Olhou no espelho e verificou que seu barbear fora impecável. Seus olhos (cinzentos por cortesia; mais castanhos que cinza, e com uma qualidade pétrea) encontravam-se com aqueles refletidos no espelho sem nenhum reconhecimento ou empatia, como encontrariam os de um estranho — pois Krause era na verdade um estranho para si mesmo, alguém a ser encarado de forma impessoal se merecesse sequer ser encarado. Seu corpo era algo a ser empregado em serviço.

O banho e a barba, colocar uma camisa limpa a esta hora da manhã, tudo isso de se vestir com o dia já adiantado, era uma distorção da ordem adequada das coisas causadas pelas exigências da guerra. Krause já estava de pé havia três horas. Dirigira-se ao passadiço na escuridão antes que soasse o alarme geral, pronto para a crise que a alvorada poderia trazer, e havia ficado ali enquanto a escuridão da noite se transformava lentamente no cinza do amanhecer, com seu navio e seus homens prontos para a ação. Com o dia já totalmente claro — se é que aquela melancólica imensidão cinzenta merecia ser referida assim —, as divisões de serviço do navio se recolheram e ele podia receber breves relatórios dos seus chefes de divisão, inspecionar com seus próprios olhos, com a ajuda de um binóculo, os navios de combate sob seu comando a estibordo e a bombordo, e a vasta massa do comboio manobrando ao longe na popa. Com o amanhecer uma hora atrás, seria possível considerar que o momento mais seguro do dia havia chegado e Krause poderia em breve se recolher. Poderia fazer suas preces de joelhos. Poderia tomar seu café da manhã. E então poderia tomar banho e trocar de roupa, embora parecesse bastante irregular fazer isso a esta hora e não no começo de um novo dia.

Afastou-se do estranho no espelho, satisfeito por estar adequadamente barbeado, e então ficou parado, com uma das mãos nas costas da cadeira olhando para o convés sobre o qual estava.

— Ontem, hoje e por toda a eternidade — disse para si mesmo, como sempre o fazia depois que passava por sua própria inspeção.

Era uma passagem de Hebreus, 13; marcava o fato de que ele iniciava um novo estágio nesta sua jornada pelo mundo transitório, para a sepultura e a imortalidade além dela. Deu a necessária atenção a essa sequência de ideias; e com sua mente assim ocupada seu corpo automaticamente recuperou o equilíbrio, pois o navio balançava e caturrava e arfava como só um contratorpedeiro é capaz de balançar e caturrar e arfar — como balançava e caturrava e arfava sem cessar nos últimos dias. O convés subia e descia sob seus pés, inclinando-se para bombordo e para estibordo, para vante e à ré, às vezes parecendo mudar de ideia, com um tremor, no meio de um movimento, interrompendo o ritmo do chocalhar da escassa mobília da cabine sob o impulso da vibração dos hélices.

Dos vinte anos transcorridos desde a formatura de Krause em Annapolis, treze foram passados no mar, principalmente em contratorpedeiros, o que deixara seu corpo acostumado a manter o equilíbrio num navio agitado, mesmo naqueles momentos em que Krause pensava na imortalidade da alma e na transitoriedade das coisas terrenas.

Krause ergueu os olhos e estendeu o braço para pegar o suéter, a próxima peça que planejara vestir. Antes que sua mão tocasse nele ouviu uma forte batida do sino na antepara e do tubo de comunicação saiu a voz do tenente Carling, que assumira o posto de imediato quando as divisões de serviço se recolheram.

— Capitão, dirija-se ao passadiço — disse Carling. — Capitão, dirija-se ao passadiço.

Havia urgência na voz. A mão de Krause mudou de objetivo. Ela pegou não o suéter, mas o casaco da farda pendurado no cabide. Com a outra mão Krause puxou de lado a cortina de fibra de vidro que cobria o vão da porta e em mangas de camisas, ainda segurando o casaco, arremeteu para o passadiço. Sete segundos decorreram entre o momento em que o sino soou e o momento em que Krause entrou na casa do leme. Não precisou de outro segundo para olhar ao redor.

— Harry fez contato, senhor — avisou Carling.

Krause saltou sobre o radiotelefone — o TBS, o equipamento para contato entre navios.

— George para Harry. George para Harry. Prossiga.

Ele se virou para a esquerda enquanto falava, observando o mar revolto. Cinco quilômetros a bombordo estava o contratorpedeiro polonês *Viktor*; cinco quilômetros atrás dele vinha o HMS *James*; estava na alheta do *Viktor*, bem a ré; da casa do leme só podia ser visto além da quina da superestrutura e, àquela distância, com frequência não podia ser visto, quando tanto ele quanto o *Keeling* estivessem no vale entre duas ondas. Agora estava fora do seu curso, distanciando-se do comboio, rumo ao norte, presumivelmente seguindo seu contato. Era o *James* que chamava a si mesmo de Harry no código do TBS. Enquanto os olhos de Krause focalizavam o navio, o telefone chiou. Nenhum grau de distorção conseguiria disfarçar a entonação inglesa peculiar da voz.

— Contato distante, senhor. Em rumo três-cinco-cinco. Solicito permissão para atacar.

Onze palavras, uma das quais talvez pudesse ter sido omitida; mas elas apresentavam um problema de enorme complexidade no qual uma série de fatores tinha de ser correlacionada — e para o qual uma solução tinha de ser encontrada no menor número de segundos possível. O olho de Krause procurou o repetidor e uma mente acostumada simplificou um dos fatores num instante. Um contato em rumo três-cinco-cinco ficava, na presente perna do zigue-zague, um pouco adiante a bombordo. O *James*, como navio no flanco da escolta de quatro navios, estava cinco quilômetros a bombordo do comboio. O submarino alemão — se o contato indicava a presença de um submarino alemão, o que não era de modo algum certo — então deveria estar a vários quilômetros do comboio e não muito à frente do bombordo do comboio. Um olhar de relance no relógio; em catorze minutos outra mudança de rumo estava prevista. Esta seria a estibordo, afastando o comboio definitivamente do submarino alemão. Este era um ponto a favor de deixar o submarino em paz.

Existiam outros fatores que favoreciam a mesma decisão. Só havia quatro navios de combate para toda a malha e apenas suficientes quando todos estivessem a postos para cobrir a inteira e imensa frente do comboio com a busca por sonar. Afaste um — ou dois — e mal haveria uma malha, apenas buracos pelos quais outros submarinos alemães poderiam se infiltrar. Era um fator que deveria ser sopesado, mas havia outro fator de ainda maior peso, a questão do consumo de combustível — o fator que havia atormentado a mente de todo oficial da Marinha desde o fim da vela. O *James* teria de navegar à velocidade máxima; ele se distanciaria do comboio. Poderia levar horas fazendo a busca e, qualquer que fosse o resultado, precisaria se reunir com o comboio que, muito provavelmente, estaria se afastando dele durante toda a busca. Isso significaria uma hora, ou duas, ou três, a alta velocidade, com um consumo extra de algumas toneladas de combustível. Havia combustível de reserva, mas pouquíssimo, apenas uma pequena reserva. Seria aconselhável, naquele momento, com a ação apenas no começo, invadir essa reserva? Durante toda a vida de treinamento de Krause nenhum ponto havia sido mais frisado do que afirmar que todo oficial prudente tinha uma reserva disponível para usar na crise de uma batalha. Era um argumento — o argumento constante — a favor da cautela.

Entretanto, um contato tinha sido feito. Era possível — poderia até se dizer que era provável — matar um submarino alemão. A morte de um submarino alemão seria em si um sucesso substancial. E as consequências poderiam ser ainda mais importantes. Se fosse permitido àquele submarino partir ileso, ele poderia subir à superfície e por seu rádio informar o quartel-general dos submarinos da Alemanha a presença de navios neste ponto do Atlântico — navios que só poderiam ser Aliados, que só poderiam ser alvos para torpedos dos submarinos alemães. Isso era o mínimo que o submarino alemão poderia fazer; ele poderia emergir e, valendo-se da sua velocidade na superfície, o dobro da velocidade do comboio, poderia mantê-lo sob observação, determinar sua velocidade e seu rumo básico e convocar — se o quartel-general alemão já não tivesse dado tais ordens — uma alcateia de colegas para interceptar e lançar um ataque em massa. Se o submarino fosse destruído, nada disso aconteceria; ainda que fosse mantido submerso por uma ou duas horas enquanto o comboio garantia de novo sua fuga, o trabalho de encontrar outra vez o comboio ficaria muito mais difícil para os alemães, muito mais prolongado, talvez difícil demais.

— Ainda fazendo contato, senhor — grasnou o telefone.

Fazia vinte e quatro segundos que Krause havia chegado ao passadiço, quinze segundos desde que fora confrontado com o complexo problema em sua totalidade. Era uma sorte que durante horas no passadiço, durante horas solitário em sua cabine, Krause tivesse refletido profundamente sobre problemas similares. Nenhuma quantidade possível de reflexão seria capaz de imaginar cada circunstância; o caso presente — o exato rumo do contato, a situação atual do combustível, a posição do comboio, a hora do dia — se configurava como uma dentre milhares de situações possíveis. E havia outros fatores que Krause tinha considerado também; ele era um oficial americano que as eventualidades da guerra jogaram no comando de um comboio Aliado. Um capricho da idade superior colocara sob as ordens dele, que jamais ouvira um tiro furioso, um grupo de endurecidos jovens capitães de outras nações com a experiência de trinta meses de guerra. Isso introduzia um número de fatores de enorme importância, mas não suscetíveis de cálculo exato como um problema de consumo de combustível — nem mesmo tão calculável quanto as chances de abater um submarino depois de fazer contato. O que o capitão do *James* pensaria dele se recusasse permissão a um ataque? O que os outros marinheiros pensariam dele se outros submarinos alemães atravessassem a malha tão perigosamente fragilizada por aquela permissão? Quando os relatórios começassem a chegar, um governo lamurioso se queixaria a outro de que ele fora precipitado demais? Ou cauteloso demais? Oficiais de uma Marinha balançariam a cabeça com pena enquanto oficiais de outra Marinha tentariam timidamente defendê-lo? Boatos voam rápido no serviço armado; marinheiros podem falar mesmo em tempos de guerra até que suas queixas cheguem aos ouvidos de congressistas ou membros do parlamento. A boa vontade Aliada dependia em certa medida da sua decisão; e da boa vontade Aliada dependia a vitória final e a liberdade do mundo. Krause havia levado em conta esses aspectos do seu problema também, mas no caso atual eles não poderiam afetar sua decisão. Eles meramente tornavam sua decisão mais importante, meramente se acrescentavam ao peso da responsabilidade que pesava sobre seus ombros.

— Permissão concedida — disse ele.

— Certo, senhor — respondeu o telefone.

O telefone grasnou outra vez de imediato.

— Águia para George — disse. — Solicito permissão para prestar assistência a Harry.

Águia era o contratorpedeiro polonês *Viktor*, a bombordo do *Keeling*, entre ele e o *James*, e a voz era do jovem oficial britânico a bordo responsável por transmitir mensagens pelo TBS.

— Permissão concedida — respondeu Krause.

— Certo, senhor.

Krause viu o *Viktor* fazer a volta assim que as palavras foram proferidas; sua proa trombou com uma vaga, um jato de água subiu, e ele levantou a popa ao voar sobre a onda, ainda fazendo a volta, ganhando velocidade para se juntar ao *James*. O *Viktor* e o *James* formavam uma equipe que já havia conseguido um "provável afundamento" num comboio anterior. O *James* possuía a nova sonda medidora de profundidade e havia desenvolvido um sistema no qual preparava o *Viktor* para efetuar o abate. Os dois navios eram parceiros; Krause sabia a partir do momento em que o contato lhe foi anunciado que, se destacasse um deles, seria melhor destacar os dois, para tornar o abate mais provável.

Agora fazia cinquenta e nove segundos desde a convocação de Krause em sua cabine; não levara sequer um minuto para tomar uma decisão importante e transmitir as ordens que transformaram essa decisão em ação. Agora era necessário dispor seus dois navios de escolta que restaram, o *Keeling* e o HMCS *Dodge*, para cobrir sua alheta de estibordo, a fim de ter maior vantagem; tentar com dois navios proteger trinta e sete. O comboio cobria pouco mais de dez quilômetros quadrados de mar, um alvo imenso para qualquer torpedo lançado a esmo, e tal torpedo poderia ser lançado com vantagem de qualquer ponto de um semicírculo de sessenta quilômetros de circunferência. O maior esforço para cobrir esse semicírculo com dois navios seria medíocre, mas o maior esforço ainda assim deveria ser realizado. Krause falou ao radiotelefone de novo.

— George para Dicky.

— Senhor — chiou o telefone em resposta imediatamente. O *Dodge* devia estar à espera de ordens.

— Assuma posição cinco quilômetros à frente do navio líder da coluna a estibordo do comboio.

Krause falou nos tons compassados necessários para a transmissão de ordens verbais; isso chamava a atenção para a qualidade não musical da sua voz.

— Cinco quilômetros à frente do navio líder da coluna a estibordo — repetiu o telefone em resposta. — Certo, senhor.

Era uma voz canadense com um tom e um ritmo mais naturais que a britânica. Nenhum risco de mal-entendido ali. Krause olhou para o repetidor e se virou para o imediato.

— Rumo zero-zero-cinco, sr. Carling.

— Certo, senhor — respondeu Carling, então se dirigiu ao intendente.

— Leme à esquerda. Dirija-se para o rumo zero-zero-cinco.

— Leme à esquerda — repetiu o timoneiro, girando a roda do leme.

— Rumo zero-zero-cinco.

Era Parker, intendente de terceira classe, 22 anos, casado e imprestável. Carling sabia disso e observava o repetidor.

— Vamos a dezoito nós, sr. Carling — ordenou Krause.

— Certo, senhor — respondeu Carling, dando a ordem.

— Girando a dezoito nós — repetiu o sujeito no telégrafo do navio.

O *Keeling* se virou em obediência ao leme; a vibração transmitida do convés através dos pés de Krause acelerou conforme o navio seguia para a nova posição.

— Casa das máquinas confirma dezoito nós — anunciou o homem no telégrafo da casa das máquinas. Ele era novo no navio, uma transferência feita quando estavam em Reykjavík; servindo pela segunda vez. Dois anos antes tivera problemas com as autoridades civis por fugir de um atropelamento durante a licença. Krause não conseguia se lembrar do nome dele e precisava remediar isso.

— Firme no rumo zero-zero-cinco — anunciou Parker; havia a costumeira nota petulante na sua voz que incomodava Krause e sugeria o quanto não era confiável. Nada a fazer em relação a isso no momento; apenas a anotação mental.

— Seguindo a dezoito de acordo com o pitômetro, senhor — anunciou Carling.

— Muito bem.

Havia mais ordens a serem dadas.

— Sr. Carling, assuma a posição cinco quilômetros à frente do navio líder da coluna a bombordo do comboio.

— Cinco quilômetros à frente do navio líder da coluna a bombordo do comboio. Certo, senhor.

As ordens de Krause já haviam mandado o *Keeling* numa rota econômica até essa posição, e agora que o navio atravessava à frente do comboio seria um bom momento para realizar uma verificação. Mas ele podia reservar um momento para colocar o casaco; estivera em mangas de camisa com o casaco na mão. Deslizou para dentro dele; enquanto seu braço se endireitava, enfiou o telefone ao lado do corpo junto às costelas.

— Me desculpe — disse Krause.

— Nenhum problema, senhor — murmurou o telefone.

Carling tinha a mão sobre a alavanca que fazia soar o alarme geral e olhava para o capitão aguardando ordens.

— Não — disse Krause.

Convocar todas as divisões de serviço do navio livraria cada homem a bordo ao seu posto. Ninguém dormiria e quase ninguém comeria; a rotina comum do navio cessaria por completo. Os homens ficariam cansados e esfomeados; os cinquenta trabalhos avulsos no navio que teriam de ser feitos mais cedo ou mais tarde para mantê-lo eficiente seriam todos deixados para depois porque os homens que deveriam executá-los estariam nos seus postos de combate. Não era uma condição que pudesse ser mantida por muito tempo — era a reserva de batalha, uma vez mais, a ser conservada até o momento crucial.

E havia a questão adicional de que alguns homens, muitos homens, tendiam a ficar desleixados na execução do seu dever se exigências especiais fossem feitas com frequência sem uma razão óbvia. Krause sabia disso a partir da observação durante seus muitos anos de experiência e sabia disso academicamente, também, por meio do estudo dos manuais, do mesmo modo que um médico se familiariza com doenças das quais ele mesmo jamais sofreu. Krause tinha de fazer concessões à fraqueza da carne humana sob seu comando e à instabilidade da mente humana. O *Keeling* já estava em Condição 2, com postos de batalha em grande parte guarnecidos e com sua integridade — o que também interfere na rotina do navio — estritamente mantida. Condição 2 significava uma pressão sobre os homens, e era ruim para o navio, mas o tempo em que a Condição 2 podia ser mantida era mensurável em dias, comparado com as horas em que os postos de batalha podiam ser mantidos.

O fato de o *James* estar perseguindo um contato a alguma distância do comboio, com a ajuda do *Viktor*, não era justificativa suficiente para soar o alarme geral; era provável que outras dezenas de contatos como esse fossem registrados antes que o comboio voltasse para casa. Por isso Krause disse "Não" em resposta à pergunta não dita de Carling. O olhar de relance, a decisão e a resposta não levaram mais de dois ou três segundos. Krause teria levado pelo menos vários minutos para oferecer verbalmente os motivos dessa decisão; levaria um minuto ou dois para reuni-los em sua mente. Mas um hábito de longa data e uma longa experiência tornaram a tomada de decisões fácil para ele, e uma longa reflexão havia familiarizado sua mente de antemão com as condições que cercavam esta emergência particular.

E, ao mesmo tempo, sua memória fazia uma anotação a respeito do incidente, embora parecesse que ele tivesse desaparecido da sua mente assim que fora despachado. A prontidão de Carling para soar o alarme geral foi um item acrescentado ao dossiê mental de Krause em relação a Carling. Afetaria, até certo ponto possivelmente infinitesimal, na medida em que Krause poderia confiar em Carling como imediato. Poderia acabar até afetando o "relatório de aptidão" que com o correr do tempo Krause faria a respeito de Carling (pressupondo que ambos vivessem o bastante para que esse relatório fosse feito), com peso especial sobre o parágrafo referente à "aptidão para o comando" de Carling. Um minúsculo incidente, um dentre milhares que completavam uma totalidade complexa.

Krause pegou seu binóculo, passou a corda pelo pescoço e o apontou para o comboio. Na casa do leme lotada era impossível ter uma visão clara, por isso foi para a asa bombordo do passadiço. A transição foi imediata e prodigiosa. O vento nordeste, que parecia quase morto no seu rumo, zumbia ao seu redor. Ao erguer o binóculo para os olhos, sua axila direita sentiu o golpe penetrante e gélido. Deveria estar vestindo o suéter e o sobretudo; teria feito isso se pudesse ficar um minuto a mais na cabine.

Passavam pelo capitânia do comboio, um antigo navio de passageiros com uma superestrutura suntuosa em comparação com os demais.

O comodoro do comboio, cuja flâmula drapejava no navio, era um almirante reformado que voltara à ativa, assumindo um dever difícil, monótono, perigoso e inglório por vontade própria, como era natural que fizesse enquanto a oportunidade se apresentasse, embora isso significasse ficar sob as ordens de um comandante jovem de outra nação. Seu dever atual era manter os navios do comboio na melhor ordem possível, para dar à escolta toda oportunidade de protegê-lo.

Além do capitânia, o restante do comboio se espalhava em fileiras irregulares; Krause esquadrinhou a paisagem com seu binóculo para examiná-las. As fileiras eram sem dúvida irregulares, mas não tão irregulares quanto quando ele as examinou ao fim da noite, à primeira luz do amanhecer. Então a terceira coluna de estibordo se revelara em duas partes, com os três últimos navios — cinco navios naquela coluna, quatro em cada uma das outras — arrastando-se com a popa completamente fora da formação. Agora o buraco havia quase se fechado. Supostamente o navio número 3, o norueguês *Kong Gustav*, havia sofrido uma pane na casa das máquinas durante a noite e se afastara em direção à ré, com os navios que o seguiam conformando-se aos seus movimentos. Parecia que a pane fora consertada e o *Kong Gustav* e seus dois seguidores se arrastavam lentamente até a posição anterior. O *Southland*, logo à popa do *Kong Gustav* — Krause havia verificado o nome na sua lista pouco depois da alvorada —, lançava muita fumaça, talvez no esforço de queimar meio nó extra para retomar a posição, e vários outros navios emitiam mais fumaça do que deviam. Felizmente, com o vento frontal, que soprava forte, a fumaça estava baixa e se dispersava rápido. Em condições mais calmas, o comboio teria sido encimado por uma coluna de nuvem visível a quase cem quilômetros. O comodoro tinha uma bandeira de sinalização içada; quase com certeza era a mensagem com tanta frequência usada em todas as Marinhas — "Faça menos fumaça."

As condições no comboio, no entanto, podiam em geral ser descritas como boas, com apenas três navios mal posicionados e apenas certa quantidade de fumaça sendo emitida. Havia tempo para uma rápida vistoria no *Keeling*; era significativo que a primeira preocupação de Krause tenha sido para com o comboio e apenas sua segunda preocupação tenha se direcionado para o próprio navio. Ele abaixou o binóculo e se virou para olhar à frente, o vento fustigando seu rosto e, com o vento, algumas gotas borrifadas para a popa pela proa que se alçava. No topo dos mastros, o "colchão de molas" da antena de radar fazia seus giros metódicos, rodando e rodando, enquanto o mastro, que balançava e caturrava e arfava, delineava cones, o vértice para baixo, de toda dimensão concebível. Os vigias estavam aos seus postos, sete ao todo, embrulhados em suas roupas para um frio ártico, seus binóculos nos suportes à frente, deslocando-se com lentidão para a direita e para a esquerda, cada um vasculhando seu próprio setor especial, mas tendo de fazer pausas de poucos em poucos segundos para enxugar as lentes dos borrifos de água lançados da proa. Krause inspecionou os vigias por um momento; Carling, sua mente preocupada com a tarefa de levar o navio para a nova posição, não olharia nem de relance para eles agora. Pareciam estar fazendo seu trabalho diligentemente; às vezes — por incrível que possa parecer — vigias eram considerados insatisfatórios nesse requisito, pois se cansavam de um trabalho monótono apesar do revezamento frequente. Era uma tarefa que devia ser desempenhada com todas as suas dores e de forma metódica, sem um instante de interrupção; um submarino jamais exporia mais de meio metro de periscópio acima da superfície do mar e jamais por mais de meio minuto, se tanto; a busca tinha de ser constante e regular para que se tivesse alguma chance de o breve aparecimento ser detectado. Um vislumbre de um segundo de um periscópio poderia decidir o destino do comboio. Havia até mesmo a possibilidade de que a visão das esteiras de torpedo correndo para o navio imediatamente alertada pudesse salvar ao menos o *Keeling*.

Foi o máximo que ousou ficar na asa do passadiço; metade da sua força estava direcionada à batalha a bombordo — o *Viktor* tinha se "desgarrado" para se juntar ao *James* havia algum tempo —, e ele deveria estar perto do TBS para exercer controle caso necessário. O jovem Hart se aproximava do taxímetro de bombordo para levar os rumos para Carling em sua tarefa de alcançar a nova posição. Krause lhe deu um aceno de cabeça e voltou à casa do leme. O calor comparativo do local lembrou a ele que, no breve instante que passou do lado de fora, sem um suéter ou um casaco grosso de lã, ficou com bastante frio. Caminhou até o telefone, que chiava e gorgolejava. Ele estava entreouvindo a conversa entre os oficiais britânicos do *Viktor* e do *James*.

— Rumo três-meia-zero — disse uma voz inglesa.

— Consegue avaliar a distância, meu velho? — disse a outra.

— Não, que inferno. O contato é muito indistinto. Você não pegou ainda?

— Ainda não. Já fizemos duas varreduras no setor.

— Siga em frente lentamente.

De onde Krause estava, o *James* ficava indistinto na escuridão do horizonte próximo. Não passava de um pequeno navio e sua superestrutura não era muito alta. O *Viktor* era maior, mais alto e estava mais próximo; ele ainda conseguia vê-lo, mas já começava a ficar vago. Com a visibilidade tão baixa e os navios se afastando tão rápido, ele não o teria em sua visão por muito mais tempo, embora fosse proeminente o bastante no indicador do radar. A voz de Carling de repente se fez audível; podia estar falando antes, mas Krause, concentrando-se no TBS, não o ouvira, já que o que ele estava dizendo não parecia relevante no problema em questão.

— Leme à direita. Rumo zero-sete-nove — disse Carling.

— Leme à direita. Rumo zero-sete-nove — repetiu Parker.

O *Keeling* estava na sua nova posição agora, ou próximo a ela, evidentemente. Fez uma curva, quase apontando a popa para o *Viktor*. A distância entre os dois navios agora se ampliaria mais rápido que antes. O *Keeling* se agitou de forma inesperada para estibordo; pés escorregaram no convés da casa do leme, mãos buscaram segurança. Sua manobra o havia colocado no vazio anterior à próxima onda sem chance de acompanhá-la. O navio parou por um longo segundo, nivelou-se abruptamente e, num movimento tão abrupto quanto, se estabilizou a bombordo enquanto a vaga passava por baixo da sua quilha, fazendo os pés escorregarem na direção oposta e levando Carling a deslizar sobre Krause.

— Desculpe, senhor — disse Carling.

— Não foi nada.

— Regular em zero-sete-nove — anunciou Parker.

— Muito bem — respondeu Carling, então se dirigiu a Krause. — O próximo zigue-zague está previsto para daqui a cinco minutos, senhor.

— Muito bem — disse Krause por sua vez.

Era uma das suas ordens que ele fosse avisado cinco minutos antes de qualquer mudança de rumo por parte do comboio. A curva faria as popas do comboio apontarem exatamente para o *Viktor* e para o *James*. Fazia nove minutos desde que o *James* desgarrara; devia estar a mais de cinco quilômetros de sua posição agora e a distância aumentaria meio quilômetro ou mesmo um quilômetro a cada minuto. Sua velocidade máxima neste mar não seria mais que dezesseis nós. O *James* levaria meia hora — e aquela meia hora seria de consumo máximo de combustível — para recuperar sua posição se ele ordenasse o retorno agora. E cada minuto que deixava de fazê-lo significava que gastaria cinco minutos extras para alcançar o comboio; em outras palavras, se ele deixasse o navio aqui por mais seis minutos, ainda levaria uma hora completa para voltar à sua posição. Outra decisão a ser tomada.

— George para Harry — falou ao telefone.

— Estou ouvindo, George.

— Como está aquele contato de vocês?

— Não muito bom, senhor.

Era notório que sonares podiam ser inconsistentes. Havia muito mais do que uma leve chance de o *James* estar perseguindo algo que não fosse um submarino. Era possível até mesmo que fosse um cardume de peixes; mais provavelmente uma camada de água mais fria ou mais quente, vendo que o *Viktor* tinha dificuldade de verificar seu posicionamento.

— Vale a pena continuar a perseguição?

— Bem, senhor. Eu acho que sim, senhor.

Se houvesse de fato um submarino ali, o capitão alemão teria pleno conhecimento de que um contato fora feito; ele teria mudado o rumo radicalmente e agora estaria ziguezagueando e variando a profundidade; isso explicaria pelo menos em grande parte o contato insatisfatório. Havia um novo dispositivo alemão que deixava uma grande bolha para trás, produzindo um efeito de sonar temporário desconcertante para o operador do sonar. Poderia haver algum novo dispositivo ainda mais desconcertante. Poderia não haver submarino nenhum lá.

Por outro lado, se houvesse, e se fosse ordenado que o *James* e o *Viktor* retornassem, levaria apenas alguns minutos para que o submarino se aventurasse até a superfície; ele estaria na dúvida quanto ao rumo do comboio, que estaria se afastando dele; com certeza não faria mais de dezesseis nós na superfície deste mar, provavelmente menos. O risco existente em deixá-lo com seus próprios dispositivos foi consideravelmente minimizado por aqueles poucos minutos de perseguição. Havia a questão do efeito que tal decisão causaria nos seus subordinados britânicos e poloneses; eles poderiam ficar ressentidos por serem retirados de uma caçada promissora e guardar uma mágoa que afloraria em outra ocasião — mas aquela resposta à sua última pergunta não fora entusiástica, mesmo levando em conta a falta de ênfase dos britânicos.

— É melhor desistir, Harry — sugeriu Krause em sua voz monótona e impessoal.

— Certo, senhor. — A resposta veio num tom que ecoava o dele próprio.

— Águia, Harry, retornem ao comboio e assumam suas posições anteriores.

— Certo, senhor.

Não havia como adivinhar se a decisão causara ressentimento ou não.

— O comodoro está sinalizando uma mudança de rumo, senhor — informou Carling.

— Muito bem.

Este comboio lento não ziguezagueava como comboios rápidos; o movimento seria desordenadamente demorado se o fizesse. As alterações de rumo eram feitas em longos intervalos, tão longos que era impossível para capitães mercantes manter seu rumo nas difíceis fileiras exigidas pelo sistema do comboio rápido — já era difícil para eles se manterem em colunas e fileiras simples. Em consequência, cada mudança significava uma ponderosa curva para a esquerda ou para a direita, apenas uma questão de dez ou quinze graus, mas isso já representava uma grande operação. Uma ala tinha de manter a velocidade enquanto a outra reduzia a velocidade. Os líderes tinham de deslocar seu leme suavemente e parecia que os navios que vinham atrás jamais aprenderiam a simples lição de que, para seguir seus líderes ao virar o leme para estibordo, era preciso esperar e então fazer a manobra onde o navio à frente a havia feito; girar cedo demais significava que a embarcação ficaria a estibordo do líder, ameaçando os navios na coluna a estibordo; girar tarde demais significava partir para os navios na coluna a estibordo. Em qualquer um dos casos, haveria a necessidade de voltar logo ao seu devido lugar na coluna, o que não era nada fácil.

Além do mais, nesta manobra de toda a massa, era necessário que os navios no flanco externo se deslocassem mais rápido do que aqueles no flanco interno, o que significava de fato — vendo que aqueles no flanco externo já estavam no máximo de velocidade que podiam — que os navios na coluna interna reduzissem a velocidade. O grande manual de instruções mimeografado e distribuído para cada capitão definia as reduções de velocidade padrão proporcionais para cada coluna, mas para obedecer a estas instruções era preciso folhear apressadamente o manual e realizar um cálculo rápido onde o local exato se encontrava. E, se o valor correto fosse determinado, ainda havia a dificuldade de dar com um pessoal da casa das máquinas sem muita prática para fazer uma redução de velocidade precisa; e havia sempre a dificuldade de cada navio responder ao leme de maneira diferente, com um círculo de rotação diferente.

Cada curva que o comboio executava era, em consequência, seguida por um período de confusão. Fileiras e colunas tendiam a se abrir, aumentando vastamente a área que a escolta tinha de proteger; era sempre possível ter retardatários e a experiência tinha, havia muito tempo, provado que um navio retardatário da formação seria quase com certeza mandado para o fundo do mar. Krause foi até a asa estibordo do passadiço e apontou seu binóculo para o comboio. Ele viu que a fileira de bandeiras no mastro do comodoro havia sido baixada.

— Execução, senhor — informou Carling.

— Muito bem.

Era dever de Carling relatar que as bandeiras tinham sido baixadas, ainda que Krause estivesse ciente disso; era o momento de execução, o sinal de que a manobra iria começar. Krause ouviu Carling dar a ordem do novo rumo e ele teve de virar seu binóculo para o lado à medida que o *Keeling* fazia a curva. O navio que liderava a coluna de estibordo a dez quilômetros de distância pareceu se alongar ao apresentar sua lateral ao seu olhar; as três "ilhas" da sua superestrutura se diferenciavam à sua vista agora que o navio se encontrava quase de costado para ele. Um balanço forte da parte do *Keeling* varreu o navio para fora do campo de visão do seu binóculo; ele se viu olhando para o mar revolto e teve de reajustar a posição do binóculo, oscilando e deslizando lateralmente com o balanço para manter o comboio sob observação. Houve confusão quase de imediato. O comboio mudou de um tabuleiro de xadrez de fileiras e colunas para uma desordem de navios pontilhados de forma aleatória, navios desviando seu rumo, navios tentando recuperar sua posição, colunas ficando duplicadas com o último alcançando o primeiro.

Krause tentou manter todo o comboio sob observação, embora os navios mais distantes mal estivessem visíveis na névoa; uma colisão poderia requerer ação imediata da sua parte. Não conseguiu detectar nenhuma, mas deviam estar transcorrendo alguns momentos tensos no coração do comboio.

Os segundos, os minutos passavam. A frente do comboio era uma linha chanfrada. Para quem olhasse, não havia as nove colunas que deveriam haver, mas dez, onze, não, doze. Na alheta de estibordo do comodoro surgiu um navio intruso. Os navios estavam se desgarrando, como já era esperado, além do líder a estibordo. Se um único navio não obedecesse às ordens com precisão, não reduzisse a velocidade no momento certo, ou virasse cedo demais ou tarde demais, dez navios poderiam ser lançados para fora de sua posição, abalroando uns aos outros. Enquanto observava, Krause viu um dos navios mais distanciados virando até apresentar sua popa a ele. Alguém lá fora, por necessidade ou imprudência, estava descrevendo um círculo completo; empurrado para fora de sua posição, tentava enfiar o nariz para dentro dela de novo. E lá fora naquela agitada extensão de água podia haver um submarino alemão, possivelmente comandado por um capitão cauteloso, mantendo-se nas margens do comboio. Um navio desgarrado como aquele poderia ser uma vítima ideal, torpedeado sem nenhuma chance de que qualquer outro da escolta corresse para revidar o ataque. Sede sóbrios, vigiais; porque o diabo, vosso adversário, anda em derredor, bramando como leão, buscando a quem possa tragar.

Havia bandeiras içadas nos mastros do comodoro, provavelmente com ordens destinadas a endireitar a confusão. Homens inexperientes estariam tentando lê-las, usando telescópios antigos, com seus navios entrando em queda livre e deslizando debaixo dos seus pés. Krause se virou para examinar a coluna de bombordo além da alheta do *Keeling*. Ela estava em mínima desordem, como era de esperar; olhou para além dela. Na neblina do horizonte distante, via um ponto com uma linha acima. Era o *Viktor*, aproximando-se na sua melhor velocidade para reassumir sua posição — o *James*, com seus inexpressivos dezesseis nós, devia estar bem atrás dele.

Quando Krause se virou para voltar a examinar o comboio, um clarão atingiu seu olho, uma série de lampejos do comodoro. Ele enviava uma mensagem pela lanterna de sinalização, que estava apontada para o *Keeling*. Seria uma mensagem para ele: P-O-D- Krause se atrasou na leitura, pois a transmissão era rápida demais para ele. Ergueu o olhar para seus sinaleiros; eles liam sem dificuldade, um homem anotando as letras que outro dizia para ele. Uma mensagem longa, não de urgência então — e para momentos de urgência havia meios mais rápidos de comunicação. Acima, os sinaleiros piscaram em resposta o aviso de recepção final.

— Mensagem enviada pela lanterna de sinalização para o senhor — avisou o sinaleiro, descendo os degraus com o bloco de anotações na mão.

— Leia.

— "Comcomboio para comescolta. Poderia enviar sua corveta para estibordo para auxiliar a colocar o comboio em ordem interrogação ficaria agradecido."

— Responda: "Comescolta para comcomboio. Ao seu serviço. Afirmativo.".

— "Comescolta para comcomboio. Ao seu serviço. Afirmativo." Certo, senhor.

O comcomboio tinha de formular sua mensagem desse jeito; ele estava fazendo um pedido a um associado, não dando ordens a um subordinado. Sejam poucas as tuas palavras, disse o Eclesiastes; o oficial que redigia uma ordem deveria ter essa recomendação em mente, mas um almirante reformado dirigindo-se a um comandante de escolta deve lembrar os Salmos e ter sua boca mais macia que a manteiga.

Krause voltou à casa do leme, ao TBS.

— George para Dicky — falou naquela distinta voz monótona.

A resposta foi imediata; *Dodge* estava bem alerta.

— Abandone sua posição — ordenou ele. — Siga e... — Ele se refreou por um momento, então lembrou que se dirigia a um navio canadense e, para que a frase não fosse mal interpretada como poderia ser pelo *James* ou pelo *Viktor*, continuou: — Siga e pastoreie o comboio a estibordo.

— Pastorear o comboio. Certo, senhor.

— Procure instruções com o comodoro — prosseguiu Krause — e coloque aqueles retardatários de volta no lugar.

— Certo, senhor.

— Mantenha seu sonar explorando aquele flanco. É o lado perigoso no momento.

— Certo, senhor.

E digo a este: Vai, e ele vai; e a outro: Vem, e ele vem. Mas que dizer da "grande fé" que aquele centurião tinha? O *Dodge* já manobrava para executar suas ordens. Agora não havia mais nada a ser feito. A frente do comboio já estava mal protegida o suficiente, e agora quase toda sua extensão estava aberta a ataques. Por isso havia mais ordens a serem dadas, ordens para que o *Keeling* se pusesse a patrulhar ao longo de toda a frente de dez quilômetros do comboio, seu sonar varrendo primeiro de um lado, depois do outro, enquanto ele soltava fumaça de um lado para o outro numa tentativa corajosa de detectar possíveis inimigos em qualquer parte do caminho amplo do comboio, enquanto o *Dodge* se deslocava pelo flanco direito do comboio, seu capitão rouco de tanto gritar ordens para os retardatários através do seu alto-falante portátil — as palavras dos sábios são como agulhas — ao mesmo tempo que seu sonar vigiava sua traseira. Eu me fazia de olhos para o cego, e de pés para o coxo.

Krause caminhou da asa estibordo do passadiço até bombordo enquanto o *Keeling* efetuava sua segunda volta. Queria ficar de olho no comboio; queria usar seu próprio julgamento sobre quando o *Dodge* teria completado sua tarefa no flanco direito e quando o *Viktor* estaria disponível para assumir sua parte na patrulha à frente do comboio. Mesmo na asa do passadiço, com o vento soprando, ele tinha noção, quando pensou a respeito, dos monótonos sinais repetitivos do sonar do navio enquanto mandava seus impulsos através da água indiferente. Esse barulho prosseguia sem cessar, dia e noite, de modo que o ouvido e a mente se acostumavam a ele a não ser que alguém chamasse atenção a respeito.

A lanterna de sinalização do comodoro piscava outra vez, diretamente para ele; mais uma mensagem. Ergueu o olhar para o sinaleiro que a recebia. O movimento rápido do dispositivo que emitia os sinais luminosos em resposta o fez perceber que o sinaleiro não entendera uma só palavra e pedia que repetissem a mensagem; conteve sua irritação, pois talvez o comodoro tivesse usado alguma forma polida do inglês enfadonho alheio à experiência do homem. Mas o tempo que a mensagem levou para ser enviada não indicava ser longa.

— Mensagem para o senhor.

— Leia.

O sinaleiro, com o bloco na mão como antes, hesitou um pouco.

— "Comcomboio para comescolta", senhor. "Huff duff"...

Havia uma nota inquisitiva na voz do sinaleiro e uma pausa de um segundo.

— Sim, huff duff — disse Krause, impaciente. Tratava-se de HFDF, *high frequency direction finding*, o sistema de localização por radiogoniometria, seu sinaleiro não deparara com a expressão antes.

— "Huff duff informa transmissão estrangeira em rumo oito-sete distância de dois-cinco a três-zero quilômetros", senhor.

Rumo oito-sete. Isso ficava quase no caminho do comboio. Transmissão estrangeira; só podia significar uma coisa aqui no Atlântico; um submarino alemão entre vinte e cinco e trinta quilômetros de distância. Leviatã, a serpente tortuosa. Isso era muito mais positivo e certo do que o possível contato do *James*. Era algo que exigia decisão mais que imediata, e essa decisão deveria se basear como sempre num número de fatores.

— Responda: "Comescolta para comcomboio. Vamos atrás dele."

— "Comescolta para comcomboio. Vamos atrás dele."

— Espera. "Vamos atrás dele. Obrigado."

— "Vamos atrás dele. Obrigado." Sim, senhor.

Dois passos largos levaram Krause até a casa do leme.

— Vou assumir a pilotagem, sr. Carling.

— Sim, senhor.

— Direita diligentemente para rumo zero-oito-sete.

— Direita diligentemente para rumo zero-oito-sete.

— Todas as máquinas, velocidade máxima. Aumentar para vinte nós.

— Todas as máquinas, velocidade máxima. Aumentar para vinte nós .

— Sr. Carling, soe o alarme geral.

— Alarme geral. Certo, senhor.

As sirenes de alerta soaram alto por todo o navio quando Carling abaixou a alavanca; um ruído capaz de acordar os mortos, de acordar os dorminhocos em seus beliches lá embaixo, convocando todos os homens aos seus postos, iniciando uma torrente de homens subindo as escadas. Eles se vestiriam no caminho, cartas inacabadas seriam jogadas de lado, equipamento pego às pressas. Em meio à barulheira, veio a informação:

— Casa das máquinas confirma velocidade máxima, senhor.

O *Keeling* adernava ao girar.

— Firme no rumo zero-oito-sete — avisou Parker.

— Muito bem, sr. Hart, e o rumo do comodoro?

O guarda-marinha Hart chegara ao taxímetro num instante.

— Dois-meia-meia, senhor — respondeu.

Praticamente à popa. O rumo pelo huff duff em si era preciso o suficiente. Não havia necessidade de assinalar um rumo até a localização exata do submarino alemão.

Agora a casa do leme estava lotada de recém-chegados, figuras de capacete, figuras encapotadas, operadores de comunicação, mensageiros. Havia muito a ser feito; Krause foi até o TBS.

— Águia, estou perseguindo uma indicação de huff duff no rumo zero-oito-sete.

— Zero-oito-sete. Certo, senhor.

— Assuma o meu lugar e cubra a frente do comboio o mais rápido que puder.

— Certo, senhor.

— Você está me ouvindo, Harry?

— Estou ouvindo, George.

— Cubra o flanco esquerdo.

— Cobrir o flanco esquerdo. Certo, senhor. Estamos sete quilômetros atrás do último navio, senhor.

— Eu sei.

Levaria mais de meia hora para que o *James* ocupasse sua posição; e quase quinze minutos para que o *Viktor* chegasse à sua. Enquanto isso, o comboio ficaria desprotegido, a não ser pelo *Dodge* na ala de estibordo. O risco assumido era um dentre a quantidade de fatores que foram sopesados na mente de Krause quando a mensagem do comodoro chegou. Por outro lado, havia a clara indicação de um inimigo à frente — huff duff era altamente confiável — e havia a fraca visibilidade que acobertaria o *Keeling* enquanto seu radar conseguia enxergar o caminho. Era necessário forçar o inimigo a submergir; era necessário abatê-lo. Mesmo trinta quilômetros à frente do comboio, o *Keeling* lhe ofereceria alguma proteção.

Aqui estava o tenente Watson, o navegador, apresentando-se depois de ter assumido o posto de Carling como imediato. Krause retribuiu a continência; só precisou de duas frases para lhe informar a situação.

— Certo, senhor.

Os belos olhos azuis de Watson brilhavam à sombra do seu capacete.

— Estou na pilotagem, sr. Watson.

— Certo, senhor.

— Mensageiro, meu capacete.

Krause botou o objeto na cabeça; fez isso apenas por formalidade, mas, ao mesmo tempo, a visão de homens com roupas grossas ao seu redor o lembrou de que ainda vestia apenas o casaco da farda e estava gelado desde a incursão à asa do passadiço.

— Vá até minha cabine e me traga o casaco de pele de carneiro que vai encontrar lá.

— Certo, senhor.

O oficial administrativo enviava informações pelo tubo de comunicação da sala de cartografia embaixo. Lá havia um centro de informações de combate improvisado já plenamente aperfeiçoado nos navios maiores. Na época em que o *Keeling* foi lançado ao mar, o sonar estava nos primórdios e o radar mal havia sido cogitado. O capitão de corveta Cole era um velho amigo; Krause contou a ele como estavam as coisas.

— Você vai poder vê-lo no indicador do radar a qualquer momento, Charlie.

— Sim, senhor.

O *Keeling* pulsava ao avançar quase em potência máxima. Ele deu uma guinada e tremeu quando uma onda verde explodiu no castelo de proa. Mas as enormes vagas ondulavam regulares o bastante e convexas o suficiente para permitir que mantivesse sua alta velocidade atual. A trinta quilômetros de distância ou menos havia um submarino alemão na superfície; a qualquer momento a antena de radar bem acima da casa do leme poderia captá-lo; todos os relatórios que chegaram avisavam que os postos de batalha estavam guarnecidos. Os homens que foram arrancados das suas tarefas, mesmo os homens que abandonaram seu trabalho de rotina para pegar seu equipamento e ocupar seus postos, desconheciam a razão desta convocação súbita. Lá embaixo na casa das máquinas devia haver muitos homens se perguntando por que fora dada a ordem de velocidade máxima; os homens nas armas e os homens nos depósitos de cargas de profundidade deviam ser avisados para estarem prontos para ação a qualquer momento. Um segundo ou dois deviam ser reservados para isso. Krause caminhou até o alto-falante. O contramestre lá posicionado o viu chegar, colocou a mão no interruptor e recebeu um aceno de cabeça de aprovação. A fala soou por todo o navio.

— Por favor, sua atenção. Por favor, sua atenção.

— Aqui quem fala é o capitão.

Muito treinamento e muita prática de autocontrole mantiveram sua voz calma; ninguém poderia imaginar através daquela voz monótona a agitação que fervilhava dentro dele, que poderia se apossar dele caso relaxasse aquele autocontrole por um instante.

— Estamos perseguindo um submarino alemão. Todo homem deve estar pronto para ação imediata.

Era quase possível pensar que o *Keeling* tremera de agitação com o anúncio. Na casa do leme superlotada, quando Krause voltou do alto-falante, todos os olhares estavam sobre ele. Havia tensão no ar, havia ferocidade. Estes homens estavam a caminho de uma matança; poderiam estar a caminho da morte, embora para a maioria daqueles presentes nenhuma dessas considerações pesava além do simples fato de que o *Keeling* ia entrar em ação, a caminho do sucesso ou da derrota.

Algo surgiu e desviou a atenção de Krause; era o casaco de pele de carneiro que mandara buscar, oferecido a ele pelo jovem mensageiro. Krause estava prestes a apanhá-lo.

— Capitão!

Krause correu feito um relâmpago para o tubo de comunicação.

— Rumo do alvo zero-nove-dois. Distância de vinte e quatro quilômetros.

A voz de Charlie Cole estava genuinamente tranquila. Ele falava com a calma de um pai zeloso que se dirigia a uma criança que se empolgava com facilidade — não que ele visse Krause como uma criança que se empolgava com facilidade.

— Vamos diligentemente para o rumo zero-nove-dois — disse Krause.

Ao leme agora estava o intendente de primeira classe McAlister, um texano baixo e muito magro; Krause havia sido seu oficial de divisão nos velhos dias no *Gamble*. McAlister seria oficial superior a esta altura não fossem dois deploráveis incidentes em San Pedro no início dos anos trinta. Enquanto repetia secamente a ordem, ninguém poderia imaginar o louco briguento que se tornava quando se enchia de bebida.

— Firme no rumo zero-nove-dois — disse McAlister sem tirar os olhos da bússola giroscópica.

— Muito bem.

Krause voltou ao tubo de comunicação.

— O que você acha do alvo?

— Diretamente à frente, senhor. Não muito claro — respondeu Charlie.

Este radar Sugar Charlie era bem precário. Krause tinha ouvido falar do Sugar George, o novo radar; nunca vira um, mas desejava apaixonadamente que o *Keeling* fosse equipado com um deles.

— Pequeno — disse Charlie Cole. — Baixo na água.

Um submarino alemão sem dúvida, e o *Keeling* corria para ele a vinte e dois nós. Fizemos aliança com a morte, e com o inferno fizemos acordo. O operador de rádio do comcomboio devia ser maravilhoso para ter calculado a distância de maneira tão precisa apenas pela força dos sinais.

— O rumo está mudando um pouco — avisou Charlie. — Posição zero-nove-três. Não, zero-nove-três e meio. Distância de vinte e dois quilômetros. Deve estar numa rota aproximadamente recíproca.

A distância tinha diminuído dois quilômetros em um minuto e dezesseis segundos. Conforme disse Charlie, deve estar se deslocando quase diretamente para o *Keeling*, que vai ao seu encontro. O inferno desde o profundo se turbou por ti, para te sair ao encontro na tua vinda. Em mais seis quilômetros, em pouco menos de seis minutos, ele estaria dentro do alcance do canhão de cinco polegadas. O *Keeling*, no entanto, só tinha duas armas que podiam apontar para a frente. Seria melhor não abrir fogo num alcance extremo. Com um mar agitado, o alcance variando rápido e um radar que poderia ou não estar funcionando com exatidão, tiros certeiros com uma salva de dois cartuchos eram improváveis. Melhor esperar; melhor se agarrar à esperança de que o *Keeling* pudesse sair da escuridão e encontrar seu adversário no campo de visão e num alcance mais fácil.

— Distância de vinte e um quilômetros — informou Charlie. — Em rumo zero-nove-quatro.

— Manter firme — ordenou Krause — em rumo zero-nove-oito.

O submarino parecia manter um rumo regular. Esta virada para estibordo o interceptaria, e se o alvo se revelasse estaria na proa a bombordo em vez de diretamente à frente; apenas uma pequena curva adicional seria então necessária para usar as armas da popa também.

— Firme no rumo zero-nove-oito — disse McAlister.

— Muito bem.

— Pare com esse barulho! — berrou Watson, sua voz de repente rompendo a tensão.

Ele fuzilava com o olhar um marujo aprendiz de 19 anos que assobiava entre os dentes no receptor diante da boca. Pelo susto que o operador levou era óbvio que ele não tinha a menor consciência do que estava fazendo. Entretanto, a ordem de Watson foi tão assustadora quanto um tiro de pistola na atmosfera tensa da casa do leme superlotada.

— Distância de vinte quilômetros — avisou Charlie. — Rumo zero--nove-quatro.

Krause se virou para o operador.

— Capitão para oficial de artilharia. Não abra fogo sem ordens minhas, a não ser que o inimigo esteja à vista.

O operador apertou o botão do seu bocal e repetiu as palavras, enquanto Krause ouvia atentamente. Não era uma boa ordem, mas era a única que cabia na presente situação e ele podia confiar que Fippler a entenderia.

— Oficial de artilharia responde que sim, senhor — disse o operador.

— Muito bem.

O rapaz fazia parte da nova leva de recrutas, recém-saído do campo de treinamento, e, no entanto, era seu dever passar mensagens sobre as quais o destino de uma batalha poderia depender. Num contratorpedeiro havia poucos postos isentos de responsabilidade, e o navio tinha de combater mesmo com setenta e cinco recrutas a bordo. Com dois anos de ensino secundário a seu favor, o rapaz preenchia pelo menos os requisitos educacionais para o posto. E só a experiência diria se ele tinha os outros; se permanecesse no posto entre mortos e feridos, entre fogo e destruição, e ainda passasse adiante ordens sem tropeçar em nenhuma palavra.

— Distância de dezoito mil — avisou o operador. — Rumo zero--nove-quatro.

Isso era um marco importante. Anunciar o alcance em metros em vez de em quilômetros era a prova de que o inimigo estava quase dentro do alcance; dezesseis mil metros era o máximo para o canhão de cinco polegadas. Krause via as armas se deslocando, prontas para abrir fogo quando fosse preciso. Charlie falava no circuito com o controle e o capitão da artilharia. E a posição não havia alterado também, o *Keeling* estava numa rota de colisão com o submarino. O clímax se aproximava. Qual era a visibilidade? Onze quilômetros? Parecia algo em torno disso. Mas não se podia confiar na estimativa. Poderia haver um trecho claro, poderia haver um trecho nublado. A qualquer momento o submarino poderia entrar no campo de visão ali adiante, para onde as armas apontavam. Então as balas poderiam ser desferidas sobre o alvo. Ele tinha de ser atingido, danificado, antes que pudesse mergulhar, antes que pudesse se blindar com um metro de água, tão impenetrável aos petardos do *Keeling* quanto um metro de aço, e com a invisibilidade. Esconde-te só por um momento, até que passe a ira.

— Distância de um-sete-zero-zero-zero. Rumo firme em zero-nove-quatro — disse o operador.

Um rumo constante. O submarino e o contratorpedeiro se aproximavam um do outro tão rápido quanto possível. Krause podia olhar ao seu redor na casa do leme cheia, os rostos tensos cobertos pela sombra dos capacetes. O silêncio e a imobilidade deixavam clara sua boa disciplina. Mais à frente do passadiço via-se a equipe de uma das armas de quarenta milímetros a estibordo, encarando a mesma direção que o canhão de cinco polegadas. Os homens deviam estar sendo fustigados pelos tremendos borrifos de água que o *Keeling* causava e que iam da proa até a popa, mas não buscavam abrigo. Eram de fato resistentes.

— Distância de um-meia-cinco-zero-zero. Rumo firme em zero-nove-quatro.

O silêncio era ainda mais impressionante porque o som do sonar tinha cessado pela primeira vez em trinta e seis horas. A localização pelo som era totalmente ineficaz com o navio fazendo vinte e dois nós.

— Distância de um-meia-zero-zero-zero. Rumo firme em zero-nove-quatro.

Poderia abrir fogo agora. Os canhões de cinco polegadas estavam se elevando, seus canos apontando bem acima do horizonte cinzento. Uma palavra e eles lançariam seus petardos para cima e para longe; era possível que um deles pelo menos acertasse o casco do submarino.

Um tiro seria suficiente. A oportunidade era sua. E também a responsabilidade de se recusar a tirar proveito da situação.

— Distância de um-cinco-cinco-zero-zero. Rumo firme em zero-nove-quatro.

No passadiço do submarino haveria um oficial e um ou dois homens. O petardo atravessaria de imediato a escuridão e cairia sobre eles; num momento estariam vivos e no momento seguinte estariam mortos, ignorantes do que havia acontecido. Abaixo, na sala de controle, os alemães estariam atônitos, feridos, arremessados mortalmente contra as anteparas; nos outros compartimentos a tripulação ouviria o estrondo, sentiria o choque, cambalearia enquanto o submarino cambaleava, veria com olhos horrorizados a água jorrando sobre eles naqueles poucos segundos antes que a morte os alcançasse enquanto seu navio afundava, deixando um rastro de enormes bolhas do ar que era expulso pela invasão das águas.

— Alcance um-cinco-zero-zero-zero, rumo firme em zero-nove-quatro.

Por outro lado, a salva de tiros poderia cair no mar a um quilômetro do submarino. As colunas de água que subiriam seriam um claro alerta. Antes que outro petardo pudesse ser detonado, o submarino estaria navegando abaixo da superfície, invisível, inatingível, mortal. Melhor ter certeza. Este não passava de um radar Sugar Charlie.

— Alcance de um-quatro-cinco-zero-zero. Rumo firme em zero-nove-quatro.

A qualquer momento agora. A qualquer momento. Estariam os vigias cumprindo seu dever?

— O alvo desapareceu — avisou o operador.

Krause olhou para ele; por dois segundos não compreendeu. Mas o rapaz o encarou sem hesitar. Era evidente que tinha noção do que dissera e não mostrava nenhuma disposição de emendá-lo. Krause saltou na direção do tubo de comunicação.

— O que é isso, Charlie?

— Receio que ele tenha mergulhado, senhor. Parecia isso pelo sinal que foi se apagando.

— O radar não está com problemas?

— Não, senhor. Nunca vi o aparelho funcionar melhor.

— Muito bem.

Krause se afastou do tubo de comunicação. A tripulação na casa do leme se entreolhava por baixo da aba dos seus capacetes. Por suas atitudes, por mais que estivessem cobertos por um monte de roupas, seu desapontamento era evidente. Pareciam se arquear ao peso das grossas vestimentas. Agora cada olhar estava sobre ele. Por dois minutos e meio tivera o poder de abrir fogo sobre um submarino na superfície; todo oficial na Marinha dos Estados Unidos ansiava por uma oportunidade dessas e ele não fizera uso dela. Não era hora de remorso, entretanto; este era o momento de ser exposto sob olhares que poderiam ou não ser acusadores. Havia muito a ser feito. Mais decisões tinham de ser tomadas.

Ergueu os olhos para o relógio. O *Keeling* devia estar a cerca de doze quilômetros à frente da sua posição na escolta do comboio. O *Viktor* estaria lá agora, com seu próprio sonar tentando patrulhar oito quilômetros de frente. O comboio poderia estar em ordem agora, com o *Dodge* no flanco estibordo livre para dedicar toda a sua atenção às suas incumbências antissubmarino; o *James* estaria vindo no outro flanco. Enquanto isso o *Keeling* ainda se lançava à frente com violência, longe deles, à velocidade de vinte e dois nós. E o inimigo? O que fazia o inimigo? Por que havia mergulhado? Watson, o oficial superior no passadiço, aventurou-se a dar sua opinião.

— Ele não pode ter nos visto, senhor. Não sem que nós pudéssemos vê-lo.

— Talvez não — comentou Krause.

Os vigias do *Keeling* estavam empoleirados bem no alto. Se o submarino fosse visível para eles, então só a superestrutura do *Keeling* seria visível para o submarino. Mas a visibilidade era um fenômeno casual. Era uma possibilidade, bem pequena, que numa direção a visibilidade fosse melhor do que na outra, que o submarino os tivesse visto sem ser visto. Teria mergulhado de pronto neste caso.

Mas havia teorias quase ilimitadas. O submarino alemão poderia ser recém-equipado com radar — esse era um aperfeiçoamento de se esperar mais cedo ou mais tarde e essa poderia ser a ocasião. A Inteligência Naval poderia debater essa questão quando os relatórios chegassem. Ou o submarino poderia ter recebido informações a respeito do rumo e da posição do comboio e ter simplesmente descido à profundidade periscópica assim que se viu no caminho dos navios — sua rota até o momento do desaparecimento parecera ter sido estabelecido para interceptar o comboio. Essa era uma boa possibilidade tática, talvez a mais provável. Havia outras, no entanto. Poderia ser um mero mergulho de rotina — o submarino poderia estar realizando um exercício com sua tripulação em postos de mergulho. Ou ainda mais trivial. Poderia ser a hora da refeição da tripulação e o cozinheiro poderia ter avisado que não conseguiria preparar uma refeição quente com o mar agitado daquele jeito e isso poderia ter levado o capitão a descer com a embarcação para a calmaria abaixo da superfície. Qualquer explicação era possível; seria melhor manter a mente aberta sobre a questão, lembrar que cerca de treze quilômetros à frente havia um submarino sob a superfície e chegar a uma pronta decisão sobre o que deveria ser feito a seguir.

Antes de tudo, era necessário aproximar o *Keeling* do submarino, dentro do alcance do sonar. Por isso a velocidade máxima deveria ser mantida. Sabiam o ponto onde o submarino tinha mergulhado; ele poderia se afastar daquele ponto a dois nós, quatro nós, oito nós. No terreno debaixo da água seriam desenhados círculos que se espalhariam a partir daquele ponto, como as ondulações ao redor do local onde uma pedra foi jogada num lago. O submarino deveria estar dentro do círculo maior. Em dez minutos ele poderia viajar um quilômetro e meio, e um círculo com um raio de um quilômetro e meio teria uma área maior do que sete quilômetros quadrados. A varredura minuciosa de sete quilômetros quadrados levaria uma hora, e em uma hora o círculo máximo se expandiria para abranger duzentos e sessenta quilômetros quadrados.

Era pouco provável que o submarino se demorasse perto do ponto onde mergulhou. Ele seguiria para algum lugar, em alguma direção, ao longo de algum dos trezentos e sessenta graus que irradiavam do seu centro. Parecia a suposição mais racional, no entanto, a de que abaixo da superfície ele continuasse o rumo que vinha seguindo na superfície. Mesmo um submarino alemão, explorando o Atlântico Norte em busca de uma presa, não ficaria vagando a esmo. Ele faria uma ampla varredura numa direção e depois outra ampla varredura em outra direção. Se tivesse mergulhado por algum motivo trivial provavelmente manteria o rumo; se tivesse mergulhado para atacar o comboio provavelmente manteria o rumo também, vendo que aquele era o rumo que o colocaria no caminho do comboio. Se estivesse em qualquer outro rumo, seria impossível procurá-lo com um único navio; impossível, essa era a palavra certa, não difícil, ou árduo, ou formidável ou quase impossível.

Então valeria a pena realizar a tentativa de recuperar o contato? Levaria mais de dez minutos antes de o *Keeling* cruzar o caminho do submarino se ambos mantivessem o rumo, mas, como o comboio estava quase na sua cola, o *Keeling* poderia conduzir uma busca e recuperar a posição na escolta sem se afastar por muito mais do que esse tempo. A alternativa seria seguir diretamente de volta e, da posição regular na escolta, esperar que o submarino fizesse contato no momento em que se esgueirava para uma emboscada. Ataque ou defesa? Ofensiva ou contraofensiva? Era o eterno problema militar. Valia a pena tentar um ataque; valia a pena fazer uma busca; foi o que Krause decidiu com frieza, de pé ali na superlotada casa do leme, com todos os olhos sobre si. O que busca, encontra.

— Me dê um rumo para interceptação se o alvo mantiver a rota a seis nós.

— Sim, senhor.

Dificilmente seria diferente do rumo atual; na superfície o submarino devia estar a cerca de doze nós. Ele poderia ter realizado uma aproximação na frente. O tubo o chamou.

— Rumo zero-nove-meia — disse.

Uma variação insignificante, mas faria diferença de dois quilômetros inteiros em dez minutos a essa velocidade. Ele se virou e deu a ordem ao intendente e então voltou para o tubo.

— Me avise quando estivermos dentro de três quilômetros — pediu.

— Certo, senhor.

— Firme no rumo zero-nove-meia — disse McAlister.

— Muito bem.

Cerca de nove minutos ainda; seria melhor se a companhia do navio tomasse conhecimento da situação. Dirigiu-se ao alto-falante de novo.

— O submarino mergulhou — disse ao instrumento indiferente.

— Parece ter mergulhado, pelo menos. Vamos continuar a busca por ele.

Um homem mais sensível que Krause, um homem com a percepção telepática de um orador, poderia ter percebido a atmosfera de desapontamento que tomou conta do navio enquanto ele se afastava do instrumento. Ele olhou para o relógio de novo e se dirigiu em passadas largas para a asa do passadiço. O vento ali era tremendo, com os vinte e dois nós do *Keeling* somados ao vento nordeste. Também eram lançados borrifos de água gélidos e densos ali. Olhando para a popa ele via os infelizes dos homens de serviço nas baterias das cargas de profundidade agachados para se abrigar; ainda bem que a rotina mesmo dos postos de batalha lhes reservava repouso regular. Ergueu o binóculo. Conseguia divisar na escuridão, muito vagamente, apenas o mastro de proa peculiar do *Viktor*, um pontinho mais sólido de cinza no cinzento geral. Com o *Keeling* saltitando e balançando daquele jeito e com os borrifos de água, era quase impossível ver mais detalhes do que aquilo e, embora ele varresse o restante do horizonte à popa com o binóculo, não conseguia ver mais nada. O radar lhe indicaria de imediato onde se encontrava o comboio, mas não era isso que ele queria. Queria ver com os próprios olhos quais eram as condições do campo de batalha, se a batalha acontecesse, se a boa sorte milagrosa levasse à localização de um submarino alemão entre o *Keeling* e o *Viktor*. Krause se virou e vasculhou o horizonte à frente; a mesma escuridão cinzenta, a mesma reunião vaga entre céu e água. Mas, caso um submarino viesse à tona dentro do alcance das armas de quarenta milímetros, seu passadiço seria visível o bastante para os vigias, os artilheiros e o oficial de artilharia.

Voltou à casa do leme com os olhos no relógio. O mensageiro se adiantou, ainda estendendo o casaco de pele de carneiro que ele havia mandado apanhar muito tempo atrás. Muito tempo? Nem tanto, se medido em minutos. Enfiou os braços dentro dele e o peso do casaco comprimiu suas roupas no corpo. Seu corpo estava frio, mas as roupas estavam mais frias ainda, geladas por causa do vento de quarenta nós que havia soprado por entre suas fibras. Tremeu incontrolavelmente diante do contato. Mal conseguia suportar aquilo. Mãos, membros e corpo estavam gelados; começou a bater os dentes. Fora loucura sair ao passadiço aberto sem estar adequadamente agasalhado; não havia sequer colocado o suéter por baixo do casaco da farda. Se tivesse apanhado o jovem guarda-marinha Hart fazendo algo tão insensato, gritaria com ele. Mesmo agora não estava agasalhado o bastante; faltavam suéter, luvas e cachecol.

Dominou as batidas dos dentes e apertou o casaco contra o corpo no calor comparativo da casa do leme para tornar o contato gélido tão breve quanto possível, para que o calor do seu corpo que se reavivava se irradiasse nas grossas roupas de baixo encostadas na sua pele. Mandaria que buscassem o restante das suas roupas num momento. Foi convocado pelo tubo de comunicação.

— Três quilômetros, senhor.

— Muito bem. — Ele se virou, gelado demais para usar a fórmula completa. — Velocidade padrão.

— Velocidade padrão — repetiu o homem no telégrafo. — Casa das máquinas responde velocidade padrão.

Isso ficou logo evidente. A vibração agitada desapareceu magicamente e foi substituída por um ritmo mais compassado que parecia, em contraste, quase suave, e o *Keeling* deixou de colidir com as ondas que iam de encontro à sua proa. Ele tinha tempo para se erguer e se inclinar diante delas, para se elevar até as longas ladeiras cinzentas e serpentear por sobre elas e assim, de novo em contraste, seu movimento parecia quase moderado.

— Coloque o sonar em funcionamento — ordenou Krause, e mal as palavras lhe saíam da boca e já o primeiro sinal se fazia ouvir através do navio, sucedido antes de se apagar por outro sinal, e por outro depois daquele, e ainda outro, de modo que o ouvido, já há longo tempo acostumado com o som monótono, logo teria deixado de registrá-lo, não fosse o fato de que neste instante todos na casa do leme o escutavam com atenção, perguntando-se se ele revelaria um inimigo. Esse ruído monótono, cada sinal um impulso atravessando a água fria em busca de um antagonista esgueirando-se nas profundezas; buscando lentamente à esquerda e lentamente à direita, buscando e buscando. Este era o ouvido que ouve de Provérbios, 20, assumindo a tarefa do olho que vê do radar.

Esse sinal soava diferente? Aparentemente, não, porque não houve relatório do sonar. Lá embaixo estava o operador de rádio de primeira classe Tom Ellis. Havia se formado pela Escola de Som de Key West e estava no navio desde que a guerra havia irrompido; presumidamente eficiente quando chegara, ele passou os meses seguintes ouvindo sinais do sonar, ouvindo-os um quarto de serviço após o outro durante todo o tempo que o *Keeling* estivera no mar. Isso não quer dizer que ele se tornara mais eficiente do que ao sair da Escola de Som, poderia até significar o contrário. Em Key West ele tinha passado por alguns exercícios apressados. Ouvira o eco de um submarino aliado, notara as variações de volume à medida que o submarino alterava seu rumo debaixo da água, calculara a posição e estimara a distância; tivera então duas lições apressadas sobre medidas defensivas do inimigo, então fora enviado ao mar para ouvir os ecos. E jamais desde então tinha ouvido um só; as vibrações que enviara jamais tinham voltado ao seu ouvido atento em busca de um submarino, aliado ou hostil; jamais fizera exercícios de atualização e jamais jogara o jogo mortal de esconde--esconde com um inimigo. Era humanamente possível que agora ele não reconhecesse um eco se o ouvisse; era sem dúvida provável que ele não fizesse as deduções imediatas da natureza do eco necessárias para um ataque bem-sucedido. Uma carga de profundidade lançada a vinte metros do seu alvo significava uma vitória provável; uma carga de profundidade lançada a trinta metros do alvo significava um fracasso certo. A diferença entre vinte e trinta metros poderia ser medida pela diferença entre as reações imediatas de um operador com prática e as reações lentas de um operador sem prática.

E isso ainda não levava em consideração a questão da coragem; ainda não havia como saber se Ellis era nervoso ou calmo, o que não era o mesmo de ser covarde ou corajoso. Um homem poderia ficar atrapalhado ante a simples ideia de fracasso, sem sequer pensar além de uma possível censura do seu oficial de divisão ou do seu capitão. Os dedos ficavam desajeitados, a sagacidade de certos homens se perdia pelo simples fato de que muito dependia da manipulação eficiente ou do pensamento rápido. Ellis lá embaixo dificilmente não perceberia que o êxito ou o fracasso dependiam dos seus próprios esforços, da delicadeza com que girava seu dial, das deduções que tinha de fazer de uma variação na qualidade do eco. Isso poderia deixá-lo estúpido ou desajeitado, ou ambas as coisas. O fato de o fracasso significar um torpedo no costado do *Keeling* que explodiria Ellis e seus instrumentos não era importante, Krause sabia. A covardia pura era muito mais rara do que a estupidez, assim como a coragem pura era mais comum do que a ousadia. Krause pensava em Ellis como o conhecia, cabelos loiros, um tipo de jovem dos mais comuns exceto talvez por ser levemente estrábico. Dirigira-se a ele pessoalmente no máximo umas dez vezes. Aquelas poucas frases trocadas em inspeções e breves interrogatórios nada podiam lhe dizer do homem sobre o qual agora tudo dependia, o jovem marujo em posição de sentido indistinguível numa fileira de outros nos alojamentos.

Os segundos se arrastavam enquanto o *Keeling* balançava, caturrava, arfava e, cambaleante, abria caminho através das ondas; Krause se equilibrava no convés agitado no silêncio da casa do leme — silêncio apesar do barulho do vento e da água lá fora. Foi uma surpresa quando o operador de comunicação falou.

— Sonar informa contato, senhor.

O operador era um homem baixo e robusto de nariz deformado; o capacete grande, aparentemente extragrande para acomodar os fones de ouvido, fazia com que parecesse um gnomo.

— Muito bem.

Todos na casa do leme ficaram duplamente tensos com a notícia. Watson deu um passo à frente; outros homens se remexiam. Não havia necessidade de atormentar Ellis com perguntas; pelo contrário, isso poderia atrapalhá-lo. Deveria se presumir que Ellis sabia o que era esperado dele até que provasse o contrário.

— Contato feito no rumo zero-nove-um — disse o operador. Ellis passava no primeiro teste então. — Distância indefinida.

— Muito bem.

Krause não conseguia dizer mais do que essas palavras. Compartilhava a tensão com os outros; sentia as batidas do seu coração e a secura repentina da garganta. Olhou para Watson e fez sinal de positivo; sabia que a mão iria tremer se permitisse; era o nervosismo da caçada, sem dúvida. Watson correu ao repetidor com a ordem para McAlister, olhando para a bússola giroscópica.

— Contato diretamente à frente, senhor — disse o operador. — Distância ainda indefinida.

— Muito bem.

Este operador era bom no seu trabalho. Cada palavra era pronunciada inexpressiva e distintamente. Era como um aluno repetindo uma lição aprendida de cor sem nenhuma compreensão do sentido. Emoção num operador de comunicação era uma qualidade bastante indesejável.

— Contato diretamente à frente, senhor — avisou o operador outra vez. — Distância de dois mil.

— Muito bem.

Eles estavam na direção do submarino, então. Krause tinha seu relógio na mão; era um esforço para ler o veloz ponteiro dos segundos.

— Distância de mil e novecentos metros.

Cem metros em catorze segundos? Com o *Keeling* indo a doze nós? Havia algo de impossível nesse número. Era o seu tempo de percorrer cem metros e o submarino não ficaria parado. Qualquer outro número além desse seria mais promissor. Essas estimativas de distância dependiam da precisão do ouvido de Ellis. Podiam estar completamente erradas.

— Distância de mil e oitocentos metros.

— Muito bem.

— Sem contato, senhor. Contato perdido.

— Muito bem.

Era de se presumir que o operador estivesse repetindo palavra por palavra do que Ellis lá embaixo dizia no seu bocal. Baseado nisso, devia-se pressupor que Ellis não estivesse atrapalhado, pelo menos ainda não.

— Capitão para sonar. Busca na proa a estibordo.

O operador de comunicação soltou seu botão.

— Sonar responde sim, senhor.

— Muito bem.

Que tipo de contato tinha sido feito? Algum efeito de fogo-fátuo de uma camada fria? Uma bolha *Pillenwerfer* lançada por um submarino? Podia ter sido um contato real rompido por alguma condição interveniente. Mas era importante que tivessem feito contato exatamente onde o contato era esperado se as indicações que ele fez a partir do radar estivessem corretas. Então o submarino estivera num rumo formando um ligeiro ângulo em relação ao rumo do *Keeling*, cruzando de bombordo para estibordo. A possibilidade mais plausível era a de que ainda mantivesse aquele rumo, depois de lançar uma *Pillenwerfer*; mas havia também a chance de que estivesse se deslocando muito lentamente através da proa do *Keeling*, lentamente o bastante para a distância informada ter permanecido constante por algum tempo — e tomara então uma súbita ação evasiva, mergulhando fundo e virando; virando em que direção? O sonar continuava seus sinais monótonos, os minutos passavam, minutos preciosos. Cinco minutos significavam que o *Keeling* estava na última posição indicada; significavam também que o submarino estava a um quilômetro ou mais dela. Poderiam significar, também, que estaria apontando um torpedo para os órgãos vitais do *Keeling*.

— Sonar informa contato, senhor. Bombordo, distância indefinida.

Então ele errara ao achar que o submarino havia continuado sua rota para o seu lado estibordo; mas não havia segundos a perder pensando nisso.

— Leme total à esquerda.

— Leme total à esquerda — repetiu McAlister.

O desejo de aumentar a velocidade fervilhava dentro dele; queria arremeter o *Keeling* até a posição do novo contato, mas isso era desaconselhável. Nesse passo de lesma ele já ia o mais rápido que o sonar podia tolerar.

— Informe todos os rumos relativos — ordenou.

— Contato rumo bombordo cinco-zero, senhor.

— Muito bem.

O *Keeling* ainda estava virando; não tinha girado ainda o suficiente quando o eco retornou, apontando na direção do anterior.

— Contato estibordo zero-cinco. Distância de mil e duzentos metros.

Excelente. A velocidade do *Keeling* podia ser um passo de lesma, mas a do submarino submerso era ainda menor.

— Contato rumo estibordo um-zero. Distância de mil e duzentos metros.

O submarino também estava virando. O círculo que descrevia submerso seria consideravelmente menor que o do *Keeling*.

— Leme total à direita.

— Leme total à direita.

Velocidade acima versus poder de manobra abaixo. Mas, com o leme virado ao máximo, o *Keeling* perderia velocidade; dois oponentes bem parelhos. A água se chocava com a parte do convés entre os castelos do *Keeling*, enquanto ele adernava na curva fechada.

— Contato rumo estibordo um-zero. Distância firme de mil e duzentos metros.

— Muito bem.

Virando juntos. Este mar revolto reduzia a capacidade de manobra do *Keeling*; um momento de calmaria daria a ele a chance de virar mais rápido, se é que este momento viria.

— Distância de mil e cem metros.

Estavam se aproximando do submarino.

— Rumo? — perguntou Krause de súbito, para logo se arrepender da pergunta. O operador só podia repetir o que chegava a ele através dos seus fones de ouvido.

— Rumo estibordo um-zero.

— Muito bem.

Posição constante, distância diminuindo. A maior velocidade do *Keeling* prevalecia sobre o círculo de raio menor do submarino. Com o tempo — com o tempo — o *Keeling* atravessaria a rota do submarino, passaria por cima dele e o destruiria.

— Contato em rumo estibordo zero-cinco. Distância de mil metros.

Mais perto! Aproximando-se à frente! O *Keeling* devia estar respondendo melhor ao leme. A vitória estava mais perto do que ele havia imaginado. O *Keeling* navegava sobre águas brancas agora. Atravessava a própria esteira, tendo descrito um círculo completo.

— Contato rumo bombordo zero-cinco. Distância de mil e cem metros. Abrindo, senhor.

— Leme total à esquerda! — vociferou Krause.

O submarino o havia enganado. No momento do informe anterior, ele estava virando na direção oposta. Agora tinha partido num rumo inteiramente diferente, enquanto o *Keeling* girava para longe dele. Havia recuperado seus cem metros perdidos e recuperaria mais antes que o *Keeling* pudesse refazer o rumo. McAlister girava o timão com selvageria. O *Keeling* estava se recuperando, encarava agora ondas que invadiam o convés e cambaleava ao atravessá-las.

— Contato rumo bombordo um-zero. Distância de mil e duzentos.

O submarino poderia conseguir escapar. Fizera o melhor uso da sua capacidade de manobra e tirara pleno proveito do intervalo de tempo necessário entre uma mudança de rumo da sua parte e a chegada da notícia ao capitão inimigo. A informação que chegava ao *Keeling* era limitada e lenta; as deduções a serem extraídas dela podiam ser falhas — em parte, conhecemos, e em parte profetizamos; o capitão do submarino estava ciente das limitações do *Keeling*.

— Contato em rumo bombordo um-cinco. Distância indefinida.

— Muito bem.

Era quase certo que o submarino o havia enganado. Abrira considerável distância dele e ampliara seu rumo. Três minutos atrás Krause se congratulava por ter se aproximado do submarino. Agora receava que ele se livrasse por completo. Mas o *Keeling* seguia rápido.

— Contato em rumo bombordo um-cinco. Distância indefinida.

— Muito bem.

Com o leme total à esquerda, o *Keeling* caçava a própria popa mais uma vez na direção oposta. Um observador ignorante poderia pensar que a analogia do comportamento de um gato cabia aqui, se não estivesse ciente da batalha mortal que o navio empreendia contra um oponente invisível.

— Contato em rumo bombordo um-cinco. Distância de mil e duzentos metros.

Então essa era a medida do que ele havia perdido. Se fosse enganado mais uma ou duas vezes desse jeito poderia de repente se encontrar num rumo oposto ao do submarino, que escaparia antes que o navio pudesse virar de novo. O operador deu um espirro explosivo uma vez, depois outra. Agora todos olhavam para ele. Toda batalha poderia depender dele, de que controlasse a convulsão; o espirro de um único marujo era capaz de mudar o destino de impérios. Ele se aprumou e apertou o botão do seu telefone.

— Repita.

Todos esperaram até que ele voltasse a falar.

— Contato em rumo bombordo um-três. Distância de mil e cem metros.

Então o *Keeling* estava recuperando o terreno perdido.

— Vai repetir aquilo? — perguntou Krause.

— Não, senhor. Acredito que não, senhor.

O operador havia tirado o lenço de baixo do seu monte de roupas, mas não tentava usá-lo com o instrumento colado ao rosto. Se ia ter novos acessos de espirro seria melhor substituí-lo. Krause decidiu assumir o risco.

— Contato em rumo bombordo um-um. Distância de mil.

— Muito bem.

O submarino também tinha encontrado uma limitação. Depois de ganhar distância do *Keeling*, descrevia agora um arco mais amplo, de modo que o *Keeling* podia fazer a curva dentro dele, aproximando-se até que o equilíbrio fosse restabelecido para que o submarino e o contratorpedeiro voltassem a circular um ao redor do outro como planeta e satélite. O equilíbrio só poderia ser rompido por um golpe de sorte extra da parte do submarino, que o permitisse romper o contato por completo — ou por um golpe extra de bom gerenciamento do *Keeling*, que o permitisse fechar o cerco sobre seu antagonista. E o fator tempo poderia se inclinar em favor de qualquer das partes; se a luta fosse prolongada o suficiente, o submarino veria exaurir suas baterias e seu exaustor de ar — mas se a luta fosse prolongada o suficiente o *Keeling* poderia se encontrar tão longe do seu posto de dever com o comboio que teria de dar meia-volta e se juntar de novo a ele. Um jogo de pega-pega, um jogo de esconde-esconde, mas com apostas na mesa, com um vencedor e um perdedor.

— Contato em rumo bombordo um-um. Distância de mil.

— Muito bem.

Contratorpedeiro e submarino faziam círculos ao redor um do outro. Enquanto essa situação prevalecesse, o *Keeling* tinha a vantagem. O tempo estava do seu lado; as baterias do submarino não durariam para sempre e as chances eram mais favoráveis ao *Keeling* fechar o cerco através de condições incomuns do que simplesmente o submarino conseguir correr mais do que o oponente ou rodar mais rápido do que o oponente. Como ocorreu da última vez que haviam girado, cabia ao submarino fazer algo em relação à situação.

— Contato em rumo bombordo um-um. Distância firme de mil metros.

— Muito bem.

Krause tomou uma decisão repentina.

— Leme total à direita.

Um quinto de segundo de hesitação na resposta de McAlister; uma leve nota ácida de surpresa ou protesto no seu tom. Era como se o *Keeling* estivesse fugindo da batalha. McAlister girava o leme na direção dos ponteiros do relógio. O *Keeling* deu uma guinada, balançou, fez jorrar uma centena de toneladas de água enquanto seu movimento circular era anulado e então revertido.

Duas crianças correndo ao redor de uma mesa, uma perseguindo a outra. Era o estratagema mais velho do mundo, o perseguidor reverter a direção e correr no outro sentido para que o perseguido corresse para os seus braços; cabia ao perseguido antecipar essa virada e virar ele próprio ao mesmo tempo. Nessa perseguição de submarino por contratorpedeiro não era possível para o contratorpedeiro tentar a mesma manobra — o giro do contratorpedeiro era muito lento e muito amplo; reverter seu giro o levaria para longe do alcance do sonar; seria, como McAlister pensou, abandonar a perseguição. Mas essa não era toda a história. Nesta perseguição cabia ao submarino fazer algo diferente, pois se ele mantivesse indefinidamente seu rumo em círculos sem dúvida seria apanhado no fim.

Havia de fato apenas uma chance para ele, virar subitamente e partir em outra direção, na direção oposta. Já praticara essa estratégia certa vez com considerável sucesso. Girava mais rápido que o contratorpedeiro em todo caso; e tinha a vantagem de ganhar tempo. Havia os segundos que Ellis levaria para notar a mudança de rumo. Havia os segundos que levaria até a mudança ser notificada ao passadiço. Havia os segundos que levaria para novas ordens serem dadas ao leme e então havia os longos, longos segundos que levaria para o *Keeling* alterar seu rumo. O submarino poderia iniciar sua virada quando quisesse, em resposta a uma única ordem do capitão. Levaria meio minuto até que o contratorpedeiro pudesse começar a imitá-lo e meio minuto praticamente para a reversão recíproca das rotas, o que significaria uma divergência de algumas centenas de metros, um enorme ganho. O submarino só tinha de repetir a manobra com sucesso algumas vezes para se encontrar fora do alcance do sonar e a salvo.

Mas e se o contratorpedeiro antecipasse a manobra e virasse um segundo ou dois antes que o submarino o fizesse? Então naqueles segundos, ou mais, até que o submarino percebesse o que o contratorpedeiro estava fazendo — e ele estaria sob a mesma desvantagem quanto à tradução da informação em ação de que se ressentia o contratorpedeiro —, o submarino estaria correndo direto para os braços do contratorpedeiro, como a criança correndo ao redor da mesa. Um estratagema infantil, por certo, simplicidade pura, como a maioria dos estratagemas de guerra; mas, como a maioria dos estratagemas de guerra, mais facilmente pensado do que executado. Não só a rapidez de pensamento era necessária para a execução mas também resolução e determinação. Era preciso decidir e executar o plano até o fim, sopesar o risco contra o ganho, e não ser nem impedido pelo primeiro nem se deslumbrar pelo segundo. No momento em que Krause deu a ordem de leme à direita, o *Keeling* tinha o submarino dentro do alcance do sonar, estava no calor da perseguição e, ainda que não empreendesse nenhuma nova ação radical, tinha uma leve chance de encurralar o inimigo. A virada significava pôr em risco tudo isso. Se o submarino apenas continuasse seu rumo enquanto o *Keeling* fazia a volta, a perda de todo contato de sonar era praticamente certa. O submarino ficaria livre para realizar qualquer ataque decidido por seu capitão contra o comboio que se aproximava. Esta era a aposta que Krause estava colocando na mesa, aparentemente. Mas não era tão grande quanto parecia, pois havia a consideração de que se ele continuasse evoluindo em círculos atrás do submarino, rodando, tardiamente, depois que o submarino rodasse, ele aos poucos seria deixado para trás e aos poucos se encontraria numa posição cada vez mais afastada, e acabaria se desgarrando. Ele não apostava uma certeza contra uma possibilidade, mas uma possibilidade contra outra.

Havia ainda outra consideração que poderia ter influenciado Krause; ela poderia tê-lo influenciado, mas não o fez. Ele estava conduzindo o navio, por assim dizer, sob os olhares de tripulações endurecidas pela batalha do contratorpedeiro polonês e das corvetas britânica e canadense. Elas combateram em dezenas de ações e ele nunca enfrentara um só combate. Estariam bastante interessados no padrão de desempenho que o ianque demonstraria, em especial porque o mero acaso as colocara sob seu comando, principalmente porque ele já havia cancelado uma perseguição de que participaram. Poderiam se entreter, poderiam desdenhar, poderiam odiar. Alguns temperamentos poderiam ter oferecido alguma consideração a este lado da questão. É fato que Krause não lhe deu a menor importância.

Analisar desta maneira todos os elementos táticos da situação e então os fatores morais que levaram Krause a pronunciar a ordem do leme à direita exigiria de uma mente aguçada alguns minutos e a decisão de Krause fora tomada em não mais que um ou dois segundos sem nenhuma análise consciente, como a criança correndo ao redor da mesa de repente reverte seu rumo sem parar para pensar. Um bloqueio de um esgrimista muda para uma resposta em um décimo de segundo, em um cinquentésimo de segundo; esta comparação poderia ter força adicional porque (embora não fosse lembrado com frequência agora) dezoito anos antes, e catorze anos antes, Krause pertencera à equipe olímpica de esgrima.

O *Keeling* se espojou ao fazer sua virada, jogando água no convés.

— Contato em rumo indefinido — avisou o operador.

— Muito bem.

Na confusão da água, isso não era de se admirar. O *Keeling* estava fechando o cerco.

— Relaxar o leme. Completar — ordenou Krause.

O *Keeling* havia completado a volta. McAlister repetiu a ordem e o *Keeling* se estabilizou.

— Contato em rumo bombordo zero-dois. Distância de oitocentos metros.

— Muito bem.

A manobra fora bem-sucedida. A virada do *Keeling* antecipara a do submarino. Tinha o inimigo quase diretamente à sua frente e ganhara uma vantagem inestimável de duzentos metros.

— Firme no rumo — ordenou Krause.

O submarino ainda devia estar girando, provavelmente estava; se fosse o caso, o melhor seria deixá-lo continuar atravessado na proa do *Keeling*, perdendo mais distância.

— Contato em rumo diretamente à frente. Em Doppler — avisou o operador.

O submarino tinha continuado a fazer a volta, então, aproximando-se ainda mais do poder do *Keeling*. O efeito Doppler indicava que o submarino e o *Keeling* estavam bem alinhados, no mesmo rumo; em outras palavras, o *Keeling* estava na cola do submarino e superando-o em velocidade, seis nós aproximadamente, e menos de um quilômetro atrás. Quatro minutos assim e o alcançariam. Havia a tentação de liberar os quarenta mil cavalos-vapor do *Keeling*, para vencer num salto a distância que os separava, mas deviam resistir a essa tentação por causa do efeito ensurdecedor que qualquer aumento na velocidade causaria ao sonar.

— Contato em rumo estibordo zero-um. Distância de setecentos. Em Doppler.

Alcançavam-no rápido. O efeito Doppler e a reduzida mudança de posição indicavam que o submarino não estava fazendo uma curva no momento em que Ellis captou o último eco. O capitão do submarino lá embaixo, tendo manobrado seu navio para fora do círculo, tivera de esperar para ouvir do seu próprio aparato de leitura de distância por eco; talvez não tivesse confiado na primeira informação; talvez esperasse para ver se o *Keeling* ainda estava girando; talvez tomasse um segundo ou dois para decidir o que faria em seguida e estava perdendo tempo, tempo e distância. Havia saído reto do círculo, sem reverter por completo o rumo, e deve ter ficado atônito ao ver a proa do seu adversário apontada para ele quando se estabilizou no rumo que, acreditava, o levaria à segurança. Agora teria de manobrar de novo; mais três minutos estável no rumo e estaria perdido. Ele poderia virar para estibordo ou poderia virar para bombordo. Antecipá-lo uma vez mais e se aproximaria da sua lateral. Sua última virada fora para estibordo; será que viraria por instinto para bombordo desta vez, ou seria mais esperto e repetiria o movimento? Krause teve dois segundos para considerar tudo isso, muito mais do que quando, lâmina contra lâmina, o esgrimista tem de decidir se seu adversário vai estocar ou fintar.

— Leme à direita.

— Leme à direita.

No momento da resposta o operador de comunicação reportou.

— Contato em rumo estibordo zero-dois. Distância de seiscentos metros.

Apenas seiscentos metros entre eles; não fora um giro muito amplo então.

— Relaxar o leme.

— Relaxar o leme.

Agora era o momento de trocar um olhar com o tenente Nourse, oficial dos torpedos e assistente de artilharia, de pé na quina estibordo da casa do leme.

— Pronto para padrão médio.

— Sim, senhor.

Nourse falava no seu bocal. Krause engoliu em seco na sua empolgação. O momento podia estar muito perto. Era sempre verdade nas lidas com navios no mar que o tempo parecia correr cada vez mais rápido à medida que a crise se aproximava. Dois minutos atrás, a ação parecia remota. Agora o *Keeling* poderia lançar suas cargas de profundidade a qualquer momento.

— Contato em rumo bombordo um-um. Distância de seiscentos.

Essa mudança de posição se devia à virada do *Keeling*, incompleta quando Ellis captou seu eco. O próximo informe seria vital. Nourse estava parado, tenso, à espera. As equipes das armas K e das baterias de cargas de profundidade se agachariam, prontas para agir. Enquanto Krause olhava de Nourse para o operador, seu olhar cruzou com um estranho par de olhos; voltou a olhar. Era Dawson, o oficial de comunicação, prancheta na mão, que subira até o passadiço do seu posto abaixo. Significava que alguma mensagem — devia ser de rádio — havia chegado e era secreta demais para que alguém pudesse ver além de Krause e Dawson. Secreta e, portanto, importante. Mas não podia ser tão importante nos próximos segundos quanto o assunto em andamento. Krause pôs Dawson de lado com um aceno de mão enquanto o operador voltava a falar.

— Contato em rumo bombordo um-um. Distância de quinhentos metros.

Rumo constante e distância reduzindo. Ele havia antecipado a virada do submarino. O *Keeling* e o submarino seguiam de frente para um encontro ao qual a morte também poderia comparecer. Outro olhar para Nourse; um cerrar de punhos.

— Contato diretamente à frente. Distância próxima.

A serenidade do operador com jeito de gnomo tinha desaparecido; sua voz subiu uma oitava e saiu rouca.

— Fogo! — gritou Krause, e lançou a mão com o dedo indicador apontando para Nourse, e Nourse deu a ordem em seu bocal. Este foi o segundo em que Nourse e Krause estavam tentando matar cinquenta homens.

— Disparar um! — ordenou Nourse. — Disparar dois! Disparar três!

A súbita mudança do rumo do contato poderia não significar nada além de o capitão do submarino, depois de se ver sem ter para onde ir, depois de ver que os dois navios seguiam juntos, ter acelerado o leme de novo, correndo direto para o antagonista, com a intenção de surpreendê-lo passando em rumos opostos e tornando o momento de perigo o mais breve possível. Aquele "distância próxima" representava aproximadamente trezentos metros — a menor distância em que o sonar poderia funcionar. O submarino poderia estar neste exato momento passando por baixo do contratorpedeiro, bem debaixo dos pés de Krause. As cargas de profundidade que rolaram das suas esteiras mergulhando com peso no mar opaco poderiam então chegar atrasadas e explodiriam de maneira inofensiva atrás da popa do submarino. Mas o submarino poderia ainda estar um pouco à frente do *Keeling*, com a popa próxima, e nesse caso as cargas de profundidade explodiriam exatamente ao seu redor, se a medição da profundidade estivesse correta, e romperiam seu frágil casco. No entanto, o submarino poderia não estar passando diretamente abaixo, mas estar cem metros a bombordo ou a estibordo. A dupla detonação das armas K naquele momento mostrava que mais cargas de profundidade eram lançadas de cada lado do navio antecipando essa possibilidade. Poderiam acertá-lo. Uma das quatro cargas de profundidade lançadas poderia explodir bem perto. Era como atirar com uma escopeta de cano serrado num quarto escuro para tentar acertar um homem se esquivando lá dentro. Era tão brutal quanto.

Krause chegou com passadas largas à asa do passadiço no momento em que a arma K quase diretamente abaixo dele disparou. O cilindro feio que ela havia lançado ao ar permaneceu na sua visão por um instante antes de cair no mar fazendo jorrar água. E, ao cair, o mar atrás da esteira do *Keeling* se abriu numa vasta cratera cremosa do centro da qual se erguia uma torre de espuma branca; enquanto ela subia, Krause ouviu o estrondo enorme, mas abafado, da explosão debaixo da água. E a torre de espuma ainda estava de pé, prestes a tombar, quando uma cratera se abriu e outra torre se elevou do mar, e mais uma de um lado e ainda outra do outro lado. As profundezas faz ferver, como uma panela, como disse Jó. Parecia que nada conseguiria viver na longa elipse de água torturada, mas não apareceu nada. Nenhum casco encharcado, nem grandes bolhas, nem óleo. As chances eram de dez a um, pelo menos, contra uma única carga de profundidade ter acertado o alvo. Seria muita sorte se a primeira iniciativa do *Keeling* — a primeira tentativa de Krause de matar um homem — tivesse sido bem-sucedida.

Na verdade, esse era o caso; Krause sentia uma terrível pontada na consciência ao entrar na casa do leme. Não deveria estar lá fora de modo algum. Fazia cinco segundos desde a última explosão, cinco segundos durante os quais o submarino poderia viajar uns cem metros rumo à segurança. Mais uma vez o nervosismo causado pela caçada; e simples negligência do dever.

— Leme total à direita — ordenou ao entrar.

— Leme total à direita.

O intendente repetiu a ordem que Krause deu.

— Encontre uma rota de volta ao ponto de disparo.

— Sim, senhor.

— Estável no reverso do rumo atual — ordenou Krause.

— Sonar informa aparelhagem temporariamente fora de funcionamento, senhor — avisou o operador.

— Muito bem.

O sonar, delicado como o ouvido humano, ficou temporariamente ensurdecido por causa das explosões submarinas. O *Keeling* fechava um círculo cerrado, mas não rápido o bastante para a impaciência de Krause. Levava sempre vários minutos para completar uma volta, enquanto o submarino — se não estivesse danificado — rodava rápido graças a seus hélices. Poderia já estar a um quilômetro de distância — ou mais — quando o *Keeling* apontasse a proa para ele de novo, tão longe que o sonar não seria capaz de dizer a ele que havia alcançado esta situação. E Dawson empurrava a prancheta para ele de novo.

Na verdade, havia se esquecido da chegada de Dawson ao passadiço com a mensagem, três minutos atrás. Pegou a prancheta e leu as palavras centrais da mensagem primeiro.

HUFF DUFF INDICA CONCENTRAÇÃO INIMIGA — seguiam-se uma latitude e uma longitude — SUGERE MUDANÇA DE ROTA RADICAL PARA O SUL.

Esses números de latitude e longitude pareciam familiares, e bastou um instante para confirmar as suspeitas. Num espaço dentro de dois ou três quilômetros para qualquer lado, era exatamente a localização do *Keeling*. Estavam bem no meio de uma alcateia de submarinos alemães. Era uma mensagem do almirantado, endereçada a ele como comescolta e datada de duas horas atrás. Era a transmissão mais rápida que se poderia esperar; o pessoal do almirantado, com seus mapas e suas mesas de planejamento, esperançoso, devia ter desejado boa sorte quando mandou esse alerta. Como uma transmissão milagrosamente veloz e o comboio se locomovendo com uma hora ou duas de atraso, haveria tempo de tirá-lo do alcance da alcateia. Como estava agora? Praticamente impossível. O comboio, bem compacto, ele esperava, arrastava-se embalado pela sua carga pesada. Levaria apenas alguns segundos para repassar essas ordens a todo navio no comboio e garantir que estivessem avisados. E o movimento provocaria uma repetição da desordem e do desgarramento anterior — pior, provavelmente, considerando que não havia sido programada.

— Revertendo ao rumo anterior, senhor — informou Watson.

— Muito bem. Ative o sonar.

E, ainda que o comboio executasse a virada com perfeição, ela não valeria de nada no meio de uma alcateia de submarinos que teria plena ciência disso. Só representaria atraso, não apenas prejudicial, mas perigoso.

— O sonar não informa contato, senhor.

— Muito bem.

Quarta-feira
Quarto da tarde: 1200 — 1600

A única coisa a fazer era escapar da alcateia e se arrastar pesadamente através do Atlântico. Pelo menos recebera seu alerta; mas, vendo que o comboio e a escolta já costumavam se comportar como se houvesse uma alcateia de submarinos nas proximidades, a advertência não tinha nenhum impacto particular. Não havia propósito, portanto, em repassar o alerta aos seus subordinados e ao comodoro. Isso não afetaria suas ações e, quanto menos gente soubesse da precisão com que o almirantado localizara as concentrações de submarinos, melhor.

— O sonar não informa contato, senhor.

— Muito bem.

O plano então seria abrir caminho com luta, se arrastar teimosamente para a frente, romper o cordão de submarinos para seu vagaroso comboio. E esta mensagem que ainda segurava? Essas poucas palavras do mundo exterior que parecia tão distante do seu horizonte estreito? Deviam permanecer sem resposta; não devia haver violação do silêncio de rádio para um mero fim negativo. Ele devia lutar sua batalha enquanto o pessoal de apoio em Londres e Washington, em Bermuda e Reykjavík, permanecia na ignorância. Porque cada qual levará a sua própria carga e esta era a dele — esse era um texto dos Gálatas; era capaz de se lembrar de quando o aprendeu, muitos anos antes — e tudo o que tinha a fazer era seu dever; ninguém precisava de uma audiência para isso. Estava a sós com sua responsabilidade nesta casa do leme lotada, na frente do comboio lotado. Deus faz que o solitário viva em família.

— O sonar não informa contato, senhor, na proa em trinta graus a bombordo e a estibordo.

— Muito bem.

Virou-se de um problema para o outro.

— À direita lentamente.

— À direita lentamente.

— Cante sua posição, timoneiro.

— Sim, senhor. Passando um-três-zero. Passando um-quatro-zero. Passando um-cinco-zero. Passando um-seis-zero. Passando um-sete-zero.

— Estabilizar. Manter rumo.

— Estabilizar. Manter rumo. Seguindo um-sete-dois, senhor.

Krause devolveu a prancheta.

— Obrigado, sr. Dawson.

Retribuiu meticulosamente a continência de Dawson, porém não notou mais a presença dele. Não tomou conhecimento do olhar do outro ou das expressões sucessivas no rosto jovem e gorducho de Dawson. Surpresa, seguida de admiração e então por um pouco de pena. Apenas Dawson, além do capitão, sabia das notícias graves na mensagem que ele trouxera. Só podia sentir admiração pelo homem capaz de receber aquela mensagem com nada além de um "Obrigado" e prosseguir com o que estava fazendo. Krause não teria entendido ainda que notasse. Não havia nada de espetacular, acreditava ele, num homem que cumpria seu dever. Seus olhos já vasculhavam o horizonte antes que Dawson se afastasse.

Sem dúvida o contato fora perdido, e eles haviam buscado em trinta graus de cada lado do rumo que o submarino vinha mantendo no momento do último contato. Agora ele percorria um novo setor, a estibordo, não a bombordo, sem nenhum dado de observação em que pudesse basear sua escolha. Mas uma virada para estibordo seria na direção do comboio, agora apenas visível ao longe. Se o submarino tivesse ido para bombordo, estaria se afastando do rumo do comboio para um local onde ficaria temporariamente inofensivo. O rumo que ele havia ordenado levaria o *Keeling* de volta à sua posição na escolta do comboio e faria uma busca na área onde o submarino poderia ser mais perigoso.

— Rumo firme em um-sete-dois, senhor — avisou Watson.

— Muito bem.

— O sonar não informa contato, senhor.

— Muito bem.

Estavam se dirigindo para o centro do comboio agora. O *Viktor* apareceu na sua proa a estibordo, patrulhando à frente do comboio, mas ainda não era possível ver o *James* no flanco esquerdo. Krause começou a considerar a questão de recolher as divisões de serviço que não precisassem estar de prontidão; não devia esquecer que estava gastando a reserva de batalha da energia e da atenção dos seus homens.

— Sonar informa contato distante, senhor! — avisou o operador, sua voz muitos tons mais alta por causa da própria agitação. — Bombordo dois-zero. Distância indefinida.

A tensão, que havia relaxado na casa do leme, voltou a reinar.

— Leme à direita para rumo um-nove-dois.

— Leme à direita para rumo um-nove-dois.

O *Keeling* fez a volta; Krause estava olhando para o *Viktor* de novo através do binóculo. A questão era saber se usaria o *Viktor* para fazer uma estocada ou se o manteria onde estava para realizar um bloqueio.

— O sonar informa contato distante no rumo um-nove-zero. Distância indefinida.

Outra breve ordem, outra pequena volta. Havia a tentação de importunar Ellis com perguntas e ordens, perguntar se não podia fazer melhor do que aquele "distância indefinida". Mas seu conhecimento a respeito de Ellis havia crescido vastamente nos últimos poucos minutos; Krause acreditava que ele não precisava ser cutucado para fazer seu melhor e que cutucar poderia perturbar sua serenidade vital.

Um grito frenético do vigia à proa do passadiço; um grito lancinante.

— Periscópio! Periscópio! Diretamente à frente!

Krause estava na asa do passadiço num átimo, antes que a última palavra fosse pronunciada, binóculo apontado.

— A que distância?

— Sumiu agora, senhor. Acredito que cerca de um quilômetro e meio, senhor.

— Sumiu? Você tem certeza do que viu?

— Positivo, senhor. Diretamente à frente, senhor.

— Um periscópio ou água encrespada?

— Periscópio, senhor. Certeza. Eu não tinha como me enganar. Dois metros dele, senhor.

— Muito bem. Obrigado. Continue vigiando.

— Sim, senhor.

Parecia bastante provável que o vigia tivesse visto o que disse que viu. O submarino saberia, depois do lançamento das cargas de profundidade, que estava a uma grande distância do seu perseguidor. Estaria ciente da proximidade do comboio e da escolta e seria desesperadamente importante para ele obter os rumos dos seus inimigos. Levantaria seu periscópio para uma varredura; isso era tão provável que podia ser considerado certo. E, além disso, com este mar agitado ele exibiria muito do periscópio. Os dois metros que o vigia comunicara não eram um valor improvável. O objeto sinistro cortando as águas revoltas era algo de que um homem alistado havia um ano podia ter certeza, ainda que o visse de relance. A própria rapidez do relance — o suficiente para uma varredura circular completa — confirmava isso. Krause voltou ao radiotelefone.

A agitação dentro da casa do leme era intensa. Mesmo Krause, com sua dureza e falta de empatia, conseguia senti-la batendo ao seu redor como ondas ao pé de um penhasco; também estava agitado, mas preocupado demais com a necessidade de tomar decisões rápidas para prestar atenção, em todo caso. Falou ao TBS.

— George para Águia. George para Águia. Está me ouvindo?

— Águia para George — chiou o TBS. — Estou na escuta. Intensidade quatro.

— Tenho um contato diretamente à minha frente, em rumo um--nove-zero.

— Rumo um-nove-zero, senhor.

— Distância de cerca de um quilômetro e meio.

— Distância de cerca de um quilômetro e meio, senhor.

— Vi o periscópio ali um minuto atrás.

— Sim, senhor.

— Deixe seu posto e nos dê uma mão.

— Partir e dar uma mão. Sim, senhor.

O *Viktor* poderia cobrir os dez quilômetros que o separavam do submarino em quinze minutos, caso se dispusesse a isso.

— O sonar informa contato diretamente à frente, senhor. Distância indefinida.

— Muito bem.

Enquanto o contato estivesse diretamente à frente ele podia ter a certeza de que se aproximava do submarino o mais rápido que podia. Com o binóculo varreu o horizonte outra vez. O comboio parecia estar em ordem pelo que podia ver dele. Foi ao TBS de novo.

— George para Harry. George para Dicky. Vocês estão na escuta?

Ouviu as respostas chiadas.

— Estou a onze quilômetros do comboio em rumo zero-oito-cinco dele. Chamei Águia para me ajudar a caçar um contato.

— Sim, senhor.

— Sim, senhor.

— Vocês precisam oferecer escolta para o comboio.

— Positivo.

— Sim, senhor.

O operador no ombro de Krause entrou na conversa.

— Sonar não informa contato, senhor.

— Muito bem. — Krause disse essas palavras por sobre o ombro antes de continuar sua ordem. — Harry, patrulhe toda a metade bombordo, frente e flanco.

— Metade bombordo. Sim, senhor.

— Dicky, fique com a metade estibordo.

— Sim, senhor.

— Câmbio.

— O sonar não informa contato, senhor — avisou o operador de novo.

— Muito bem.

Seria possível pensar que havia ironia nessas duas palavras. Depois de chamar o *Viktor* dos seus deveres de escolta, de estender as defesas do comboio ao máximo, ele foi brindado com a notícia de que o contato havia sido perdido. Mas só podia se segurar e esperar que ele pudesse ser recuperado. Sentia que podia ao menos confiar que Ellis continuaria tentando. O *Viktor* estava agora muito mais à vista, aproximando-se rapidamente e dirigindo-se para cruzar a rota do *Keeling* alguma distância à frente.

— Capitão para sonar. Um contratorpedeiro aliado cruzará nossa popa em aproximadamente sete minutos.

O operador de comunicação repetia a mensagem enquanto Krause voltava ao TBS.

— George para Águia. George para Águia.

— Águia para George. Estou na escuta.

— Contato perdido no momento.

— Sim, senhor.

O operador falava agora.

— O sonar responde... — Ele fez uma pausa enquanto uma nova mensagem chegava aos seus fones de ouvido. — Contato fraco. Um--nove-quatro.

— Muito bem.

Não havia tempo a perder em comemoração.

— George para Águia. Contato de novo cinco graus da nossa proa a estibordo. Estou virando para segui-lo.

— Sim, senhor.

Sem dúvida o submarino estava ziguezagueando e mudando de profundidade no esforço para se livrar do seu perseguidor. Ainda não devia ter ouvido o *Viktor* se aproximando.

— Águia para George.

— George para Águia. Prossiga — falou Krause.

— Estou reduzindo a velocidade para doze nós.

— Doze nós. Muito bem.

Quando o *Viktor* tivesse reduzido a velocidade, seu sonar poderia entrar em ação; e tornaria sua aproximação mais difícil de ser detectada pelo submarino. O *Viktor* chegara o mais rápido possível. Era um veterano no jogo antissubmarino.

— O sonar não informa nenhum contato, senhor.

— Muito bem.

O *Viktor* estava a seis quilômetros, Krause estimou, cobrindo a área da proa a estibordo. Aquele peculiar mastro de proa estava visível em cada detalhe. Os dois navios convergiam. O passadiço estava silencioso, a não ser pelo som do mar e pelos sinais monótonos do sonar.

— O sonar não informa nenhum contato, senhor.

— Muito bem.

O *Keeling* devia ter avançado quase dois quilômetros desde o último contato. Se o submarino tivesse feito uma mudança radical de rumo nesse meio-tempo, a posição a esta altura deveria estar mudando muito rapidamente.

— Dois-zero-cinco! — exclamou o operador. Todos no passadiço ficaram tensos de novo. Krause estava prestes a falar ao TBS quando se deu conta do que tinha acabado de ouvir. Uma nota amarga; ele olhou para o operador de comunicação.

— Não foi isso que lhe ensinaram — repreendeu. — Preste atenção ao que está falando. Repita.

— O sonar informa contato em dois-zero-cinco, senhor — disse o operador, desconcertado.

— Muito bem.

Não deveria haver precipitação no passadiço do *Keeling*; melhor perder um segundo agora do que ter confusão depois.

— Assuma a pilotagem, sr. Watson — ordenou Krause com aspereza; ele tinha dois navios para comandar. Estava calmo ao falar pelo TBS; era uma vantagem de não ter um temperamento empático. A agitação dos outros o levava à indiferença. — George para Águia. Contato de novo na minha proa a estibordo. Estou virando para lá.

— Águia para George. Sim, senhor.

Imaginou ter detectado uma alteração de rumo da parte do *Viktor*, mas não podia estar certo àquela distância e com o rumo relativo mudando. Mas não havia necessidade de dar ordens ao *Viktor*. Aquele capitão polonês sabia o que tinha de fazer. Não era necessário dizer a um terrier o que fazer diante de uma toca de rato.

— O sonar informa rumo dois-um-zero, senhor. Distância de dois quilômetros.

— Muito bem.

— Firme no novo rumo, senhor! — reportou Watson naquele exato momento.

— Muito bem. Prossiga, sr. Watson. George para Águia. Contato ainda está cruzando minha proa de bombordo a estibordo, distância de dois quilômetros.

— Águia para George. Sim, senhor.

Krause tinha falado com aquela entonação absolutamente monótona com a qual confiava que seria entendido, com pausas distintas entre as palavras. O oficial inglês no *Viktor* respondia com a mesma frieza, na medida em que Krause podia julgar do seu sotaque peculiar e da distorção pelo radiotelefone. Agora ele via o *Viktor* assomando em aproximação, fazendo uma manobra de oito, de modo que o estibordo da sua proa estava ligeiramente visível ao seu olhar. O terrier corria para interceptar a fuga do rato.

— O sonar informa contato em rumo dois-um-zero, senhor. Distância de dois mil metros.

— Muito bem.

A velha situação se repetia, o submarino descrevendo um círculo e o *Keeling* fazendo o mesmo atrás dele; mas desta vez havia o *Viktor* para interceptar.

— Águia para George. — Justo quando ia falar. — Contato, senhor, na minha proa a estibordo. Distância indefinida.

— Muito bem. Na minha proa a estibordo também. Distância de dois quilômetros.

Agora o rato corria para as mandíbulas do terrier. Os dois navios se aproximavam rapidamente e entre eles estava o submarino.

— O sonar informa contato diretamente à frente, senhor.

— Muito bem.

Com isso o submarino parecia ter começado a girar na direção oposta, saindo do círculo. Não dava para saber se ele já tinha conhecimento da presença do *Viktor*, mas parecia que sim. O *Viktor* já estava girando a estibordo. Seu sonar devia ser bom.

— Águia para George. Águia para George. Contato perto da minha proa a bombordo. Convergindo.

— George para Águia. Estou na escuta.

Uma vez mais aquele fenômeno da velocidade variável do tempo. Com os navios bem próximos, os segundos voavam; mesmo durante a breve troca de mensagens a situação tinha se tensionado consideravelmente.

— Águia para George. Permissão para atacar.

— George para Águia. Em frente. Permissão concedida.

— O sonar informa contato diretamente à frente, senhor — avisou o operador. — Distância indefinida. Interferência do outro navio.

— Muito bem. George para Águia. Contato diretamente à minha frente.

Ele deveria manter este rumo por mais um tempo para permitir ao *Viktor* que se reposicionasse. E então deveria alterar o rumo para evitar uma colisão. Mas para onde? Que direção o submarino perseguido tomaria para evitar o ataque do *Viktor*? Que caminho ele tomaria para interceptá-lo se o submarino sobrevivesse ao ataque? O *Viktor* estava virando um pouco mais a estibordo. Quando o *Keeling* fez seu ataque, o submarino — até onde sabia — tinha girado debaixo dele num rumo oposto. Era o melhor que podia fazer; seria sua melhor opção de novo.

— Quinze graus à direita, sr. Watson.

— Sim, senhor. Leme à direita para o rumo...

— Águia para George. Cargas de profundidade lançadas.

O *Keeling* girava. Bem na sua proa a bombordo elevou-se a primeira coluna de água; mais e mais adiante ergueram-se as outras, na esteira do *Viktor*. O som das explosões era audível e abafado.

— O sonar informa contato obscurecido, senhor.

— Muito bem. Capitão para sonar. Busque na proa a bombordo.

Aquela tremenda tentação outra vez de ordenar velocidade máxima e a possibilidade de abafar o sonar; a tentação devia ser colocada de lado. Bem-aventurado o homem que sofre a tentação; porque, quando for provado, receberá a coroa da vida. Neste rumo eles passariam por uma ampla margem da área de água torturada que o *Viktor* havia agitado com suas cargas de profundidade. O *Viktor* girava laboriosamente para estibordo, voltando ao ataque.

— O sonar informa contato próximo em rumo um-oito-dois.

— Vá atrás dele, sr. Watson! — Watson deu a ordem enquanto Krause falava ao TBS. — George para Águia. George para Águia. Afaste-se. Eu vou atacar.

— Sim, senhor.

— Vou escolher padrão médio. Ajuste o seu para profundo.

— Profundo. Sim, senhor.

— O sonar informa contato próximo diretamente à frente, senhor. Em Doppler.

— Muito bem, George para Águia. Acho que contato está numa rota recíproca à minha.

— Águia para George. Rota recíproca. Sim, senhor.

— O sonar informa contato perdido, senhor.

— Muito bem, sr. Nourse.

Trezentos metros numa velocidade combinada de, digamos, dezoito nós; trinta segundos. Deduzir quinze para um tambor descer a uma profundidade média. Uma propagação de dez segundos antes e depois.

— Lançar número um! — ordenou Nourse.

O *Viktor* estava próximo, sua proa apontada diretamente para o *Keeling*; tinha acabado de fazer a volta e tentava atravessar bem perto da popa do *Keeling*. Se isto fosse uma manobra em tempos de paz, o capitão polonês seria repreendido por colocar em risco os dois navios. As armas K agora estavam detonando de cada lado, as explosões coincidindo com o forte estrondo oco da primeira carga de profundidade.

Mais quinze segundos de espera.

— Hora de rodar, sr. Watson.

Nada de perder tempo desta vez, nenhum desperdício de momentos valiosos observando as explosões das cargas de profundidade antes de começar a dar a volta outra vez. Agora com o *Keeling* começando sua volta ele podia ir até a asa do passadiço. A última coluna de água levantada estava caindo de volta ao mar cheio de espuma. O *Viktor* começava sua manobra na borda da área que o *Keeling* buscara com suas cargas de profundidade; Krause viu as primeiras cargas de profundidade do *Viktor* serem lançadas.

— Estabilizar, sr. Watson! Firme no rumo!

Era melhor não se aproximar muito por um tempo, melhor pairar nos limites onde o sonar do *Keeling* seria menos ensurdecido e onde seria livre para escolher qualquer direção ao primeiro novo contato. O mar explodiu de novo, as enormes colunas elevando-se para o céu cinzento. Krause observava de perto o *Viktor*; com o lançamento das suas últimas cargas de profundidade ele virava para estibordo também. A última carga lançou ao ar sua coluna de água. Agora era hora de continuar a descrever um círculo.

— Vamos, sr. Watson!

Os dois contratorpedeiros estavam circulando um ao redor do outro. Era de esperar que o submarino estivesse dentro da área fechada pela interseção dos dois círculos. Os olhos de Krause ainda fixavam o *Viktor*; ele estava de pé no fim do passadiço quando o vigia de estibordo gritou, a menos de dois metros dele.

— Lá está ele! Submarino a estibordo!

Krause o viu. A um quilômetro de distância, a longa proa cônica de um submarino emergia da água torturada. O submarino balançou quando foi atingido por uma onda que lançou um turbilhão de água ao ar. Ele se abaixou e se estendeu na superfície. Uma arma ficou à vista. Um passadiço arredondado. O submarino estremeceu como se numa tormenta — em que se encontrava de fato. As armas do *Keeling* dispararam, como portas sendo batidas com um barulho intolerável. *Bum. Bum. Bum.* O vigia gritava de empolgação. Era difícil focalizar o binóculo na coisa. Uma onda pareceu varrê-lo e ele sumiu.

Krause correu de volta para a casa do leme.

— Leme à direita, sr. Watson.

— Leme quase no ponto, senhor — avisou Watson. O *Keeling* estava fazendo a volta no momento em que o submarino tinha sido avistado.

Um operador de comunicação tentava fazer um relatório. No início ele atropelou suas palavras na agitação, mas conseguiu se recompor.

— Controle de artilharia informa submarino avistado inteiro na proa a estibordo, distância de mil metros. Quinze disparos efetuados. Nenhum acerto observado.

— Muito bem.

A primeira tentativa do tenente Fippler de matar um homem terminara em fracasso.

— Conseguiu o rumo, sr. Watson?

— Só aproximado, senhor. Estávamos fazendo a volta naquele momento.

Falai a verdade cada um com o seu próximo. Melhor ser sincero do que fingir um conhecimento que não se tem.

— Estamos chegando ao rumo um-nove-cinco, senhor — acrescentou Watson.

— Melhor passar para um-oito-cinco.

— Sim, senhor.

O submarino, quando avistado, estava quase no mesmo rumo que o *Keeling*. Ainda que tivesse feito a volta imediatamente ao submergir, precisaria de tempo e distância para efetuar o movimento. Melhor partir para interceptar. E ele viraria para estibordo ou para bombordo? Difícil adivinhar. Iria para o fundo ou ficaria perto da superfície? Isso seria mais fácil adivinhar.

— O sonar informa contato em rumo um-oito-zero. Distância de aproximadamente quatrocentos metros.

— Muito bem. Dez graus à esquerda, sr. Watson. Cargas de profundidade, sr. Nourse.

O instinto do submarino depois de vir à superfície involuntariamente seria ir para o fundo; e a tripulação devia estar segurando os controles com firmeza para combater o movimento involuntário. E, nos trinta segundos entre a submersão e a explosão da próxima carga, ele teria tempo de sobra para alcançar uma profundidade extrema. Teria de ficar de olho no *Viktor*; ainda estava virando, mas se atrasaria desta vez para cruzar a esteira do *Keeling*.

— Disparar número um — ordenou Nourse no seu bocal e Krause estacou a caminho do TBS.

Nenhuma necessidade de dizer ao *Viktor* que ele estava atacando. Isso era evidente.

— Disparar número dois — disse Nourse. — Armas K, fogo.

Levaria mais tempo desta vez para que as cargas, com suas configurações para profundidade, explodissem. Um tempo mais longo para que afundasse à profundidade adicional e uma propagação mais irregular com sua descida um tanto aleatória. Cargas de profundidade aerodinâmicas seriam mais eficazes do que cilindros desajeitados; já estavam em produção e Krause desejava tê-las à mão.

O estrondo da explosão das cargas foi distintamente mais baixo em volume e mais abafado com a profundidade maior. Krause ouviu a última; podia ficar quieto agora neste intervalo. O nervosismo da caçada não era tão evidente.

— À direita, sr. Watson.

— Sim, senhor.

Houve uma tentação momentânea de virar a bombordo ao invés de a estibordo, de alterar o padrão de manobra na esperança de surpreender o submarino, mas isso não podia ser feito desta vez; era muito maior a chance de encontrar o *Viktor* proa com proa. Arrastou seu binóculo até a alheta de estibordo, esquadrinhando o mar manchado e cheio de espuma. Nenhum sinal de nada. O TBS o chamava.

— Águia para George! Águia para George!

O sujeito inglês no *Viktor* parecia invulgarmente animado.

— George para Águia. Prossiga.

— O senhor o acertou! Acertou, senhor!

Houve outro momento de pausa; quando o inglês voltou a falar estava mais calmo, quase lânguido, mas com uma dureza crua por baixo da sua indiferença.

— O senhor o acertou, senhor. Nós acabamos de ouvi-lo se romper.

O *Viktor* ouvira a ruptura; tinham ouvido o barulho de algo se quebrando enquanto o submarino era amassado sob a pressão avassaladora feito um pedaço de papel esmagado na mão. Krause ficou em silêncio no TBS. Ele era um homem circunspecto, mas seu silêncio em parte se devia ao pensamento de que dois minutos atrás, bem abaixo do *Keeling*, cinquenta homens tiveram uma morte horrível; rápida, mas horrível. Entretanto, em sua maioria seu silêncio se devia à compreensão não verbalizada de que este era um pico na sua carreira; tinha conseguido aquilo para o que treinara como um homem de combate por mais de vinte anos. Havia matado um homem; havia destruído um navio inimigo. Era como um estudante momentaneamente entorpecido ao ouvir que ganhou um prêmio. No entanto, a outra percepção estava presente igualmente não verbalizada e ainda menos consciente; cinquenta homens mortos ornavam seu triunfo. Era como se num embate de esgrima seu florete tivesse passado pela guarda do oponente e, em vez de dobrar inofensivamente na jaqueta do adversário, estivesse sem proteção e afiado e atravessasse o corpo dele.

— Está me ouvindo, George? — chiou o TBS.

O breve torpor de Krause desapareceu diante do som e ele voltou a ser o homem de combate treinado, com rápidas decisões a tomar e uma enorme responsabilidade nos ombros, um homem com um dever a cumprir.

— Estou na escuta, Águia — disse ele. Seu tom seco disfarçava os últimos traços da perturbação emocional que o havia abalado. Estava bem normal no momento em que pronunciou as palavras. Buscava na mente a coisa mais apropriada a dizer ao representante de uma potência Aliada.

— Foi ótimo — comentou ele; e, como se isso não parecesse adequado, acrescentou: — Magnificente.

Era uma palavra estranha. Tentou de novo, um pouco em desespero; o cuidadoso texto de algumas mensagens britânicas que recebera se acumulava na sua memória e veio ao seu socorro.

— Minhas congratulações mais calorosas ao seu capitão — disse ele. — E, por favor, apresente-lhe meus maiores agradecimentos por sua excelente cooperação.

— Sim, senhor. — Uma pausa. — Alguma ordem, senhor?

Ordens. Decisões. Não havia segundos a perder, mesmo no momento de vitória, não com o comboio inadequadamente protegido e com uma alcateia de submarinos alemães rondando à sua volta.

— Sim — disse ele. — Reassuma sua posição na escolta o mais rápido possível.

— Sim, senhor.

Krause estava prestes a deixar o TBS quando o aparelho voltou a exigir sua atenção.

— Águia para George. Águia para George. Submeto pedido de busca de prova do afundamento.

Devia ser a reação do capitão polonês quando o oficial de ligação britânico repassou a ele as ordens de Krause. Provas eram de alguma importância. A certeza da destruição do submarino seria de ajuda para os estados-maiores em Washington e Londres escreverem sua apreciação da situação. E o almirantado, pelo menos, quando não o Departamento de Marinha, insistia muito numa prova positiva antes de dar crédito a uma vitória; corriam piadas de que nada menos que as calças do capitão do submarino lhes satisfaria. Sua estatura profissional, sua carreira naval dependiam, em certa extensão, da sua reivindicação de um sucesso devidamente reconhecido. Mas o comboio estava quase sem defesa.

— Não — disse ele com firmeza. — Reassuma seu lugar na escolta. Câmbio.

A última palavra foi a decisiva. Ele podia se afastar do TBS.

— Sr. Watson, assuma a posição na escolta, cinco quilômetros à frente do navio-líder da segunda coluna a partir da direita.

— Sim, senhor.

Havia uma nota levemente intrigada na voz de Watson; todos na casa do leme olhavam para Krause. Tinham ouvido algo do que fora dito ao TBS e esta nova ordem parecia confirmar suas suspeitas — suas esperanças —, mas não podiam ter certeza. O tom de Krause não fora entusiástico.

— O sonar não informa nenhum contato, senhor — avisou o operador, e Krause se deu conta de que tinha ouvido o mesmo relatório várias vezes recentemente sem prestar atenção.

— Muito bem — disse ele ao operador e então encarou os homens reunidos no passadiço. — Nós o pegamos. Nós o pegamos. O polonês o ouviu se despedaçando depois da última carga.

Os rostos nas sombras dos capacetes se abriram em sorrisos. Nourse soltou um viva meio reprimido. O deleite era tão óbvio e espontâneo que até Krause relaxou num sorriso. Sentia o contraste marcado entre isto e uma relação internacional complicada.

— É só o primeiro — disse ele. — Queremos muito mais.

— O sonar não informa nenhum contato, senhor — disse o operador.

— Muito bem.

O navio inteiro deveria ser informado da vitória e devia haver uma palavra especial para Ellis. Ele foi até o alto-falante e esperou enquanto o contramestre chamava a atenção de toda a tripulação do navio.

— Aqui é o capitão. Nós o pegamos. O *Viktor* o ouviu se despedaçar. Ele teve o que merecia. Foi um trabalho de toda a tripulação. Um bom trabalho de todos vocês. Agora estamos voltando à posição de proteção do comboio. Ainda temos um longo caminho pela frente.

Ele voltou do alto-falante.

— O sonar não informa contato, senhor — disse o operador.

Ellis continuava fazendo seu dever.

— Capitão para sonar. Interrompa os relatórios negativos, a não ser que novo contato seja feito. Espere. Vou falar com ele eu mesmo.

Ele falou no circuito com o operador do sonar.

— Ellis? Aqui é o capitão.

— Sim, senhor.

— Você soube que nós o pegamos?

— Sim, senhor.

— Você foi de grande ajuda. Fico feliz em poder depender de você.

— Obrigado, senhor.

— Pode interromper os informes negativos agora.

— Sim, senhor.

A atmosfera alegre ainda era aparente no passadiço. Mas agora todos os vigias estavam informando imediatamente. Krause correu até a asa estibordo do passadiço.

— Óleo, senhor! Óleo, senhor! — avisou o vigia, assinalando ao mar com uma mão enluvada.

Krause olhou; peixes mortos, barrigas brancas à mostra e, também, uma longa faixa de óleo; mas não muito. A mancha suja e lustrosa não passava de cinquenta metros de largura e, quando muito, três vezes isso de comprimento. Ele caminhou através da casa do leme até a asa de bombordo. Nenhum óleo aparecia lá. Na asa de estibordo eles já deixavam para trás a mancha. Ao cavalgar uma vaga, ela mal se estendia da crista ao vale. Krause tentou visualizar um submarino destruído afundando nas profundezas impenetráveis, deslizando como se estivesse num longo declive, muito provavelmente. Seus tanques de combustível estando cheios, levariam muito tempo para se romper; e então haveria também um intervalo considerável até que o vazamento de óleo chegasse à superfície. Krause sabia por meio de relatórios que havia lido que poderia levar cerca de uma hora ao todo. Esta pequena mancha seria o que estava presente num tanque quase vazio no momento do desastre. E submarinos em péssimo estado de conservação muitas vezes deixam um rastro de óleo para trás, embora ainda sejam capazes de manobrar. A Inteligência Naval sugeria que eles às vezes deixam escapar óleo de propósito para despistar a perseguição. Sua primeira decisão, entretanto, ainda lhe parecia a mais correta; não valia a pena deixar um valioso contratorpedeiro circulando pelo local, talvez por uma hora, para se certificar da prova. Ele não podia esquecer a presença deste óleo por enquanto. Não. Podia fazer algum uso dele em um minuto ou dois, quando tivesse mais tempo. Primeiro devia pôr fim ao esgotamento da sua reserva de batalha.

— O senhor certamente pegou aquele submarino, senhor — disse o vigia de estibordo.

— Ah, sim, com certeza — disse Krause. O homem não estava sendo impertinente. Neste momento de vitória Krause podia deixar passar os lapsos da etiqueta estrita, especialmente com tanto com o que se preocupar; mas tinha de pensar na segurança do navio. — Foque sua atenção no seu dever.

Voltou à casa do leme e falou pelo tubo de comunicação com o oficial executivo.

— Desative o alarme geral, Charlie — pediu ele. — Estabeleça Condição 2 e veja se consegue servir algum rancho quente para o pessoal que está fora de serviço.

— Sim, senhor — disse Charlie.

O alto-falante berrou a ordem através do navio. Agora metade dos homens poderia comer, descansar, se aquecer. Krause olhou para o relógio; as circunstâncias eram diferentes dos seus olhares de relance anteriores, quando contava os minutos. Agora estava chocado ao notar a passagem do tempo. Passava das treze, mais de quatro horas desde que fora chamado da sua cabine e quase três do alarme geral. Não devia ter trazido os homens para os postos de batalha. Não era melhor que Carling. Mas já eram águas passadas; não havia tempo para remorso agora.

— Me traga uma caderneta e um lápis — pediu ele ao mensageiro ao seu lado; a turba na casa do leme mudava com a escalação dos quartos de serviço.

Ele tentou escrever, mas o lápis caiu da sua mão enquanto o apoiava no papel. Seus dedos estavam duros de frio, amortecidos e sem sentir absolutamente nada. Embora tivesse colocado o casaco de pele de carneiro, ainda não tinha vestido o suéter, o cachecol e as luvas, como deveria. Suas mãos estavam congelando e o resto dele estava terrivelmente gélido.

— Escreva para mim — ordenou ao mensageiro, irritado consigo mesmo. — "*Keeling* para *Viktor*". Não — olhava por sobre o ombro do mensageiro —, é escrito com um K. Não, não é C-K. Simplesmente V-I-K. "Avistamos mancha de óleo que confirma a destruição do submarino. Ponto. Muitos agradecimentos por sua excepcional... XC em "excepcional", que diabo... cooperação... C-O-O-P. Isso mesmo. Leve isso ao sinaleiro do passadiço.

Quando o mensageiro voltasse, pediria que fosse buscar as luvas e o cachecol. Enquanto isso, precisava dar outra olhada na situação. Retornou ao passadiço. Havia novos vigias nas suas posições; os homens substituídos ainda estavam deixando as posições armadas e caminhavam pelo convés, esquivando-se dos borrifos de água e calculando o intervalo dos seus avanços de um ponto ao outro enquanto o navio balançava. O *Keeling* se aproximava da frente do comboio; a corveta britânica no flanco esquerdo balançava terrivelmente no mar agitado. A linha de frente do comboio estava razoavelmente reta; até onde conseguia ver, o restante do comboio estava satisfatoriamente compacto. À direita vinha a corveta canadense; era quase hora de ordenar posições normais na escolta. Acima dele vinha o matraquear agudo das paletas da lanterna de sinalização enquanto sua mensagem era transmitida para o *Viktor*. Olhou para a popa e o viu sulcando as águas dois quilômetros atrás, balançando no vale das vagas, seu mastro de proa bizarro inclinando-se ao longe sobre o mar, primeiro para um lado, depois para o outro. Estava quase chegando ao seu posto e devia dar aquela ordem. Nem precisava ter vindo aqui fora no frio, depois de tudo de bom que já havia feito, mas era dever do oficial comandante ficar de olho no seu comando — e ele não sentiria nenhuma paz de espírito antes de fazê-lo, fosse um dever ou não. Pôde relaxar as mãos apenas o suficiente para deixar o binóculo cair delas para seu peito, e voltou com firmeza para a casa do leme, até o TBS.

— George para escolta. Estão na escuta?

Esperou pelas confirmações, Águia para George, Harry para George e Dicky para George. Esses codinomes eram uma excelente escolha. Quatro sons de vogal distintos, impossíveis de confundir mesmo com intensa distorção. Deu a ordem em sua voz monótona.

— Assumam as posições de escolta normais para a luz do dia.

As confirmações chegaram uma a uma e ele recolocou o bocal no aparelho.

— Lanterna de sinalização informa que sua mensagem foi confirmada pelo *Viktor*, senhor — disse o mensageiro.

— Muito bem.

Estava prestes a pedir que buscassem sua roupa extra, mas Nystrom, o novo imediato que acabara de assumir, exigiu sua atenção.

— Permissão para vistoriar as caldeiras 2 e 4, senhor? — pediu Nystrom.

— Cacete, homem, você desconhece a rotina a ser obedecida ao fim do alarme geral? Cabe ao imediato decidir sem me perturbar.

— Desculpe, senhor. Mas quando vi que o senhor estava aqui...

Os olhos azuis esbugalhados de Nystrom mostravam sua angústia. Era um jovem que receava responsabilidade, sensível a repreensões e de raciocínio lento. Os critérios de Annapolis não eram mais como costumavam ser, concluiu Krause, o cadete com vinte anos de serviço.

— Continue com seus deveres, sr. Nystrom.

— Sim, senhor.

O *Dodge* estava se afastando, dois quilômetros à frente do *Keeling*, para assumir sua posição no flanco direito. Era quase hora de o *Keeling* virar à frente da segunda coluna da direita. Olhou para a popa. O *Viktor* já estava no seu posto, com o *James* afastando-se para o flanco esquerdo. Ele decidiu observar Nystrom conduzir o navio para a sua posição.

— Navio-líder da segunda coluna em rumo dois-cinco-cinco, senhor — informou Silvestrini do taxímetro.

O guarda-marinha Silvestrini era um rapazinho esperto recém-formado pela escola de oficiais. Antes, estudava línguas modernas numa universidade da Costa Leste.

— Leme à esquerda. Assumir rumo zero-nove-dois — disse Nystrom e o timoneiro repetiu a ordem.

O *Keeling* se aproximou serenamente para assumir sua posição. Tudo estava bem e em ordem. Krause decidiu não mandar buscarem suas roupas. De qualquer forma, queria ir até a proa se aliviar, e ao mesmo tempo lhe ocorreu a ideia de uma xícara de café. De repente ansiava por café, quente, estimulante, reconfortante. Uma xícara? Duas xícaras. Estava com um pouco de fome também; a ideia de um sanduíche para acompanhar as duas xícaras de café lhe atraiu repentinamente. E alguns minutos de calor, e a calma para se vestir adequadamente. Tudo isso lhe parecia uma ideia maravilhosamente boa. Aqui estava Watson com o relatório da posição ao meio-dia, não relatado até agora pois o navio estava sob alarme geral. Krause recebeu o relatório, a posição ao meio-dia não era novidade para ele, coincidindo aproximadamente com a posição prevista pelo almirantado para a formação de uma alcateia de submarinos. Mas, assim que deu uma olhada no relatório, Ipsen, o oficial engenheiro, o esperava com o relatório de combustível para o meio-dia. Isso exigia maior atenção e uma palavra ou duas com Ipsen sobre a situação do combustível e até mesmo estas poucas palavras foram um pouco distraídas, pois Krause, enquanto falava, viu pelo canto do olho que o *Dodge* piscava uma mensagem para o navio. A mensagem estava no seu cotovelo assim que ele retribuiu a continência de Ipsen. Era o relatório de combustível do meio-dia do *Dodge*. Isso tinha de ser estudado também com algum cuidado; o *Dodge* tivera a sorte de contar com uma reserva considerável. Havia mais duas mensagens assim que acabou de examinar o documento. Aqui estava o relatório de combustível do *Viktor* e a seguir o do *James*. Krause fechou a cara ao estudar o relatório do *James*. Um mínimo de velocidade para o *James* no futuro. Ditou uma resposta cuidadosamente redigida.

— "Comescolta para o *James*. Faça esforços extremos para poupar combustível."

Agora era Charlie Cole, da sala de mapas, com um sorriso no rosto e palavras de congratulação sobre o afundamento do submarino. Era agradável trocar aquelas poucas frases com Charlie. Mas então Charlie se aproximou mais e baixou a voz num tom confidencial para não ser ouvido pelos outros no passadiço.

— Temos a questão de Flusser, senhor — avisou Charlie.

— Inferno! — disse Krause. O uso da palavra era prova da sua irritação com o atraso.

No dia anterior, Flusser dera um soco no nariz de um oficial subalterno e fora detido por essa insubordinação gravíssima. Num navio de guerra com o alarme geral sendo emitido repetidas vezes a presença de um detento numa cela é um transtorno contínuo. E o Regulamento da Marinha exigia que seu caso fosse considerado o mais prontamente possível.

— Já se passaram mais de vinte e quatro horas, senhor — acrescentou Charlie.

— Inferno! — repetiu Krause. — Está certo. Preciso ir até a proa. Preciso comer um sanduíche e então...

Nesse momento um operador anunciou de súbito:

— O vigia da popa informa dois foguetes brancos no comboio, senhor.

Foi uma surpresa, pior do que da vez em que o contragolpe do esgrimista francês passou por seu florete durante os Jogos Olímpicos em Amsterdam e ele sentiu o toque do botão no seu peito, justo quando ia dar a estocada decisiva. Passaram-se dois segundos inteiros antes que Krause reagisse, embora seu cérebro captasse que dois foguetes brancos significavam um torpedeamento. Durante aqueles dois segundos ele encarou o operador de comunicação, mas então correu para a asa do passadiço com o binóculo colado aos olhos. Era difícil ver qualquer coisa; o Keeling estava cinco quilômetros à frente dos navios da frente e a oito quilômetros do que vinha mais atrás. Ele gritou para o vigia.

— O que você vê?

— Dois foguetes brancos, senhor.

— Onde?

— Bem atrás, senhor. Perto do último navio da nossa fileira.

— Mensagem do comodoro, senhor. — Vinha da lanterna de sinalização. — Alarme geral.

— Muito bem.

O Keeling escalou uma onda alta; agora ele conseguia ver que o terceiro navio na segunda coluna estava fora da posição; o navio que o seguia dava uma guinada para desviar dele. Se mandasse a corveta canadense de volta, ela ficaria para trás e, com sua reduzida velocidade, demoraria para se juntar de novo ao comboio. Um contratorpedeiro era requerido; só havia uma escolha, entre o Keeling e o Viktor, e o Keeling era o mais próximo. Voltou à casa do leme.

— Vou assumir a pilotagem, sr. Nystrom.

— Sim, senhor.

— Leme total à direita. Assumir rumo um-oito-zero.

O timoneiro repetiu a ordem enquanto Krause ia ao TBS.

— George para Águia. George para Dicky. Vou até a traseira do comboio. Agrupem-se para proteger a vanguarda.

— Sim, senhor.

— Positivo.

O *Keeling* tinha virado o rumo enquanto ele falava. Agora estava em rota de colisão com o *Dodge*.

— Leme à direita. Alinhar rumo dois-sete-cinco.

— Leme à direita. Rumo dois-sete-cinco, senhor.

Lá vinha ele de novo, girando na brecha entre o *Dodge* e o comboio.

— Todos os motores à frente a toda a velocidade.

O *Keeling* saltou para a frente enquanto o homem no telégrafo informava.

— Casa das máquinas responde todos os motores à frente a toda, senhor.

— Mantendo rumo dois-sete-cinco, senhor.

Um olhar de relance era suficiente para ter certeza de que raspariam a coluna de navios a estibordo. Em rumos opostos passaram pelo navio-líder a uma distância de cem metros. Ele se arrastava pesadamente, sua proa mais submissa aos mares que enfrentava do que um navio de guerra. Era um barco desgastado e sujo, com ferrugem aparente nas laterais. Havia uma ou duas cabeças à vista ao passarem, e alguém acenou. Pareceram passar pelo navio feito um raio. Outro navio o sucedeu, e mais outro depois disso, cada um se arrastando penosamente para a frente; deixavam para trás um irmão, gravemente atingido, quase ao certo mortalmente ferido, mas tudo o que podiam fazer era manter o rumo. Na brecha entre o terceiro e o quarto, Krause divisou a parte superior de um navio já bem para trás do comboio. O relance que teve da chaminé e do mastro de proa revelou que era o *Cadena*, designado como navio de resgate do comboio; o quarto navio passou e ele pôde vê-lo novamente. Nada além do *Cadena*, uns cinco quilômetros da proa a estibordo. Não, havia dois barcos visíveis ao se elevarem na crista da onda. E o que era *aquilo*, encimando a crista? Uma linha reta longa e escura, como uma tora flutuando num rio, maior que qualquer tora já vista pelo homem. Elevou-se de novo em meio a um turbilhão de água; um navio quase com a quilha para cima; aquela linha escura comprida era a dobra da sua sentina. Estava três quartos adernado e com nove décimos submersos, ainda flutuando.

— Todos os motores à frente em velocidade padrão.

— Todos os motores à frente em velocidade padrão.

— Casa das máquinas responde todos os motores à frente em velocidade padrão, senhor.

— Retomar busca por sonar.

Os dois barcos salva-vidas estavam ao lado do *Cadena* agora; o navio balançava no vale da onda para lhes fornecer um abrigo do vento e tinha suas redes de resgate baixadas. Contra a lateral escura de estibordo, que agora Krause conseguia ver enquanto o *Keeling* passava por sua proa, mal enxergava pelo binóculo os pontinhos que eram homens subindo pela lateral do navio.

— Torpedo a bombordo!

Foi o grito do vigia de bombordo.

— Leme à direita.

Foi a ordem imediata de Krause, dada ainda usando o binóculo; o bloqueio contra a estocada, vindo pelo instinto mais rápido que o pensamento. Mais para um recuo do que para um avanço. Leme à esquerda, em direção ao perigo, poderia levar o *Keeling* para a rota do torpedo. Leme à direita, por um pequeno equilíbrio das chances, era mais seguro, depois daquela redução de velocidade tão recente. Krause saltou para a asa bombordo do passadiço.

— Ali, senhor! — gritou o vigia apontando para a alheta. Aquele rastro branco breve ao longo da face de uma onda em elevação; um rastro de torpedo, muito provavelmente. Krause estimou sua direção, equilibrando-a contra a rota do *Keeling* antes da sua virada. O mais provável é que tivesse errado, passando perto, mais à frente. Isso ocorreria por causa da diminuição da velocidade; o torpedo deve ter sido lançado poucos segundos antes que ele desse aquela ordem. Se uma salva tivesse sido disparada, este seria o torpedo certeiro.

Com o vento gélido soprando ao seu redor, deixando seus membros dormentes, a mente de Krause prosseguiu com os cálculos apressados.

Então o submarino provavelmente estava *ali,* para onde a proa do *Keeling* apontava agora. Então — cada passo da dedução era necessariamente mais vago, com uma incerteza acumulada, mas algum plano devia ser feito, e rápido, e executado — o submarino havia abordado o comboio pelo flanco, no limite do alcance do sonar do *Dodge,* e atirado na massa do comboio; seu projétil havia passado por entre os navios da coluna exterior para atingir este navio naufragado da segunda coluna. Ou seja, o submarino entrara para atirar no *Cadena,* que tinha ficado para trás. O *Keeling* havia surgido — talvez de forma inesperada — entre o submarino e seu alvo, e o submarino disparou uma salva no *Keeling* para eliminá-lo da cena — teria tempo de alvejar o *Cadena* então. Ele precisava ficar entre o submarino e o *Cadena,* protegendo-o enquanto pastoreava o *Cadena* de volta ao comboio. Seria melhor se movimentar de maneira tão errática e imprevisível quanto possível.

— Leme à esquerda! — ordenou, correndo de volta à casa do leme.

— Leme à esquerda, senhor — respondeu o intendente, e o *Keeling* começou a segunda curva de um S.

Uma longa nuvem de vapor foi soprada pela superestrutura do *Cadena*; ele prendeu a respiração com uma tola apreensão por um momento. Parou e então recomeçou; era o apito a vapor do *Cadena* — o som do primeiro silvo chegava a ele agora com o vento.

— Um F de Fox do navio mercante, senhor.

— Muito bem.

O código de sinais datilografado preso à prancheta lhe dizia que isso significava "Resgate completado".

— Ainda chegando à esquerda, senhor — avisou Nystrom.

— Muito bem.

Ao completar esse círculo, colocaria o *Keeling* numa posição adequada de escolta.

— Mensageiro! Escreva isto: "Comescolta para *Cadena*... C-A-D-E-N-A. Reúna-se ao comboio na melhor velocidade. Zigue-zague modificado." Leve à lanterna de sinalização. E peça que não passem a mensagem rápido demais.

— Lanterna de sinalização. Sim, senhor.

Estava no sangue dos sinalizadores passar mensagens o mais rápido que podiam e era uma fonte de gratificação para eles quando conseguiam confundir o recipiente. Neste caso, o recipiente era um marujo mercante, sem prática na leitura de mensagens; e aquilo era importante. Seu olhar correu pelo horizonte, pelo *Cadena*, pelo comboio, pela rota presumida do submarino oculto.

— Relaxar o leme — falou.

— Relaxar o leme.

— O sonar informa contato distante a bombordo, senhor.

Bombordo? Outro submarino? Krause olhou. Não. Aquilo era o casco do navio que estava afundando.

— Firme no leme — ordenou ao timoneiro.

Apenas um terço do navio que afundava estava submerso. Mas agora a proa estava bem debaixo da água; uma parte considerável da popa empinada se projetava formando um pequeno ângulo com a superfície do mar e o restante do seu casco estava invisível. Ondas quebravam na popa como se contra um rochedo.

— Firme no rumo zero-nove-cinco — informou o timoneiro.

— Muito bem.

— O sonar informa fortes sons de algo se quebrando, senhor.

— Capitão para o sonar. Os sons que você está ouvindo são de um navio que está afundando. Procure em outro lugar.

A popa do navio naufragado se erguia mais. Aqueles sons de algo se quebrando informados pelo sonar eram a carga, as máquinas e as caldeiras atropelando-se em queda para a proa. Agora que o navio afundava de cabeça, a popa se erguia ainda mais. Sua superestrutura rompia a superfície do mar, formando cascatas de água. Debatendo-se como uma criatura lutando numa tormenta.

Uma mensagem da lanterna de sinalização.

— "*Cadena* para comescolta. Velocidade onze vírgula cinco nós."

— Muito bem.

Melhor do que se poderia esperar. Mas... O olhar de relance que lançou em seguida ao comboio foi um pouco inquietante. Dez quilômetros, julgou, a esta altura. Levaria bem mais de duas horas para o *Cadena* voltar à sua posição. Um último olhar de relance para o navio que afundava. Estava na vertical agora, com meros seis metros da sua popa retos acima do mar. Logo desapareceria; a três quilômetros do navio, seus dois barcos salva-vidas abandonados subiam e desciam com as ondas, marcando o local onde sua tripulação afortunada subira pela lateral do *Cadena*; afortunada, mas ele percebeu que não sabia quantos homens morreram quando o torpedo explodiu. Havia alguns destroços do naufrágio flutuando, também, os troféus miseráveis de uma vitória nazista.

— Leme dez graus à direita — disse de repente para o timoneiro; havia muito trabalho urgente a ser feito e nem um momento a perder pensando no navio afundado, ou no relatório que teria de fazer sobre a perda. Com um submarino dentro do alcance dos torpedos ele não deveria manter o *Keeling* no mesmo rumo por muito tempo.

— Relaxar o leme. Firme no rumo.

Ele gostaria que o *Cadena* ziguezagueasse amplamente também, mas isso tornaria o tempo da sua volta ao comboio interminável. Ele estava entre o *Cadena* e o inimigo — pelo menos era o que esperava —, e sua presença ameaçadora manteria o submarino afastado o bastante para inibir qualquer ideia de torpedeamento.

— Firme no rumo um-zero-meia — informou o timoneiro.

— Muito bem.

Com este céu nublado estaria bem escuro antes das cinco. Seria difícil para o *Cadena* se inserir nas fileiras do comboio então. A água que borrifava na janela da casa do leme dificultava a visão. Ele mudou de posição para se valer de um dos dois discos de vidro giratórios colocados nas janelas, cuja força centrífuga do seu movimento mantinha duas áreas circulares claras o suficiente para enxergar. O disco não estava girando; estava parado e tão difícil de ver através quanto o restante da janela.

— Sr. Nystrom!

— Senhor!

— Bote essa coisa para funcionar de novo. Chame o oficial eletricista.

— Sim, senhor.

O outro disco ainda girava, mas muito lentamente, lento demais para clarear a visão. A visibilidade através do vidro era tão ruim que seria melhor sair para a asa do passadiço. No frio e no vento. Mas agora o TBS exigia sua atenção.

— Harry para George! Harry para George!

— George para Harry! Prossiga.

— Imagens no indicador do radar, senhor, em rumo zero-nove-um. Distância de dezesseis quilômetros, senhor. Duas imagens. Parecem submarinos.

— Muito bem.

Dois submarinos diretamente à frente, quase no rastro do comboio.

— Ordens, senhor?

— Dicky para George! — Era o *Dodge* entrando no circuito.

— George para Dicky. Prossiga.

— Temos uma imagem, também. Rumo zero-nove-oito, distância de vinte e três quilômetros. Parece um submarino também, senhor.

— Muito bem.

O *James* numa ala, o *Dodge* na outra, informando submarinos à frente. Outro perto de estibordo da sua proa, submerso. Onde estiver o cadáver, aí se ajuntarão as águias. Deveria mandar seus subordinados ao ataque? Com a noite se aproximando? Com o *James* tendo de economizar combustível? Talvez fosse melhor.

— Águia para George. Águia para George.

— George para Águia. Prossiga.

— Temos as imagens do Harry, senhor, em rumo zero-oito-cinco. Mas temos outra, em rumo zero-nove-zero, distância de vinte e um quilômetros.

Essa não era a imagem do *Dodge*. Quatro submarinos à frente do comboio. Um pelo menos bem atrás dele.

— Muito bem.

— Harry para George. Distância reduzindo rápido. Distância de quinze quilômetros para uma imagem. Em rumo zero-nove-zero. Outra imagem em rumo zero-nove-dois. Distância de quinze quilômetros.

— Muito bem.

Era hora de pensar no próprio navio.

— Leme à esquerda! — gritou por cima do ombro para o timoneiro, então se dirigiu ao instrumento outra vez. — George para escolta. Mantenham suas posições. Abram fogo quando estiverem dentro do alcance.

Então de novo para o timoneiro.

— Estabilize! Firme no rumo.

O *Keeling* estava num novo zigue-zague. Enquanto falava ao TBS, não devia esquecer que um submarino manobrava para torpedeá-lo.

— Firme no rumo zero-nove-quatro, senhor.

— Muito bem.

O TBS trazia as confirmações das suas ordens.

— Boa sorte, companheiros — falou.

Diante daqueles números ele não poderia mandar a escolta à frente para atacar. Isso abriria muitos buracos numa malha já muito enfraquecida.

Rudel, o oficial eletricista, aguardava sua atenção; um suboficial eletricista e seu técnico estavam atrás dele. Bastou olhar de relance para ver que os discos não estavam funcionando.

— Ainda não conseguiu colocá-los para funcionar? — perguntou Krause.

Rudel prestou continência.

— Não é uma falha elétrica, senhor. Eles estão congelados.

— A água borrifada está congelando tudo sobre o vidro, senhor — acrescentou Nystrom. Estava ficando impossível enxergar fora da casa do leme.

— Então trabalhem para resolver isso — arrematou Krause.

Debateu consigo mesmo; não era uma missão fácil para Nystrom. E Nystrom não era um oficial brilhante.

— Coloque dois homens para trabalhar com baldes e esfregões — disse Krause. — Água quente. Não fervente. Sim, e que a água seja salgada, tão salgada quanto for possível.

— Sim, senhor.

— Muito bem, sr. Rudel.

Retribuiu a continência de Rudel, olhando ao redor dele enquanto o fazia, para o comboio distante, para bombordo do *Cadena*, para estibordo onde — talvez — um submarino estivesse olhando para ele. A frente de vidro da casa do leme já estava quase toda coberta de gelo para permitir uma visibilidade razoável e ele foi para a asa estibordo do passadiço.

— Leme à esquerda! — ordenou, e viu o navio girar.

— Estabilize! Firme no rumo!

Era essencial manter o *Keeling* em zigue-zague e de maneira bem irregular.

— Firme no rumo zero-oito-zero, senhor.

— Muito bem.

Agora convergia ligeiramente para o *Cadena*. As mãos que colocou na amurada à sua frente estavam dormentes, quase sem sensação, mas não amortecidas demais para que algo diferente não chamasse sua atenção. A curva da amurada estava lisa e macia com uma fina camada de gelo. Isso e o vento que soprava o fizeram decidir mandar buscarem sua roupa adicional. Até então não tivera literalmente um momento sequer para fazer isso. Agora este era um intervalo de calmaria; calmaria com um submarino próximo e dentro do alcance dos torpedos inimigos.

— Mensageiro!

Pisca. Pisca. Pisca. Mais à frente no comboio uma mensagem era respondida, quase não visível na escuridão que baixava. O comodoro, muito provavelmente — quase com certeza.

— Sim, senhor.

Era o mensageiro da lanterna de sinalização; naqueles poucos segundos ele o havia esquecido.

— Desça até a minha cabine. Quero as luvas de pele que você vai encontrar lá. E quero o suéter e o cachecol. Espere. Quero o capuz, também. Você vai ter de procurar na segunda gaveta de baixo. Luvas, suéter, cachecol, capuz.

— Sim, senhor.

O matraquear das lâminas da lanterna acima dele indicava que os sinalizadores confirmavam a recepção da mensagem do comodoro. Olhou para o *Cadena*; seguia à frente do navio e estava bem na sua popa. O mensageiro da lanterna chegou com um estardalhaço.

— "Comcomboio para comescolta. Numerosas transmissões em língua estrangeira quinze a vinte e cinco quilômetros à frente posições variadas."

— Muito bem.

Os submarinos à frente estavam conversando, traçando os planos. Ou talvez estivessem mandando relatórios para L'Orient, onde — como era o nome dele? Doenitz — Doenitz coordenaria seus esforços. Sentia frio.

— O TBS, senhor! — avisou Nystrom. — Águia.

Ao entrar para falar, decidiu que era melhor ordenar um novo rumo agora em vez de esperar até o fim da conversa.

— Alterar rumo em dez graus para estibordo, sr. Nystrom.

— Sim, senhor.

— George para Águia. Prossiga.

— As imagens de radar estão todas em movimento, senhor. Três a bombordo, duas em rumo zero-oito-cinco e uma em zero-oito-um. Distância constante de quinze quilômetros. Duas a estibordo, em rumo zero-nove-oito e um-zero-quatro. Distância de dezessete quilômetros. Estão mantendo a distância à nossa frente. E estão transmitindo, senhor. Sinais o tempo todo. E acreditamos ter outra imagem, também, senhor. De cinco minutos atrás. Diretamente à frente. Distância de oito quilômetros. Desapareceu assim que foi detectada, mas estamos bastante certos quanto a ela.

— Qual é sua visibilidade?

— Cerca de oito quilômetros, senhor. Os vigias não viram nada.

— Muito bem. Mantenham suas posições. Câmbio.

Submarinos à frente sem realizar nenhuma tentativa de ocultação.

— Firme no rumo um-zero-quatro, senhor — informou Nystrom.

— Muito bem.

E um — um pelo menos — mais perto, abaixo da superfície. Uma emboscada, plantada ali pronta para a ação se a escolta avançasse para atacar ou se progredisse lentamente protegendo o comboio. Uma aparição momentânea, talvez para transmitir uma mensagem, ou talvez involuntária, aproximando-se da superfície até a profundidade periscópica. Ocorreu-lhe alertar o *Viktor*, mas descartou a ideia. Não havia necessidade de mandar aqueles poloneses ficarem em alerta. Aqueles submarinos na superfície deviam estar esperando escurecer para atacar. A peste que anda na escuridão.

Aqui estava Charlie Cole prestando continência.

— Navio congelando, senhor. Fiz uma inspeção. É difícil pisar depois dos canos da popa.

— Cargas de profundidade prontas?

— Sim, senhor. Dei ordens para as mangueiras de vapor.

Dava para confiar em Charlie nestas questões. Com as cargas de profundidade congeladas nas suas grades e incapazes de rolar — isso já havia acontecido antes —, o *Keeling* perderia nove décimos da sua utilidade como escolta.

— Obrigado — disse Krause.

— Obrigado, senhor — disse Charlie, prestando continência de novo com sua costumeira precisão.

O mensageiro estava ao seu lado com os braços cheios de roupas.

— Ótimo! — disse Krause. Começou a desabotoar o casaco de pele de carneiro.

Nesse momento, o tubo de comunicação da sala de cartografia abaixo o chamou. O sino ainda vibrava quando Krause correu até o tubo.

— Imagem de radar em rumo dois-zero-sete. Distância de mil e cem metros.

Isso era diretamente à popa do quadrante de estibordo. Devia ser o submarino do qual ele protegia o *Cadena*. Vendo que havia sido deixado para trás, ele subira à superfície. Um segundo ou dois a mais para pensar nessa nova situação. Girar e atacar? Podia ter certeza de que não era uma artimanha para afastá-lo? Sim. Não houve imagens de radar até agora nesse setor. Se houvesse dois submarinos, eles não poderiam ter armado nenhum plano.

— Leme à direita. Seguir para rumo dois-zero-sete.

— Leme à direita. Seguir para rumo dois-zero-sete.

— Capitão para controle de artilharia. Prepare para abrir fogo na direção do radar.

O operador de comunicação repetiu a ordem.

— Controle de artilharia responde sim, senhor.

— Firme no rumo dois-zero-sete.

— Muito bem.

— Alvo em rumo dois-zero-oito. Distância de aproximadamente um-zero-cinco zero-zero.

Era a voz de Charlie Cole. Ele devia ter corrido para baixo no momento em que ouviu a informação da nova imagem. Era reconfortante saber que ele tinha assumido lá embaixo.

— O que você quer dizer por "aproximadamente", Charlie?

— O indicador está indistinto, senhor, e está tremendo um pouco. Esse maldito radar Sugar Charlie!

— Tenente Rudel, compareça à sala de cartografia imediatamente! — disse Krause ao contramestre no alto-falante. Talvez Rudel conseguisse persuadir a coisa a oferecer um pouco mais de definição.

— Rumo mudando, senhor. Dois-zero-nove. Dois-um-zero aproximadamente, senhor. E acho que a distância está diminuindo agora. Distância de um-zero-quatro-zero-zero.

A mente de Krause, acostumada a lidar com problemas de navios em todo tipo de rumo, esboçou a situação atual. O submarino na superfície contornava rapidamente da alheta de estibordo do *Cadena* e seguia para a alheta de bombordo, realizando um "pequeno cerco". Com este mar agitado, muito provavelmente não conseguia fazer mais de doze nós. Catorze, talvez. Não, talvez não. Estava quase dez quilômetros atrás do *Cadena*, que seguia a onze e meio. Estava dezesseis quilômetros atrás do comboio. Não representaria perigo, então, durante duas, três, talvez quatro horas. Ele podia tornar esse intervalo mais longo a um pequeno custo.

— Leme dez graus à direita. Seguir para rumo dois-dois-zero — ordenou ele, e então se dirigiu a Charlie outra vez. — Estou guiando.

Como o caçador que mira sua arma um ponto à frente do pato voando, ele estava apontando o *Keeling* para um ponto à frente do submarino em movimento.

— Firme no rumo dois-dois-zero — avisou o intendente.

— Muito bem.

— Em rumo aproximadamente dois-um-dois — avisou Charlie.

— Distância de um-zero-três-zero-zero até onde consigo ver.

O problema da manhã se apresentava de novo; o submarino estava dentro do alcance dos canhões de cinco polegadas do *Keeling*. Mas valia a pena abrir fogo num inimigo invisível localizado meramente por meio de um pontinho dançante num indicador de radar? Não com uma oportunidade melhor possível no futuro próximo.

— Acho que o rumo permanece constante — disse Charlie. — Dois--um-dois. Sim, e a distância está diminuindo. Um-zero-dois-zero-zero. Um-zero-um-zero-zero.

O *Keeling* e o submarino se aproximavam um do outro em rotas convergentes, cem metros mais próximos a cada minuto.

— Distância de dez mil — disse Charlie.

Dez mil metros. A visibilidade nesta tarde escura era — ele olhou para o horizonte — de dez quilômetros? Oito? Se abrisse fogo com a direção do radar ou com o submarino à vista só disporia do curto tempo em que o submarino submergiria para acertar um tiro. A observação direta era muito mais segura.

— Distância de nove-oito-zero-zero — avisou Charlie. — Em rumo dois-um-dois.

— Capitão para controle de artilharia. Não abra fogo até o alvo estar à vista.

O mensageiro com os braços cheios de roupas ainda estava postado ali.

— Espalhe tudo em cima do aquecedor — pediu Krause com um gesto. Sentia tanto frio agora que ansiava por se aquecer mesmo com um submarino na superfície numa rota convergente.

— Rumo mudando, senhor — avisou Charlie. — Mudando rápido. Dois-zero-cinco. Dois-zero-três. Distância de nove-três-zero-zero. Nove-dois-zero-zero.

O submarino tinha mudado o rumo para estibordo. Devia ter decidido que já fora longe o bastante com seu "pequeno cerco" e agora tinha a oportunidade de avançar sobre o *Cadena*.

— Leme à esquerda. Cambar para rumo um-oito-zero — ordenou Krause.

Virava para encontrá-lo em alta velocidade. O submarino havia passado tempo demais submerso antes de vir à superfície e estava — era um pensamento reconfortante para um homem cercado de inimigos — muito mais ignorante da situação do que ele.

— Rumo mudando — avisou Charlie. — Distância de nove mil... não, oito-oito-zero-zero.

Não demoraria muito para se avistarem.

— Firme em rumo um-oito-zero — disse o intendente.

— Muito bem.

— Alvo em rumo dois-zero-um. Distância de oito-seis-zero-zero. Oito-cinco-zero-zero.

As armas estavam se deslocando para estibordo. A qualquer momento o submarino apareceria saindo da escuridão na proa a estibordo.

— Rumo dois-zero-dois. Distância de oito-três-zero-zero.

Muito menos de dez quilômetros. E então aconteceu. O grito de um vigia. Krause segurava o binóculo nas mãos dormentes, prestes a erguê-lo. *Bum, bum, bum,* os canhões dispararam. Ele não estava com os binóculos apontados para a direção certa; foi a água espirrada pelos tiros que o guiou. E então ele a viu, a silhueta quadrada e cinzenta do minúsculo passadiço de um submarino ao longe, pilares de água um pouco ao lado dele; os pilares se movendo sobre ele — *bum, bum, bum*. Os pilares de água cercavam o submarino agora, escondendo-o; pôde vê-lo por não mais de um segundo ou dois. Então o ruído ensurdecedor cessou e não havia nada a ser visto enquanto a água cinzenta subia até o campo do seu binóculo e descia de novo com o balanço do navio. Tudo acabado. Ele conseguira sua surpresa. Vira seus petardos explodirem ao redor do inimigo atônito, mas em nenhum momento — obrigou-se a ser realista a respeito — vira o clarão e o brilho momentâneo que marcaria um tiro certeiro.

— Controle de artilharia para capitão. Fogo aberto contra alvo em rumo um-nove-nove — disse a voz. — Distância de oito mil. Vinte e sete disparos efetuados. Nenhum acerto verificado.

Nenhum acerto.

— Muito bem.

Outra decisão a ser tomada, e cada segundo era valioso: se era o caso de lidar com um inimigo a oito quilômetros de distância numa direção ou com meia dúzia deles a mais de trinta na outra.

— Leme à esquerda — ordenou. — Cambar para rumo um-zero-zero.

Estava se afastando do inimigo. Conseguia ver um olhar ou outro trocado entre aqueles na casa do leme capazes de perceber as implicações da ordem. Sentiu-se tentado a, com uma frase mordaz ou duas, de capitão para subordinados, arrancar aquele olhar dos seus rostos, mas é claro que não fez nada disso. Não usaria sua hierarquia para tal propósito. Também não tentaria se justificar.

Podia ter corrido até onde o submarino havia desaparecido. Num quarto de hora estaria nas cercanias, conduzindo uma busca por sonar. Poderia ter feito um contato, mas as chances eram de dez contra um, de cinquenta contra um, com o comboio se afastando dele durante todo o tempo que estivesse envolvido numa busca de uma hora. E, à frente do comboio, seus três outros navios estavam para entrar em batalha sob grande desvantagem. Deveria correr em sua ajuda sem desperdiçar um momento sequer. O submarino contra o qual disparara havia submergido. Poderia levar muito tempo até se aventurar de novo à superfície depois dessa experiência com um inimigo que tinha atacado de forma tão inesperada através da névoa com tiros de canhão. O submarino já estava bem para trás do comboio; estaria ainda mais longe quando voltasse à superfície. Mesmo com o conhecimento exato de posição, velocidade e rumo do comboio, levaria a maior parte da noite que se aproximava para alcançá-lo. Ele havia tornado o submarino inútil por algumas horas. Melhor seguir imediatamente para a ação certa do que se demorar por aqui tentando arrancar algum sucesso improvável de uma situação agora pouco promissora. Ainda que... Ainda que seus disparos tivessem conseguido um acerto no alvo não observado. A superestrutura de um submarino era dura e capaz de receber danos sem que isso comprometesse seu desempenho debaixo da água. Havia uma chance mínima, a mais improvável das chances, de ele estar logo abaixo da superfície, incapacitado de descer mais fundo, talvez com óleo vazando para revelar sua posição. Não valia a pena levar isso em conta; ele havia tomado a decisão certa.

— Firme no rumo um-zero-zero — avisou o intendente.

O tempo que o *Keeling* levara para fazer a volta era a medida do tempo que os instintos e o treinamento de Krause tinham levado para chegar a conclusões de que um discurso lógico teria consumido muitos minutos mais.

— Muito bem.

— Capitão, senhor — chamou Charlie no tubo de comunicação.

— Sim?

— O tenente Rudel está aqui. Ele pode falar com o senhor?

— Muito bem.

— Capitão — disse a voz de Rudel —, eu posso tentar alinhar melhor esse radar. Mas não acho que possa melhorar muito o desempenho dele. Se é que vou conseguir melhorar alguma coisa, senhor.

— Você não pode fazer melhor do que isso? — retrucou Krause.

— Eu fiz um relatório por escrito sobre ele quatro dias atrás, senhor — replicou Rudel.

— Sim, certamente — admitiu Krause.

— Ele teria de ser desligado para que eu trabalhasse nele, senhor.

— Por quanto tempo?

— Duas horas talvez, senhor. E não garanto resultados mesmo assim, como eu disse.

— Muito bem, sr. Rudel. Deixe como está.

Melhor um radar com defeito do que nenhum radar. A noite vem, quando ninguém pode trabalhar. Ainda havia muito a ser feito.

A necessidade de se aliviar era avassaladora e esta parecia uma oportunidade favorável, a primeira desde que ele havia sido chamado em sua cabine. Não; havia outra coisa a fazer primeiro. Ele ia deixar o *Cadena* efetuar sua volta para o comboio por conta própria. O navio não devia pensar que estava sendo desertado; não tinha seu conhecimento da situação tática e deveria ser tranquilizado.

— Mensageiro! Escreva isto. "Comescolta para *Cadena*. Submarino agora doze quilômetros à popa. Adeus e boa sorte." Leve esta mensagem para a lanterna de sinalização. Sr. Nystrom, assuma a pilotagem.

Ele correu para baixo; mesmo com a atual necessidade, remoía na cabeça aquela mensagem. Era uma situação lúgubre quando uma mensagem de que um submarino hostil estava a doze quilômetros de distância devesse soar encorajadora. Mas o *Cadena* poderia ter o bom senso de entender tudo o que ela implicava. Sem dúvida deixaria de ziguezaguear e correria para o comboio com o máximo empenho.

— Lanterna de sinalização informa que o *Cadena* confirmou recepção de mensagem, senhor — disse o mensageiro saudando-o quando ele emergiu no passadiço de novo.

— Muito bem.

Havia suas roupas adicionais sobre o aquecedor. Mesmo vê-las era estimulante. Tirou o casaco de pele de carneiro — fazia tanto tempo que havia desabotoado o primeiro botão com isso em mente — e o casaco da farda. O ato de pegar o suéter chamou atenção para o fato de que ainda usava o capacete. Todos os outros homens no navio haviam descartado o seu no momento em que ele os liberou das posições de batalha, várias horas atrás. Mas ele mesmo não tivera um segundo para fazer o mesmo. Andara correndo por toda parte o tempo todo com ele na cabeça, como um garoto no uniforme do irmão mais velho.

— Pendure isso! — gritou para o mensageiro, arrancando a coisa da cabeça e passando-a para ele.

Mas foi imediatamente tranquilizante colocar o suéter por cima da camisa. O suéter estava quente por causa do aquecedor, maravilhoso. O cachecol também, que ele colocou ao redor do pescoço. Colocou o casaco da farda sobre esse calor milagroso. O capuz estava quente também, envolvendo sua cabeça e suas orelhas congeladas. Apertou o fecho debaixo do queixo com uma sensação de gratidão para com um mundo generoso. Então o casaco de pele de carneiro de novo. Apertou as mãos geladas no aquecedor pelo máximo de tempo que pôde suportar — não muito — e então colocou as luvas de pele gloriosamente quentes. Era fabuloso como dois minutos podiam alterar todo o nosso ânimo para melhor — ou para pior.

Quarta-feira
Quarto do anoitecer: 1600 — 2000

Nystrom estava ao lado dele esperando sua atenção.

— Relatório atualizado, senhor — disse ele, prestando continência.

— Em rumo um-zero-zero. Velocidade padrão de doze nós. Estamos fazendo doze nós, senhor.

— Muito bem.

Então eram quatro horas. Passava das quatro e as divisões de serviço foram substituídas. Os homens que deixavam agora a guarda estavam em seus postos desde a hora em que ele fora tolo o bastante para soar o alarme geral. Mas agora podiam relaxar e descansar, e ele poderia reforçar a reserva de batalha que havia tão imprudentemente drenado. Havia um longo período de tensão à frente e ele não devia recorrer àquela reserva senão na crise mais desesperadora. Precisava lutar, como tinha lutado havia pouco, em Condição 2; metade do navio estaria de folga então, capaz de ter o descanso que fosse possível com canhões atirando e cargas de profundidade explodindo. Muitos deles dormiriam apesar de tudo, sua ampla experiência do marinheiro americano lhe dizia.

Charlie Cole, como esperava, estava no passadiço depois da mudança do quarto de serviço.

— Garanta que a terceira e a quarta seções tenham comida quente, Charlie.

— Sim, senhor.

Havia aprovação no olhar do oficial executivo ao ver seu capitão finalmente encapuzado, enluvado e agasalhado, mas não havia calmaria para que trocassem outras palavras, não com o *Keeling* voltando para a ação. Sim, e não estavam indo tão bem quanto deviam. Outro lapso. Quando se afastaram do submarino, ele havia se esquecido, simplesmente havia se esquecido, de ordenar um aumento de velocidade. Mesmo os "doze nós" do relatório de Nystrom não o lembraram. Tinha desperdiçado talvez cinco minutos na transferência do *Keeling* de uma cena de ação para a outra.

Harbutt era o imediato, o mais jovem de todos os oficiais no quarto de serviço, com cara de criança e pele rosada. Seus olhos infantis debaixo do capuz pareciam inocentes como os de um bebê. Não parecia ter idade sequer para cuidar de um barco a remo no lago do Central Park.

— Sr. Harbutt!

— Senhor!

— Aumente a velocidade. Tente chegar a vinte e quatro nós.

— Vinte e quatro nós. Sim, senhor.

Dobrar a velocidade significava multiplicar por quatro a velocidade com que alcançariam o comboio. Ele não podia julgar ainda se sua rota atual os levaria ao flanco direito.

— Vinte e quatro nós de acordo com o pitômetro, senhor.

— Muito bem.

O aumento de velocidade ficava óbvio na maneira como o *Keeling* enfrentava os mares. Como a corrida das águas impetuosas. De dentro da casa do leme ele conseguia sentir e ouvir, mais do que ver, como o navio estava reagindo. Muito bem.

— Mensageiro!

— Sim, senhor.

— Me traga uma xícara de café. Um bule de café. Um bule de café grande. E um sanduíche. Diga ao rapaz do rancho que quero um dos meus especiais.

— Sim, senhor.

Havia luz suficiente para ver os navios mais à traseira do comboio ainda se arrastando. Agora o TBS o chamava de novo. Teve de abrir o fecho do capuz e deixá-lo pender ao redor do rosto para colocar o fone de ouvido junto à orelha.

— Dicky para George! Dicky para George!

— George para Dicky. Prossiga.

— Contato de ASDIC, senhor. Contato distante, na nossa proa a bombordo.

— Corra atrás dele então. Estou indo atrás de você.

— Águia para George. Devo participar também, senhor?

O *Viktor* e o *Dodge* estavam a cinco quilômetros um do outro com o contato entre eles mais perto do *Dodge* que do *Viktor*. Chamar o *Viktor* abriria um buraco. Mas o submarino estava apenas cinco quilômetros à frente do comboio. Era só se manter vivo por vinte minutos para entrar na festa. Se ao menos ele estivesse à frente onde pudesse fazer valer o peso do *Keeling*.

— Muito bem, Águia. Vá em frente. Boa sorte.

Estava numa febre de impaciência.

— Sr. Harbutt, tente conseguir mais dois nós. Veja se o navio aguenta.

— Sim, senhor.

Estavam perto da alheta do último navio da coluna de estibordo agora e o alcançavam rapidamente. Krause foi até a asa bombordo do passadiço para dar uma olhada no comboio. O *Keeling* balançou e ele perdeu o equilíbrio. Evitou um tombo feio agarrando-se à amurada, tentando ficar de pé de novo, mas perdeu o equilíbrio outra vez quando o *Keeling* balançou para o outro lado. Desta vez suas mãos enluvadas quase se desprenderam da amurada e foi só com um esforço convulsivo que ele voltou a se agarrar. O convés estava coberto de gelo, assim como a amurada. Simplesmente ficar de pé exigia a mais elaborada precaução. Uma onda quebrou com estrondo à proa do *Keeling* a bombordo, correndo para a popa, onde formou uma grande muralha de água ao encontrar a bateria dos canhões de cinco polegadas, uma massa sólida voando para golpeá-lo no rosto. O *Keeling* se agitava violentamente e se jogava na face do mar com uma força ensandecida. Quando Krause conseguiu recuperar o equilíbrio e o fôlego, eles já tinham passado pelo navio mais atrasado e se aproximavam do seguinte. Estava tão escuro agora que o navio ainda mais à frente, a apenas um quilômetro de onde ele estava, só era visível como uma mancha nas trevas. E logo ficaria muito mais escuro do que aquilo. O *Keeling* recebeu outra onda invasora bem na proa que o fez sacudir com o golpe. Krause, meio deslizando, meio caminhando, voltou à casa do leme.

— Diminua um pouco a velocidade, sr. Harbutt. O navio não vai aguentar.

— Sim, senhor.

Havia apenas luz suficiente para ver o menino filipino do refeitório em seu jaleco branco. Em suas mãos havia uma bandeja coberta por um guardanapo branco, como ele fora ensinado a servir refeições, e ele sempre as serviria, com submarinos no horizonte ou não. Obviamente havia tentado colocar a bandeja sobre a mesa de cartografia da casa do leme e fora obviamente expulso pelo intendente indignado, zeloso guardião dos mapas e dos instrumentos. Agora estava ali com um ar infeliz segurando a bandeja e balançando, acompanhando o movimento do navio. Krause sabia exatamente como, debaixo do guardanapo, o creme — ainda lhe traziam creme embora devessem a esta altura saber que ele nunca o usava — e o café teriam derramado sobre a toalha da bandeja. E coisas piores poderiam acontecer a qualquer momento. A bandeja subia e descia na semiescuridão quando o *Keeling* cavalgava uma onda. Krause de repente sentiu que não poderia suportar a ideia de ver aquela carga preciosa caindo no convés. Agarrou o bule e a xícara, equilibrou-se e encheu a xícara pela metade. Equilibrou-se de novo, o bule numa das mãos, a xícara na outra. Naquele segundo não havia nada no mundo que quisesse mais do que aquele café. Sua boca estava seca embora seu rosto ainda estivesse molhado. Bebericou avidamente a poção escaldante, voltou a beber e esvaziou a xícara. Podia sentir o fogo reconfortante ao longo de toda a sua garganta. Lambeu os lábios como um selvagem, serviu-se de outra meia xícara e, observando este momento, colocou o bule na bandeja.

— Coloque essa bandeja no convés e não tire os olhos dela — disse.

— Sim, senhor.

Bebeu de novo. Fazia apenas nove horas desde que tomara o café da manhã, mas não achava que um homem pudesse sentir tanta sede ou tanta fome. A ideia de injetar café sem parar em si mesmo, depois de comer para aplacar sua fome selvagem, o enchia de exultação.

— Vigia informa disparo de arma de fogo na proa a bombordo, senhor — disse o operador de comunicação.

Krause correu para o TBS. Havia passado três minutos desatento. Águia e Dicky estavam em rápida comunicação, as frases indo e vindo, contendo-se com dificuldade no estilo treinado; a indiferença inglesa prestes a explodir.

— Rumo dois-sete-zero a partir de mim.

— Eu o peguei no indicador.

— Vou disparar um sinalizador. Fiquem de prontidão.

Disparo. Sinalizador. Isso significava um submarino na superfície. E rumo dois-sete-zero. Isso significava que o submarino estava entre a escolta e o comboio, irrompendo para atacar. A escuridão à frente do quadrante de bombordo foi subitamente rompida quando o sinalizador explodiu no alto do céu, a luz branca brilhante pendurada no seu paraquedas. A crista das ondas refletiu a luz. Perto do quadrante de bombordo o navio-líder da coluna de estibordo do comboio aparecia em silhueta contra ele. O *Keeling* estava de volta à batalha.

— George para Dicky! George para Dicky! Estou girando para as proas do comboio. Procure por mim.

— Positivo.

— Vou assumir o navio, sr. Harbutt.

— Sim, senhor.

— Leme total à esquerda. Estabilizando. Firme no rumo.

— Firme no rumo...

Krause não se deu ao trabalho de ouvir o número mencionado. Sentia-se satisfeito em poder ver que o *Keeling* estava passando o mais perto que ousava das proas sombrias do comboio em movimento. O sinalizador se extinguiu. Reduzir a velocidade e começar a usar o sonar? Não havia tempo para isso; nem necessidade, com um submarino na superfície. Acionou o sino do tubo de comunicação, mas ao mesmo tempo a ação começou.

— Submarino em rumo aberto na proa a estibordo. Distância de três-cinco-zero-zero.

— Capitão para controle de artilharia. Não atire sem ordens.

Então pelo tubo de comunicação.

— Se certifiquem de que o navio fique no limite do comboio.

Foi até o TBS e quase trombou com o garoto filipino, que ainda prestava guarda sobre a bandeja.

— Desça para o rancho!

Ao TBS.

— George para Dicky. George para Dicky. Sinalizador de novo.

Na asa estibordo do passadiço ele se protegeu do gelo traiçoeiro que cobria tudo.

— Submarino em rumo zero-quatro-dois. Distância de três-dois--zero-zero.

Rumo mudando, assim como distância. Em algum lugar na escuridão o submarino passava pela proa do *Keeling* para atacar o comboio. O *Keeling* mergulhava no mar agitado. Então ele surgiu, o raio de ouro contra o céu escuro, e o milagre da luz pendendo nos céus, iluminando o mar, o topo das ondas, os navios; de um branco ofuscante, brilhando como o luar. E ali, na proa a estibordo do *Keeling*, pouco mais de três quilômetros à frente, a forma furtiva cinzenta cortando rapidamente a água prateada, o lobo cinzento correndo a toda para atacar o rebanho.

— Controle de artilharia. Abrir fogo!

Seria uma surpresa para o submarino; até o disparo das armas, ele não teria nenhuma ideia da presença do contratorpedeiro a toda a velocidade atravessando as proas do comboio para interceptá-lo. As armas dispararam com um clarão cegante e um estrondo avassalador. Krause protegeu os olhos com a mão enluvada enquanto com a outra mantinha seu equilíbrio na amurada escorregadia. Embora a distância fosse tão curta, ela mudava rapidamente; assim como o rumo; e o mar estava agitado. Mas havia uma chance de que um dos disparos acertasse o alvo. A salva de tiros terminou e Krause olhou de novo; era um dos poucos homens no navio não ofuscados pelo clarão das armas. Lá estava a forma cinzenta; mais próxima tanto do *Keeling* quanto do comboio, e era diferente — embora houvesse uma visível onda branca na proa em evidência. O submarino havia alterado seu rumo e seguia diretamente para o comboio. O sinalizador ainda queimava no céu sem que a luz tivesse reduzido — os britânicos tinham o sinalizador mais eficiente que Krause já vira. Relâmpago e estrondo de novo, cegante e avassalador. Os quarenta milímetros de estibordo também estavam atirando agora, causando um estrepitoso *tum-tum-tum* contra o frenético *bum, bum, bum* dos cinco polegadas. Krause deixou a mão na frente dos olhos e tateou até a casa do leme.

— Alvo alterando rumo — avisou um operador de comunicação no meio do fragor.

As armas cessaram fogo enquanto as baterias blindadas perdiam seu alvo. Krause tirou a mão dos olhos e perscrutou o mar à frente.

— Navio diretamente à frente! Navio diretamente à frente!

Era um grito que vinha de baixo e teria sido audível mesmo sem o tubo de comunicação.

— Leme à esquerda! Girando firme! — gritou Krause.

Ele tinha visto aquela coisa aterradora ao mesmo tempo. O navio-líder de uma das colunas estava bem adiante da sua posição, a uns duzentos metros pelo menos. A forma escura que se avolumava estava atravessada diante da sua proa.

Com a virada do leme, o *Keeling* se inclinou para bombordo em alta velocidade; operadores de comunicação e oficiais cambaleavam e lutavam para recuperar o equilíbrio. O *Keeling* girou abruptamente; o navio inteiro parecia gemer com a tensão a que era submetido.

— Leme total à esquerda! — disse o timoneiro na escuridão.

A forma escura à frente estava cada vez mais próxima, e mais próxima, embora o *Keeling* estivesse balançando.

— Vigia informa navio diretamente à frente — disse um operador; o alarme atrasado era ridículo na tensão do momento.

O *Keeling* deslizou numa onda, mas a forma estava se aproximando, a superestrutura do navio mercante crescendo perto do passadiço. Alguém gritava de lá a plenos pulmões, claramente audível. Havia ainda o perigo de que a alheta de estibordo do *Keeling* pudesse trombar nele, embora suas proas tivessem virado.

— Estabilize! Leme à direita! Estabilize!

O navio se afastou rapidamente do seu campo de visão; o *Keeling* agora singrava a raia entre duas colunas de navios. Viam-se as massas enormes dos navios escuros próximas de cada lado.

— Todos os motores em frente em velocidade padrão.

A mensagem foi passada adiante.

— Casa das máquinas responde, todos os motores em frente em velocidade padrão, senhor. — E a tensão pareceu se relaxar na casa do leme enquanto a vibração do *Keeling* diminuía.

A luz minúscula do repetidor surgia por entre as letras do telégrafo. O *Keeling* vinha cavalgando os mares agitados pelo comboio; era como se no silêncio repentino eles pudessem ouvir de cada lado as ondas formadas pela proa dos navios que avançavam laboriosamente. Mas esse tempo de calmaria não durou mais de dois segundos. Um foguete cortou o céu e explodiu a estibordo do *Keeling*. Ouviam-se rajadas de metralhadora. Na sua alheta de estibordo um grande lençol de chamas vermelhas subitamente subiu aos céus e o som de uma explosão terrível sacudiu a casa do leme. O submarino que eles quase interceptaram estava na raia seguinte do comboio, espalhando destruição. Lampejos cadenciados de fogo laranja na sua proa a estibordo, cada vez mais breves e reluzentes. Um estrépito súbito, violento e irregular envolvendo todos eles, um zunido metálico e um som mais musical de vidro caindo. Alguém no último navio da coluna os havia visto e abriu fogo com uma metralhadora de calibre cinquenta, incapaz no escuro e na agitação de distinguir entre um contratorpedeiro e um submarino. A explosão havia atingido a frente da casa do leme, pouco acima da cabeça de Krause, destroçando o vidro. Sentiam o ar frio sobre eles. Os primeiros tiros que o *Keeling* chegara a receber em batalha — as primeiras balas a ameaçarem a vida de Krause — foram disparados por uma mão amiga. Mas não havia tempo para pensar na questão.

— Alguém ferido? — perguntou Krause automaticamente, mas não ficou para a resposta.

A forma escura do navio tinha desaparecido; estava a salvo agora... Mas o que era aquilo mais adiante no quadrante de estibordo, iluminado pelas chamas dos destroços queimados?

— Leme à direita!

Uma superestrutura de submarino alçando-se do mar.

— Leme à direita.

Ele havia entrado na raia seguinte do comboio pescoço a pescoço com o *Keeling*.

— Estabilizar! Firme no rumo.

Uma onda subiu e o submarino tinha desaparecido. Devia estar em posição imediata de mergulho — ou ele não o teria visto de todo? Estava certo de que o vira; um quilômetro à frente no ponto para onde a proa do *Keeling* apontava neste momento. Semicerrou os olhos para enxergar o relógio.

— Preparar para atirar em padrão médio! — comandou Krause por sobre o ombro.

Uma voz atrás dele ditou ordens num bocal — Pond, segundo-tenente, o oficial de artilharia aprendiz assistente de plantão.

— Começar a busca por sonar.

O submarino debaixo da água buscaria os ruídos acolhedores do comboio.

— Leme à direita. Relaxar o leme. Firme na rota.

— O sonar informa interferência intensa, senhor.

Naturalmente, com os hélices de trinta navios todos rodando ao mesmo tempo. Um quilômetro a doze nós. Um desconto para o deslocamento do submarino. Três minutos ao todo — um tempo desesperadoramente longo do ponto de vista de um homem que precisa alcançar a posição prevista de um submarino; desesperadoramente curta com tanta coisa na cabeça.

— Sr. Pond!

— Disparar um! — disse Pond. — Disparar dois!

Krause se virou para olhar para ele, viu que Nourse estava perto do ombro de Pond. Muito bom. As armas K retumbaram. Olhando na direção da popa, Krause viu o mar na esteira do *Keeling* subitamente se agitar de baixo para cima, iluminado com a explosão da primeira carga; as profundezas em chamas, e outra vez a explosão da carga seguinte e novamente as cargas lançadas pelas armas K, sessenta metros abaixo, ao mesmo tempo que as explosões das cargas seguintes roladas das pranchas para o mar. O fogo abaixo da superfície persistia na retina; agora tinha sumido. O mar cheio de espuma refletia fracamente o fulgor vermelho do navio em chamas.

— Leme à direita. Vamos disparar outra rodada na volta, sr. Pond.

— Sim, senhor.

— Relaxar o leme. Firme na rota.

O navio que queimava era um precioso ponto de referência para determinar a posição e a rota do *Keeling*. Ele encheria de cargas de profundidade a área entre aquela castigada pelas últimas explosões e o comboio que se afastava. Era a área mais provável, entretanto poderia estar errado por mais de um quilômetro.

— Sr. Pond!

— Disparar um — disse Pond. — Disparar dois.

Seguiam diretamente para o navio em chamas, que se avolumava e iluminava enquanto olhava para ele, as cargas de profundidade ecoando e relampejando atrás dele. As chamas se agitavam no navio, subindo bem alto, tão intensas ao seu redor que seria impossível tentar identificá-lo. Então um tremendo clarão, que subiu até as nuvens, e uma explosão em ondas que ele conseguia sentir de onde estava, e então o fragor terrível da explosão. E em seguida nada; escuridão, silêncio; olhos cegados e ouvidos ensurdecidos para tudo até os sentidos voltarem lentamente, com primeiro os ouvidos registrando o som do *Keeling* cortando o mar e então os olhos vagamente tornando-se conscientes da superfície salpicada de espuma ao redor deles. Silêncio na casa do leme, quebrado apenas pela tosse nervosa de alguém.

— Navio à frente, senhor — disse o tubo de comunicação. — Rumo um-sete-cinco, distância de dois quilômetros.

Devia ser o *Cadena* fazendo o trabalho de resgate. Naquele rumo eles passariam perto dele na proa do *Keeling* a bombordo. Não demoraria a reassumir seu lugar no comboio antes de partir para essa nova missão.

— Como está o comboio?

— Três navios bem atrás do restante, senhor. O mais próximo em rumo um-meia-zero, distância de três quilômetros.

Era notável — eram boas notícias — que apenas três navios estivessem fora de posição além do *Cadena*, considerando que um submarino e um contratorpedeiro passaram livremente através do comboio e um navio tivesse sido torpedeado no coração dele.

Um apelo vindo do mar — um grito, uma voz humana berrando por socorro no volume mais alto e mais agudo de ansiedade e terror. O simples fato de que vinha de certa distância, fraco e, no entanto, tão claramente reconhecível, acentuava a urgência.

— Objeto próximo da proa a bombordo! — informou o vigia.

Era algo escuro na superfície escura da água e de lá veio outra vez aquele grito. Sobreviventes — um sobrevivente pelo menos — flutuando nos escombros ou num bote salva-vidas; homens de sorte que se jogaram do navio antes de serem engolidos pelas chamas, e que haviam encontrado o bote flutuando por ali — provavelmente eles o lançaram ao mar antes e tiveram mais sorte ainda ao serem deixados para trás enquanto o navio flutuava seguindo sua inércia, de modo que a explosão não os matou. Homens de sorte? Seria uma questão de minutos para morrerem congelados. Chamar a atenção do *Cadena* para eles? O *Cadena* estava a quase dois quilômetros e a única maneira de informá-lo seria se aproximar dele e usar o megafone. As chances eram de que ele jamais fosse encontrar aquele objeto minúsculo; e seria justificado fazer com que recuasse quase dois quilômetros para ficar ao alcance dos torpedos de um submarino? Não, o *Cadena* valia muito mais do que uma ou duas ou meia dúzia de vidas, ainda que pudessem ser salvas. Salvá-los ele mesmo? Em nome da caridade cristã? Não havia caridade cristã no Atlântico Norte. Seria colocar o navio em perigo. O *Keeling* e sua tripulação valiam as vidas de mil marinheiros mercantes — dois mil, talvez. No entanto, qual era o tamanho do risco? Uma vida ou duas valiam alguma coisa. Se ele os deixasse, se passasse ao largo deles, toda a companhia do seu navio saberia disso mais cedo ou mais tarde. Que efeito isso teria sobre eles? Não seria nada bom. E a amizade internacional? Salvar aquelas vidas significaria algo para cimentar a solidariedade Aliada. Se ele as salvasse, a notícia se espalharia pouco a pouco em círculos onde a solidariedade Aliada era preciosa.

— Leme total à direita — disse ele e, então, pelo tubo de comunicação, ordenou: — Me dê uma rota para voltar até aqui.

A ordem saíra rápido, como os círculos trêmulos do florete do esgrimista para neutralizar o engajamento e a estocada do oponente. E uma centena de exercícios de "homem ao mar" em tempos de paz tinha pelo menos imbuído sua mente das dificuldades da empreitada e da ação imediata que se fazia necessária.

— Todos os motores à frente em um terço da velocidade padrão. Gire para seis nós.

— Seis nós, senhor. Casa das máquinas responde seis nós.

— Quem é o imediato assistente?

— Sou eu, senhor — disse uma voz saída do escuro. — Wallace, senhor.

— Vá rapidamente a bombordo. Apronte os cabos. Coloque dois voluntários em bolinas prontas para serem baixadas ao mar.

— Sim, senhor.

— Me dê um grito assim que estiver com tudo pronto.

— Sim, senhor.

Agora à navegação; com o leme virado ao máximo, o *Keeling* perdia velocidade rapidamente. A voz de Charlie Cole pelo tubo o ajudou no posicionamento, mas, com o objeto escuro avistado outra vez, ele teve de girar para mais longe, deixando o bote a bombordo e protegendo-o do vento; ele teve de sincronizar sua ordem seguinte exatamente quando o vento contra o costado do *Keeling* começou a empurrá-lo, e o vento fustigando seu altaneiro castelo de proa começou a fazê-lo balançar; ele tinha de acatar isso, também. Num exercício de "homem ao mar" eles teriam de acionar um holofote, ter botes prontos para serem baixados, um sinalizador na boia salva-vidas para indicar o local.

— Reduzir todos os motores em dois terços.

— Reduzir todos os motores em dois terços. Casa das máquinas responde todos os motores reduzidos em dois terços, senhor.

— Parar todos os motores.

— Parar todos os motores. Casa das máquinas responde todos os motores parados, senhor.

Vários segundos difíceis agora, os motores do *Keeling* parados enquanto ele balançava nas águas, o sonar ainda emitia os sinais, o som do mar a estibordo, o som do vento ao seu redor quase sufocando os pequenos ruídos que chegavam a eles vindo de bombordo. Silêncio na casa do leme. E então a voz de Wallace lá de baixo:

— Todos a bordo, senhor! Nós os salvamos!

— Tudo limpo pelo bordo?

— Tudo limpo, senhor. Pronto para seguir em frente.

— Todos os motores à frente em velocidade padrão.

— Todos os motores à frente em velocidade padrão. Casa das máquinas responde à frente em velocidade padrão, senhor.

— Leme à esquerda. Estabilizar.

Aquela era uma ordem necessária para afastar a proa do navio do bote salva-vidas abandonado enquanto o deixavam para trás.

O *Keeling* voltou à vida; a quietude do vento nada natural tinha acabado. Pelo tubo de comunicação para baixo, perguntou:

— Onde está o *Cadena*?

— Em rumo um-oito-sete, distância de dois mil metros.

— Leme à direita. Cambar para rumo um-nove-zero.

O *Cadena* ainda devia estar à procura de sobreviventes; com aquela distância e rumo ele não podia seguir atrás do comboio enquanto o *Keeling* o fazia circular.

— Objetos na proa a bombordo!

— Objetos na proa a bombordo!

Destroços, pedaços de madeira, grades, escotilhas arrancadas pela explosão. Nenhuma voz. Wallace surgiu na escuridão ao lado dele.

— Salvamos quatro homens, senhor. Mandamos para o médico. Dois estavam queimados, não sei com que gravidade. Não dava para vê-los, senhor.

— Muito bem.

Talvez fosse melhor que o jovem Wallace não tivesse visto os homens queimados. Krause tinha visto um ou dois em sua vida e não queria ver mais nenhum. Ele devia se lembrar de que Wallace fizera um trabalho limpo e rápido.

Havia a presença do *Cadena* na proa a bombordo, a menos de um quilômetro de distância; uma observação cuidadosa era necessária para determinar em que rumo ele se dirigia; cuidadosas ordens de leme para que emparelhasse dentro do alcance vocal. Krause foi ao alto-falante.

— *Cadena!*

Uma resposta fraca, quase inaudível; a qualidade indicava o uso de um porta-voz.

— Comescolta. *Keeling*. Temos quatro sobreviventes.

— Nós não resgatamos ninguém — disse o porta-voz.

— Dirija-se para o comboio agora. Rumo oito-sete. Procure desgarrados à frente.

— Ok.

— Leme à esquerda. Cambar para rumo zero-zero-zero — disse Krause ao timoneiro.

Rumo norte era tão bom quanto qualquer outro. Em algum lugar naquela direção poderia estar o submarino que ele havia perseguido e atacado com cargas de profundidade, mais provavelmente do que em qualquer outro lugar, o que não significava muito. Ele podia fazer uma varredura naquela direção ao se encaminhar para o flanco do comboio; tinha aquele tempo todo para decidir se continuaria patrulhando à popa do comboio ou se o contornaria e seguiria à frente de novo.

— Controle de artilharia informando, senhor — disse um operador de comunicação na escuridão, e então no seu bocal: — Repita, por favor.

Alguns segundos antes de o operador voltar a falar.

— Controle de artilharia informa acreditar que acertou uma ou duas vezes no submarino na segunda rodada, senhor.

Um ou dois acertos; eles não haviam impedido o submarino de atacar o comboio, de disparar pelo menos um torpedo, e de submergir quando ele estava para atacá-lo de novo. A não ser que estivesse afundando quando ele pensou que havia submergido. Não; isso seria bom demais para ser verdade. Uma cápsula de cinco polegadas poderia ter atravessado a estrutura frágil de um submarino antes de explodir, e sem prejudicar de modo algum suas qualidades de submersão.

— Quem informa?

— O sr. Kahn, senhor.

— Muito bem. Confirmo recepção da mensagem.

Kahn poderia estar certo. E poderia estar completamente errado. Poderia ser um otimista exagerado. Cabia-lhe o crédito de ter esperado um momento calmo antes de oferecer uma informação de pouca importância no momento. Krause decidiu pesaroso que não conhecia suficientemente o jovem Kahn para formar uma opinião sobre seu julgamento e confiabilidade.

— Qual é o rumo do comboio? — perguntou ele à sala de cartografia.

— O último navio da coluna esquerda a estibordo em rumo zero-
-oito-cinco, distância de cinco quilômetros, senhor.

— Muito bem.

Ele voltaria uma vez mais atravessando a traseira do comboio.

— Leme à direita. Cambar para rumo um-sete-zero.

A figura escura recém-chegada ao passadiço e observando o repetidor devia ser Watson. Agora ele estava espreitando a mesa cartográfica.
Krause chutou algo que reagiu com um tinido metálico. Claro — era
a bandeja com seu sanduíche e seu café, jazendo esquecida no convés!
Sentiu uma fome e uma sede brutais e imediatas outra vez, fome e
depois sede, mas a sede era ainda mais aguda, mesmo que só tivesse
consciência dela em segundo plano.

— É a minha bandeja — disse Krause. — Devíamos recolhê-la.

Watson pegou a bandeja e a colocou sobre a mesa sagrada.

— Aposto que está tudo frio, senhor — comentou Watson. — Me
deixe pedir de novo.

— Mensageiro. Me traga outro bule de café. Traga você mesmo, não
o rapaz do rancho.

— Sim, senhor.

Mas ele não podia esperar, não agora que fora lembrado da fome e
da sede. Suas mãos encontraram o bule de café ainda pela metade. Não
tinha a menor ideia de onde fora parar a xícara, mas isso não interessava.
Levou o bule aos lábios, gelado, e bebeu e bebeu. Sentiu partículas de
grãos de café na boca e as engoliu também. Estava faminto; suas mãos
enluvadas sentiram algo que devia ser o sanduíche. Ergueu-o com as
duas mãos e mordeu com voracidade. Tão frio quanto se tivesse saído de
um refrigerador; estava velho e empapado, mas ele mordeu um pedaço
grande e mastigou. Entre as fatias de pão havia uma fatia de carne
enlatada generosamente regada com maionese e sobre a carne havia
anéis de cebola crua. Só a cebola guardava um pouco de vida agora;
as superfícies internas do pão estavam encharcadas de maionese e sua
segunda mordida revelou que a fatia inferior estava molhada do creme
que tinha derramado no prato, e sua terceira mordida mostrou que a

fatia superior tinha uma camada úmida, provavelmente causada por algumas gotas de água do mar que atravessaram as janelas quebradas. Mas nada disso importava. Os anéis de cebola eram crocantes, embora a massa de pão grudenta ficasse colada feito uma pasta no seu palato. Mordeu e mastigou na escuridão. Na quarta mordida seus lábios entraram em contato — com uma sensação peculiarmente desagradável — com a luva de pele que segurava o sanduíche, e a quinta mordida registrou o gosto adicional da luva.

— Imagem de radar à popa! — disse a voz no tubo. — Rumo zero--zero-cinco. Distância de dois mil.

— Leme total à esquerda. Firmar no rumo zero-zero-cinco — ordenou Krause, a borda do sanduíche ainda na sua mão esquerda.

Devia ser o submarino que eles forçaram a submergir mais cedo. Um sujeito persistente. Fora bombardeado; fora atingindo por cargas de profundidade, mas agora voltara à superfície e parecia se apressar para alcançar o comboio de novo.

— Firme no rumo zero-zero-cinco — disse o timoneiro.

— Alvo se deslocando para o leste — disse o tubo de comunicação.

— Rumo zero-oito-cinco até onde posso ver. Rumo zero-zero-meia. Zero-zero-sete.

— Rápido para o rumo zero-um-zero — disse Krause.

Um problema tático quase igual àquele de antes. Interceptar o submarino. Abrir fogo ou não? Melhor reservar seu fogo para quando estivesse o mais próximo possível. Sua primeira salva seria o sinal para o submarino submergir. Nesta noite escura como breu havia mais de uma chance de se aproximar sorrateiramente dele sem ser visto.

— Capitão para controle de artilharia. Não abra fogo.

Saiu para a asa do passadiço. No silêncio e na escuridão em meio ao vento era estranho gritar com a voz mais alta possível e ridículo recear que o submarino a mais de um quilômetro de distância o ouvisse.

— Tem um submarino na superfície à frente. Fiquem de olhos abertos.

Um passo incauto quase o fez escorregar no convés coberto de gelo e, depois que agarrou a amurada percebeu que tinha esmagado os restos do seu sanduíche comido pela metade na palma de pele da sua luva. Devia estar tudo emporcalhado; quase abençoou a escuridão por esconder a cena dele. Tentou limpar na amurada.

— Alvo no rumo zero-zero-oito. Distância de um-oito-zero-zero.

Estavam se aproximando do submarino.

— O TBS, senhor — avisou Wallace.

Dick, Harry e Águia estavam todos falando. Tinham contatos em abundância, enfrentando uma batalha feroz à frente do comboio enquanto ele estava aqui à popa de novo. Enquanto tivesse esse contato, no entanto, não poderia ir em sua ajuda. Pensariam mal dele? Não se importava, mas temia pelo bem-estar da entidade que era a escolta.

— O indicador está bastante indistinto, senhor — disse a voz de Charlie Cole pelo tubo; Charlie conseguira voltar à sala de cartografia num momento crucial, como de costume. — Mas o rumo está razoavelmente constante, eu acho. Zero-zero-oito... zero-zero-sete. Distância de um-meia-zero-zero. Um-cinco-zero-zero.

Seria a onda formada pela proa do *Keeling* que os vigias do submarino detectariam. Eles a veriam como um branco fraco na escuridão; olhariam de novo. Krause colocava a imaginação para trabalhar no quadro do que eles fariam em seguida. Veriam a onda formada pela proa antes de verem o navio. Teriam condições de precisar aproximadamente sua rota antes que pudessem divisar a superestrutura. Isso lhes diria quase tudo o que precisavam saber; um navio desgarrado do comboio mantendo um rumo quase para o leste e não quase para o norte. E a velocidade — os doze nós que ele fazia — lhes diria o resto. O *Keeling* seria identificado como um inimigo, as Klaxons soariam e o submarino submergiria antes mesmo que a superestrutura do *Keeling* fosse avistada ou que os dispositivos de escuta do submarino tivessem identificado o batimento distinto e seus hélices. E se ele alterasse o rumo mais para o leste e reduzisse a velocidade para oito nós? Isso poderia enganar o inimigo enquanto as rotas convergentes os aproximassem mais. Foi com um choque que se recompôs neste momento. Isso poderia também ser um convite a um torpedo; na ânsia da busca, ele esquecera que sua caça carregava armas mortais. Esfregou o nariz como um reflexo e lembrou tarde demais do sanduíche esmigalhado. Sentia a maionese fria na ponta do nariz.

— Sonar informa contato, senhor. Zero-zero-cinco. Distância indefinida.

— Muito bem.

Isso foi um ganho enorme, imenso.

— Você consegue ter a diferença do rumo, Charlie?

— Sim, senhor — respondeu Charlie.

Havia uma chance de alinhar o radar com o mais exato sonar.

— Distância de um-três-zero-zero. Em rumo zero-zero-sete aproximadamente.

O fato de que o submarino permitira uma aproximação dessas era uma indicação de que seus dispositivos de detecção não eram tão aguçados quanto os do *Keeling*. Ou de que sua tripulação não era tão alerta. Ou de que seu capitão era temerário. Algo mais para a Inteligência Naval apurar quando recebesse o relatório.

— Imagem perdida, senhor! — avisou Charlie. — Sim, a imagem desapareceu.

O submarino tinha finalmente ligado o alarme, então.

— Sonar informa contato em rumo zero-zero-cinco. Distância de mil e duzentos metros.

Eles ainda tinham o submarino ao alcance do sonar. Krause pegou o telefone e falou no circuito de batalha.

— Capitão falando. Quem está no sonar?

— Bushnell, senhor. E Mannon.

Operadores de rádio de segunda classe, treinados por Ellis.

— Ellis está de folga?

— Sim, senhor.

— Muito bem.

Era uma tentação convocar Ellis e colocá-lo para trabalhar no sonar. Melhor não fazer isso. Ainda havia uma longa batalha pela frente e a condição física de Ellis fazia parte daquela reserva de batalha que ele não devia usar ainda.

— Sonar informa contato forte. Rumo zero-zero-zero. Distância de mil metros.

O velho jogo de esconde-esconde de novo, de pega-pega ao redor da mesa. Precisava colocar o *Keeling* numa rota que interceptasse o submarino.

— Cambar à esquerda para o rumo zero-zero-zero — ordenou Krause.

Tudo que podia fazer era manter a proa apontada para o contato até que novas informações lhe dessem uma indicação do rumo do submarino.

— Firme no rumo zero-zero-zero.

— Muito bem.

— Sonar informa contato diretamente à frente. Distância de oitocentos metros.

O *Keeling* estava bem na cola do submarino, então. O submarino devia fazer uma curva em breve; era impossível saber se seria para bombordo ou para estibordo.

— Sonar informa contato diretamente à frente. Distância de setecentos metros. Seiscentos metros.

— Ele se manteve estacionário, senhor — disse uma voz inesperada ao fundo. Devia ser Pond.

— Obrigado, eu estava pensando o mesmo.

— Sonar informa contato diretamente à frente. Distância de quinhentos metros.

Estaria o submarino conseguindo se manter imóvel numa camada de água fria? Isso era possível. Entretanto, era mais provável que...

— Sonar informa nenhum contato, senhor.

Suas suspeitas crescentes foram confirmadas. Eles vinham perseguindo um *Pillenwerfer*. Estavam caçando bolhas enquanto o submarino escapava. Não podia ser uma questão de estar perto demais do alvo para que o sonar registrasse; o último informe os havia colocado bem além desse limite.

— Sonar informa nenhum contato, senhor.

Fracasso. Tinha sido completamente enganado. Não, não completamente, é verdade, graças a circunstâncias fortuitas. Se o *Pillenwerfer* tivesse durado um pouco mais, continuando a emitir suas bolhas por cinco minutos, ele poderia muito bem tê-lo atacado com cargas de profundidade e circulado de volta para uma nova rodada dessas cargas, gastando munição e tempo num fantasma. Suas suspeitas até o contato desaparecer não foram fortes o suficiente para impedi-lo de fazer isso.

— Leme à direita. Seguir no rumo zero-oito-zero — ordenou rispidamente; e pelo tubo de comunicação perguntou: — Onde está o comboio?

— Navio mais próximo no rumo zero-oito-nove, distância de sete quilômetros.

— Muito bem.

— Firme no rumo zero-oito-zero.

— Muito bem.

Ele deveria se aproximar da coluna esquerda do comboio e voltar a cobrir de perto sua traseira.

— Informe quando estivermos a dois quilômetros.

— Sim, senhor.

Uma movimentação tomou conta do navio agora, figuras indistintas entrando na casa do leme. O quarto estava mudando, eram oito horas. As horas voavam quando cheias de ação e pensamento concentrado. Mil anos são aos teus olhos como o dia de ontem que passou, e como a vigília da noite. Uma figura ao lado dele falava com a voz de Harbutt e prestava uma continência quase invisível.

Quarta-feira
Primeiro quarto: 2000 — 0000

— Informo ter sido substituído, senhor. Em rumo zero-oito-zero. Velocidade padrão, doze nós. Navio em Condição 2. Nenhuma ordem não executada.

— Quem está no convés?

— Carling, senhor.

— Muito bem. Veja se dorme enquanto pode, sr. Harbutt.

— Sim, senhor.

— Sr. Carling!

— Senhor!

Era necessário informar a Carling a situação tática caso ele não tivesse conseguido formular um quadro mental claro da informação que havia recebido na sala de mapas a caminho do passadiço; era necessário informá-lo da presumida posição e rumo do submarino e do plano de interceptá-lo de novo. Ele talvez tivesse de passar a pilotagem para Carling a qualquer momento se outras questões exigissem sua atenção. Poderia sofrer uma convulsão, ou ser atingido por uma bala perdida, o que deixaria Carling no controle temporariamente.

— Você entendeu? — perguntou Krause; formulara suas frases tão curtas e claras quanto possível.

— Sim, senhor.

Contudo, não havia nada positivo no tom de Carling. Também não sentia nele sede de sangue. Era possível que Carling neste momento se arrependesse da sua escolha profissional. Bem, havia bons oficiais e maus oficiais. Foi um alívio ouvir Charlie Cole informando-o em seguida.

— Seções 3 e 4 contam com divisões de serviço, senhor. Foram todos bem alimentados; e as seções 1 e 2 estão comendo agora.

— Obrigado, Charlie. E você pode garantir que eles descansem depois disso?

— Sim, senhor. E quanto ao senhor?

— Não estou cansado ainda. Não posso deixar o passadiço no momento. Mas quero aqueles homens revigorados para o quarto de meia-noite às quatro.

E as seções 1 e 2 teriam seu próximo período de folga interrompido pelo alarme geral antes da madrugada; tinham de dormir o máximo possível agora.

— Vou tratar disso, senhor. Mas muitos deles não vão sossegar a não ser que eu os obrigue.

— Obrigue-os, Charlie.

— Vou tentar, senhor.

— E tire você mesmo uma soneca.

— Vou tentar, senhor.

— Muito bem, obrigado, Charlie.

— Obrigado, senhor.

Krause deu uma espiada no relógio. Mais de quinze minutos desde que se afastaram do *Pillenwerfer*; aquele local estava agora cinco quilômetros atrás deles, mas faltavam ainda dois quilômetros para se aproximarem do comboio. Ainda levaria um tempo até chegarem à frente do comboio outra vez, e havia uma necessidade urgente de fazê-lo. Agora que a ideia havia lhe ocorrido, ele não podia esperar um momento sequer.

— Sr. Carling, assuma a pilotagem.

— Sim, senhor.

Colocou os óculos vermelhos e desceu correndo a escada, atravessando a cortina de fibra de vidro. Com os olhos totalmente acostumados à escuridão, não queria ter de esperar muito tempo para recuperar a visão quando voltasse. Entrou tateando. Mal tinha chegado quando ouviu o sino e o tubo de comunicação.

— Capitão, senhor! Imagem no radar, senhor!

A voz de Carling veio pelo tubo urgente e alta o bastante para que ele a ouvisse de onde estava. O atraso era inevitável; deve ter se passado um minuto inteiro antes de ele se encontrar de volta na casa do leme. Sua primeira atitude foi chamar a sala de mapas.

— Capitão falando.

— Imagem no rumo dois-um-nove. Distância de oito mil.

— Muito bem, sr. Carling, vou assumir a pilotagem. Qual é o rumo?

— Zero-oito-zero, senhor.

— Leme total à direita. Conduzir para o rumo um-sete-zero. Virar para o alvo novamente, sr. Carling.

— Sim, senhor.

Carling tinha perdido todo esse tempo mantendo o *Keeling* num rumo quase completamente divergente do rumo do submarino. Jamais devia ter descido e deixado a pilotagem com Carling.

— Firme no rumo um-sete-zero.

— Muito bem.

— Imagem de radar em rumo dois-um-oito, dois-um-sete. Distância de sete-oito-zero-zero.

Aproximando-se rapidamente, mas com o rumo mudando. O submarino atravessava a proa do *Keeling*, mais uma vez seguindo na direção do comboio, conforme ele esperava. Devia ter alterado o rumo em doze pontos a estibordo depois de soltar o *Pillenwerfer* e subido à superfície de novo quando achou que não havia ameaça. Estava a sete quilômetros de distância. No último encontro ele estivera na proa do submarino a estibordo. Uma ligeira alteração do rumo e poderia interceptar o submarino de novo da mesma maneira junto da sua proa a bombordo. Mas o submarino o vira a tempo de submergir para a segurança. Seria melhor se aproximar furtivamente por trás dele. Era possível que não mantivesse uma vigia tão eficiente na popa quanto na proa. Era perigoso permitir que ficasse entre ele e o comboio, mas poderia trazer resultados.

— Imagem em rumo dois-um-meia. Distância de sete-cinco-zero-zero.

Krause fechou os olhos para considerar um problema de trigonometria. Mesmo no escuro isso ajudava na concentração. Ouviu as novas informações de rumo e distância. Poderiam resolver o problema para ele lá embaixo, mas apenas se pudesse explicar exatamente o que estava na sua cabeça. Isso levaria tempo e ele ainda poderia ser mal interpretado. Com o novo rumo e a nova distância sua cabeça se decidiu. Estava deixando o navio se afastar um pouco além da conta da área de segurança. Abriu os olhos e deu a ordem.

— À esquerda diligentemente para o rumo um-meia-cinco.

Era McAlister ao leme — sua estratégia dera certo de novo. Era satisfatório ter um timoneiro confiável, ainda que tivesse um imediato duvidoso.

— Vou tentar me aproximar furtivamente por trás dele, sr. Carling — avisou.

— S-Sim, senhor.

Era um fato, estranho mas verdadeiro, que a situação tática não estava muito clara para Carling, embora não houvesse nada complexo nela; deveria ser perfeitamente evidente para qualquer um que tivesse estado no passadiço na última meia hora. Não podia ser a complexidade; Krause começou a perceber que o tom sempre vago de Carling era resultado dos seus nervos. Ele era ansioso demais, ou agitado demais ou — possivelmente — assustado demais para pensar com clareza. Homens desse tipo existiam, Krause sabia disso. Lembrou-se do seu próprio nervosismo na caçada daquela manhã. Sua mão tremera de agitação e mais de uma vez ele havia sido culpado do pecado da omissão. Carling poderia ter endurecido; entretanto, aquele desejo de fazer soar o alarme geral esta manhã — talvez aquilo fosse um sinal da ansiedade de Carling de se livrar da responsabilidade de ser o imediato. Mas não havia mais tempo a perder com Carling. Felizmente sua cabeça vinha anotando as distâncias e os rumos informados à medida que chegavam.

— Rumo e velocidade do alvo? — perguntou ele pelo tubo de comunicação.

— Rumo zero-oito-cinco, velocidade de onze nós. Isso é só aproximadamente, senhor.

Aproximadamente ou não, coincidia com sua própria estimativa.

— Onde eu cruzo com a esteira dele nesse rumo?

— Dois quilômetros atrás dele. Mais. Menos de três quilômetros, senhor.

— Muito bem.

Era isso que ele queria. A distância estava encurtando de modo regular, embora o rumo não fosse constante. Agora, uma vez mais, canhão ou carga de profundidade? Os disparos de canhão eram ofuscantes.

Deveria arriscar sua visão até o último momento contra as chances de acertar um tiro? A curta distância? Mas, com um mar tormentoso e a distância mudando tão rapidamente, como poderia conseguir isso? Decidiu-se contra o canhão.

— Oficial de torpedo de serviço.

— Sim, senhor.

O jovem Sand, segundo-tenente, estava tendo problemas com a mulher em casa, mas pelo que parecia era um oficial confiável o suficiente.

— Fique de prontidão para realizar disparos num intervalo curto. Nós passaremos a toda a velocidade por cima do alvo, portanto faça disparos bem próximos uns dos outros. E a pouca profundidade.

— Intervalo curto. Pouca profundidade. Sim, senhor.

Ao dar essa ordem estava assumindo mais um risco. Um submarino não levava muito tempo para submergir, e um submarino surpreendido na superfície certamente mergulharia fundo o mais rápido possível. Ele contava com que o submarino não tivesse tempo de mergulhar muito fundo. Com uma bateria a grande profundidade, as cargas explodiriam inofensivamente bem abaixo do submarino, se o planejamento estivesse correto. Ele queria que as cargas explodissem perto, ao longo do alvo.

Falou ao telefone.

— Oficial de máquinas em serviço.

Foi Ipsen quem respondeu. Então ele não estava repousando.

— É o capitão. Fique de prontidão para nos dar vinte e quatro nós assim que receber o sinal, chefe.

— Vinte e quatro nós. Sim, senhor. O mar está bastante agitado, senhor.

— Sim. Vai ser só por dois ou três minutos. O tempo de aquecer e então voltamos à velocidade padrão.

— Sim, senhor.

Agora os vigias. Virou-se para o megafone.

— Capitão para vigias. Espero avistar um submarino na superfície quase diretamente à frente pouco depois do nosso próximo giro. Fiquem atentos.

O operador de comunicação repetiu a mensagem para Krause ouvir.

— Vigias respondem sim, senhor.

— Sonar em modo de espera.

Havia sempre uma chance de que o submarino captasse os impulsos de sonar do *Keeling*. Em um minuto ou dois o *Keeling* estaria sem guarda; era um risco a ser assumido, mas não seria por muito tempo. Logo a velocidade aumentada não só o protegeria como tornaria ineficaz o sonar. O silêncio que se fez assim que os sinais deixaram de ser ouvidos foi assombroso.

— Alvo em rumo zero-oito-sete. Distância de dois-quatro-zero-zero.

— Leme total à esquerda. Buscar rumo zero-oito-cinco.

Isso permitiria o avanço durante o giro.

— Alvo em rumo zero-oito-cinco. Distância de dois-cinco-zero-zero.

Diretamente à frente.

— Todos os motores à frente em velocidade máxima. Girar para vinte e quatro nós.

— Todos os motores à frente em velocidade máxima. Casa das máquinas responde vinte e quatro nós, senhor.

— Muito bem.

Este era o momento. Um grande aumento da vibração à medida que o *Keeling* começava a ganhar velocidade. Ele foi até a asa estibordo do passadiço em meio ao vento forte e à escuridão. Estava ultrapassando o submarino em treze nós. Quatro ou cinco minutos até que o avistasse. Então levaria algo em torno de dois minutos e meio para estar em cima dele. Bastante tempo para um submarino em prontidão submergir. Mas ele esperava que fosse menos que isso, pois não poderia ser detectado imediatamente, ultrapassando à direita da popa. Não haveria muito tempo para o submarino ir fundo ou longe.

— Alvo em rumo zero-oito-cinco. Distância de dois-três-zero-zero. Dois-dois-zero-zero.

O *Keeling* estava ganhando velocidade. Ele ouviu o choque e sentiu o tremor quando o navio atingiu o mar com bombordo da sua proa.

Borrifos o golpearam com violência. O navio pulava freneticamente. Se os hélices saíssem da água ele poderia perder uma turbina.

— Distância de dois mil. Um-nove-zero-zero.

Não podia julgar pela visibilidade; arriscava que fosse de pouco mais de um quilômetro.

— Um-oito-zero-zero. Um-sete-zero-zero.

Engoliu em seco. Não, era apenas a crista de uma onda, não a coisa que procurava. Com os pés escorregando no convés traiçoeiro e a pegada das suas mãos enluvadas inseguras na amurada congelada, ele conseguiu se inclinar para a frente com os braços sobre o taxímetro, envolvendo-o com as axilas, embora o que quisesse instintivamente era ficar de pé, ereto, como se para estender seu horizonte limitado.

— Um-um-zero-zero. Mil.

O *Keeling* deu uma guinada violenta; ele conseguia ouvir o mar fervilhando sobre o convés principal abaixo.

— Submarino à frente! Zero-zero-cinco! Zero-zero-cinco!

Ele o viu numa crista de onda, algo sólido na noite escura.

— Leme à direita! Estabilizar!

Ele o viu de novo.

— Leme à esquerda! Estabilizar! Firme no rumo!

A proa apontava diretamente para ele enquanto o *Keeling* descia a face de uma onda e o submarino escalava outra onda à frente. Ele o viu de novo. Quatrocentos metros a quatrocentos metros por minuto. Sumiu? Não podia ter certeza inicialmente. Sand estava ao seu lado; duas vezes Sand escorregou no convés agitado, mas se segurava com o braço enganchado numa escora.

— Disparar um! Disparar dois! Armas K, fogo!

— Todos os motores à frente em velocidade padrão. Leme à direita.

À popa as cargas de profundidade explodiam no mar escuro e agitado como relâmpagos numa nuvem de tempestade.

— Casa das máquinas responde todos os motores à frente em velocidade padrão, senhor.

— Muito bem. Intendente, informe movimento.

— Passando um-um-zero. Passando um-dois-zero. Passando um-três-zero.

O *Keeling*, apoiado no leme, balançava com o rumo alterado e a velocidade decrescente.

— Passando um-meia-zero. Passando um-sete-zero.

— Carga profunda, sr. Sand. Padrão ampliado.

— Carga profunda, padrão ampliado. Sim, senhor.

— De prontidão.

— Sim, senhor.

— Passando dois-um-zero. Passando dois-dois-zero.

O *Keeling* estava girando para completar o círculo, para jogar cargas de profundidade na faixa ao lado daquela que ele já havia atacado.

— Reiniciar busca por sonar.

— Passando um-quatro-zero. Passando um-cinco-zero.

— Sonar informa indicações confusas, senhor.

— Muito bem.

A velocidade provavelmente ainda estava muito alta, em todo caso, e havia o turbilhão da esteira do *Keeling* a ser levado em consideração, e os redemoinhos das cargas de profundidade.

— Passando um-oito-zero. Passando um-nove-zero.

O navio tinha o mar na sua alheta agora, e sacudia a proa com um movimento enjoativo, serpenteando pelo mar.

— Passando dois-zero-zero. Passando dois-um-zero.

Estava acontecendo alguma coisa lá fora na noite escura? Um submarino destroçado vindo à superfície? Ou se desmantelando bem abaixo dela? Sobreviventes desesperados se debatendo nas águas? Tudo perfeitamente possível, mas não provável.

— Passando dois-dois-zero.

— Sonar informa indicações ainda confusas, senhor.

— Muito bem.

— Dois-três-zero.

Krause tinha na sua cabeça o diagrama do círculo de virada do *Keeling*; planejava seguir uma paralela da sua rota anterior e bombardear a faixa ao lado dele; não dava para saber nem mesmo arriscar qual havia sido a reação do submarino depois de submergir e ser atacado por cargas de profundidade; poderia ter tomado qualquer direção e poderia ter ido a qualquer profundidade dentro do seu limite — mas as chances eram de que tivesse mergulhado o mais fundo que ousasse.

— De prontidão para carga profunda, senhor.

— Muito bem. Firme no rumo dois-meia-sete.

— Rumo dois-meia-sete, senhor.

— Muito bem.

Não havia nada que se pudesse ver ao redor.

— Firme no rumo dois-meia-sete, senhor.

— Muito bem.

Espere o momento certo. Os que esperam no Senhor renovarão as forças.

— Sonar informa indicações confusas.

— Muito bem.

Inútil esperar que a água e o sonar talvez voltassem ao normal tão rápido quanto o *Keeling* podia completar o círculo. O momento devia ser este.

— Agora, sr. Sand.

— Fogo um! — disse Sand. — Fogo dois!

Trovão e relâmpago de novo debaixo da água à popa. Pilares brancos de água surgiram na sua esteira. Esperar um minuto depois da última explosão.

— Leme à esquerda. Firmar no rumo zero-oito-sete.

De volta para outra passagem paralela.

— Carga profunda de novo, sr. Sand.

— Sim, senhor.

— Sonar informa indicações confusas.

— Muito bem.

— Firme no rumo zero-oito-sete, senhor.

— Muito bem, sr. Sand, chumbo neles.

Outra elipse de explosões, ao lado das anteriores. Krause havia frequentado o curso na escola antissubmarino de Casco Bay; tinha lido, com penosa concentração, inúmeros panfletos sigilosos digerindo toda a experiência britânica adquirida em dois anos e meio de guerra contra submarinos. Matemáticos devotaram seus talentos e sua engenhosidade em calcular as probabilidades pró e contra o acerto de um golpe mortal num submarino submerso. Os instrumentos mais sensíveis foram criados e as armas mais poderosas, desenvolvidas. No entanto, ninguém havia encontrado ainda uma forma de entrar na cabeça de um capitão de submarino, de transformar uma simples adivinhação em certeza quanto a se ele viraria para estibordo ou para bombordo, se iria para o fundo ou se ficaria na superfície. E não havia nenhuma máquina para fornecer ao capitão de um contratorpedeiro paciência, obstinação e julgamento.

— Leme à direita. Firmar no rumo dois-meia-sete. Mais uma carga profunda, sr. Sand.

— Sim, senhor.

— Firme no rumo dois-meia-sete, senhor.

— Muito bem, sr. Sand!

— Fogo um — disse Sand.

Com esta nova descarga, restava conduzir a virada final. Ordens ao timoneiro para levar o *Keeling* de volta diagonalmente sobre a área bombardeada, para o norte, de volta para o leste, girando de novo para o sudoeste, com os impulsos do sonar buscando nas profundezas e tentando fazer contato de novo. E nada a informar — negativo, negativo, o navio girando para lá e para cá na escuridão, aparentemente à toa agora, em comparação com seus disciplinados movimentos anteriores.

— Senhor!

Sand estava na asa do passadiço com ele, encarando a escuridão, com o vento soprando forte sobre eles, um frio lancinante.

— Senhor, o senhor está sentindo algum cheiro?

— Cheiro? — perguntou Krause.

— Sim, senhor.

Krause farejou, farejou de novo, jogando o ar frio daquele vento violento no seu nariz. Não era fácil naquelas condições ter a certeza de sentir algum cheiro, especialmente porque ainda estava consciente da cebola crua que havia comido no último quarto de serviço. Mas não era àquilo que Sand se referia.

— Desapareceu agora, senhor — comentou Sand. — Não. Está aí de novo. Posso perguntar ao sr. Carling, senhor?

— Se quiser.

— Sr. Carling, o senhor está sentindo algum cheiro?

Carling se aproximou e farejou ao lado deles.

— Óleo? — perguntou, com hesitação.

— Foi o que pensei — disse Sand. — Não sente, senhor?

Óleo! Seria uma indicação de que o submarino havia sido atingido gravemente. E, se fosse em grande quantidade, um grande lago de óleo subindo do fundo e se espalhando por mais de um quilômetro de mar, seria praticamente a prova da destruição. Krause farejou de novo. Ele não tinha certeza — ou, mais precisamente, estava quase certo de que não sentia cheiro nenhum.

— Não posso dizer que sinto — falou Krause.

— Ei, vigia! — gritou Sand. — Está sentindo algum cheiro de óleo?

— Não agora, senhor. Achei ter sentido pouco tempo atrás.

— Está vendo, senhor? — disse Sand.

Olharam para a água escura lá embaixo, quase impossível de ver do passadiço agitado. Era praticamente impossível dizer na escuridão se havia óleo na superfície.

— Eu não diria que tem cheiro nenhum — comentou Krause.

O prazer que lhe daria a certeza de haver óleo o deixava particularmente cético, embora — como Krause não era dado à autoanálise — não tomasse conhecimento disso e não abrisse espaço para essa reação particular. No entanto, os elevados padrões de provas exigidos pelo almirantado sem dúvida o influenciavam.

— Não acho que consiga sentir o cheiro agora, senhor — disse Sand. — Mas acho que já percorremos um longo caminho desde que achei ter sentido o cheiro.

— Não — disse Krause. Seu tom era totalmente inexpressivo, porque fazia questão de deixar toda emoção fora do debate. — Não acho que houve qualquer coisa digna de ser mencionada.

— Muito bem, senhor — acatou Sand.

Literalmente (na opinião de Krause) não era digno de menção; não encontraria nenhum espaço no seu relatório quando viesse a ser escrito. Ele não era do tipo que tentava reivindicar crédito para si mesmo com base em provas insuficientes. Prove todas as coisas; apoie-se naquilo que é sólido. No entanto, a possibilidade era um fator decisivo.

— Vamos lá — falou Krause.

Pesando uma possibilidade contra a outra, parece não haver mais nada a ser ganho ficando na traseira do comboio. O submarino *poderia* ter afundado; certamente estava abaixo da superfície e ficaria lá por algum tempo, e provavelmente se encontrava atrás o bastante para ser inofensivo por mais algum tempo. Este era sem dúvida o momento de voltar à frente do comboio e tomar parte na luta que os três outros navios vinham travando. O "Vamos lá" de Krause não era uma sugestão oferecida para ser debatida; era o anúncio de uma decisão, o que seus oficiais sabiam sem precisar questionar.

— Assuma a pilotagem, sr. Carling — ordenou Krause. — Quero contornar o flanco esquerdo do comboio na nossa melhor velocidade.

— Sim, senhor — disse Carling, e, depois de pensar por um momento, perguntou: — Em zigue-zague, senhor?

— Não.

Ele quis acabar com Carling. Não fazia o menor sentido falar em zigue-zague quando o *Keeling* iria a vinte nós ou mais na escuridão; porém, o simples fato de Carling ter feito essa pergunta tola era prova de que ele não estava em pleno controle de si. Uma reprimenda séria agora provavelmente o assustaria. Por outro lado, encarregá-lo de uma manobra bem simples que ele executaria com total sucesso poderia restabelecer seu autocontrole e ajudá-lo a se tornar um bom oficial com o tempo. O dever de um capitão de um contratorpedeiro era construir tanto quanto destruir.

No entanto, embora fosse necessário deixar o controle com Carling, esta não era a hora de abandonar o passadiço. Ele precisava dar a impressão de que não estava observando, mas estar imediatamente disponível para lidar com qualquer emergência. Foi até o TBS e ouviu o fone com um ouvido, as costas para Carling, enquanto o outro ouvido se mantinha alerta para o que Carling fazia. Carling agia com bastante normalidade, chamou a sala de mapas para lhe dar um rumo para o movimento proposto, deu a ordem necessária ao timoneiro e pediu velocidade de vinte nós.

— George para Harry. George para Dicky. George para Águia — disse Krause ao TBS. Esperou pelas respostas. — Estou contornando o flanco esquerdo. Fique de olho em mim, Harry.

— Sim, senhor.

— Não acho que tenha pego o submarino que persegui no meio do comboio — relatou ele. — Mas talvez tenha lhe dado um belo susto.

O oficial britânico que tinha dado uma palestra em Casco Bay gostava de citar uma história do exército da guerra anterior em que dois soldados rasos de infantaria colocavam suas roupas numa máquina recém-inventada para matar os piolhos.

— Ora — disse um dos soldados com amargura, depois de inspecionar os resultados —, ainda estão todos vivos.

— Sim — disse o outro —, mas espero que tenham levado um baita de um susto.

Em geral — com muita frequência —, um encontro entre um submarino e um contratorpedeiro terminava com o submarino levando um susto, mas sem sofrer nenhum dano. Para limpar o mar dos vermes dos submarinos era preciso realizar uma matança; por mais fugas dramáticas que os submarinos fizessem, isso não abalaria o *esprit de corps* dos seus fanáticos capitães — e com a mão de ferro de Doenitz forçando-os à ação.

— Somos nós que estamos levando sustos, senhor — grasnou o TBS.

Havia reprovação no comentário? Krause sentiu uma pontada ao ouvi-lo. Ninguém mais do que ele tinha a consciência de que os capitães da escolta sob seu comando haviam enfrentado dois anos e meio de guerra e provavelmente se ressentissem amargamente do acidente que os colocara, com seus dois galões e meio, sob o comando de um americano de três galões que nunca dera um tiro, embora fosse quase vinte anos mais velho. O comboio tinha de partir; os Aliados tiveram de reunir a muito custo uma escolta para isso; e ele por acaso era o oficial mais graduado. Por sorte, ninguém tinha como saber as outras circunstâncias que doíam tanto no coração de Krause, que fora marcado com as palavras — extremamente danosas, embora inocentes na aparência — "disponível sem função" e que fora duas vezes preterido para promoção e só chegara a comandante com a expansão da Marinha em 1941.

O que eles *sabiam* era que por duas vezes hoje, em momentos difíceis, seu oficial comandante desaparecera atrás do comboio. O fato de ter se envolvido numa ação desesperada em cada uma dessas vezes, de o *Keeling* estar fazendo um trabalho que tinha de ser feito, e para o qual era o navio mais bem posicionado no momento, não seria tão evidente para eles. Podia haver cabeças meneando diante da inexperiência — ou até pior — do seu oficial comandante. Era penoso, terrivelmente penoso, pensar nisso; era também exasperador. Krause podia ter estourado numa onda de raiva, mas era seu dever não fazer isso. Melhor é o que tarda em irar-se do que o poderoso, e o que controla o seu ânimo do que aquele que toma uma cidade. Era seu dever não ficar com raiva, falar num tom monocórdio, articulando bem cada palavra, sem nenhum traço de emoção.

` — Estou dez quilômetros atrás de você — avisou ele. — Estarei com ∙ você dentro de meia hora. Aproximando pelo flanco esquerdo. Câmbio.

Afastou-se do TBS com uma terrível mistura de emoções. Aquela observação poderia ter sido meramente leviana, mas machucou.

— Eu acho, sr. Carling — disse ele, e agora era por outra razão que precisava parecer despreocupado e calmo —, que o navio pode aguentar mais uns dois nós pelo menos. É melhor desafiá-lo.

— Sim, senhor.

Estava com fome e com sede e este seria o momento ideal para comer e beber; não fazia ideia do que tinha acontecido com o último bule de café que mandara o mensageiro buscar — tudo o que sabia é que não fora bebido; o último café que havia tomado foi o conteúdo gelado do bule anterior. Mas agora sentia fome e sede e, no entanto, não tinha apetite; com a tensão que sentia e havia sentido, a ideia de comida na verdade lhe era desagradável. Entretanto, era essencial que comesse e bebesse se queria ficar à altura das suas exigências.

— Mensageiro!

— Sim, senhor.

— Vá até o alojamento dos oficiais. Eu quero um bule de café e um sanduíche. Mas sem cebola. Lembre-se de dizer isso ao rapaz do rancho senão ele vai colocar com certeza. Espere e traga tudo você mesmo.

— Sim, senhor.

Nada de cebola; se houvesse outra oportunidade de sentir cheiro de óleo, ele queria não ter dúvida de que conseguiria senti-lo ou não. Este poderia até ser um bom momento para ir se aliviar na proa, embora ainda não fosse necessário. Não; e, como não era necessário, melhor seria não deixar Carling sozinho na pilotagem. O timoneiro, abaixado sobre a mesa com a lanterna vermelha, se esforçava para escrever o diário de bordo do convés. Seria um trabalho precário, com os recentes movimentos do *Keeling* e na ausência das leituras de hora em hora da casa das máquinas, mas ele rabiscava industriosa e rapidamente. Agora havia uma agitação em todo o navio, vozes, barulho nas escadas, e Krause percebeu que o timoneiro trabalhava dessa maneira antecipando sua substituição na hora da mudança da divisão de serviço. Figuras sombrias se amontoavam na casa do leme. Outro quarto havia terminado. O comboio estava cinquenta quilômetros mais próximo da segurança.

Quinta-feira
Segundo quarto: 0000 — 0400

— Você fez um bom trabalho, McAlister — disse Krause quando houve a substituição na roda do leme. — Parabéns.

— Obrigado, senhor.

Com McAlister ao leme, o *Keeling* tinha apontado a proa para a esteira do submarino e para o próprio submarino.

Carling prestou continência no escuro e demonstrou seu alívio. Ele encenou as frases cerimoniais — cerimoniais e, no entanto, cada palavra importante — com uma aparente calma.

— O sr. Nystrom assumiu como imediato, senhor — concluiu Carling.

— Obrigado, sr. Carling. Muito bem.

O tom monótono; era essencial que não houvesse nenhuma sugestão de qualquer coisa fora do comum.

— Capitão, por favor, senhor, trouxe o seu café.

Uma voz que soava quase lamentosa. O mensageiro tinha subido quatro lances de escada carregando a bandeja, com o *Keeling* subindo e descendo com as ondas e as escadas cheias do pessoal fazendo a troca da divisão de serviço, e agora havia uma casa do leme lotada como sempre e apenas a mesa dos mapas zelosamente guardada sobre a qual colocar a bandeja.

— Na mesa — pediu Krause. — Intendente, arranje um espaço para a bandeja. Obrigado, mensageiro.

Como havia escolhido aquele momento particular para pedir café, o mensageiro tinha perdido dez minutos do quarto de serviço lá embaixo. A sorte da guerra estava com o mensageiro, mas Krause teria esperado pela troca de divisão se houvesse notado a hora. Krause tirou a luva de pele da mão direita e a enfiou na sua axila esquerda; sua mão estava fria, mas ainda tinha pleno uso dela.

Serviu-se de uma xícara de café, tateando na escuridão, e bebericou. Escaldante, quente demais para ser bebido, apesar da longa jornada desde o alojamento dos oficiais. Mas o gosto e o cheiro foram suficientes para reiniciar seus processos digestivos. Ansiava por aquele café; estava acostumado a tomar oito xícaras grandes todo dia da sua vida e sempre descartara com um sentimento de culpa a acusação que fazia a si mesmo de ser um cafeinômano dependente de uma droga.

Enquanto o café esfriava ele deu uma mordida no sanduíche. Nenhuma cebola, apenas pão, carne em conserva e maionese, mas Krause se viu no escuro atacando a comida feito um lobo, mordendo e mastigando freneticamente. Durante as últimas dezesseis horas de atividade incessante ele tinha comido meio sanduíche. O de agora desapareceu em poucas mordidas e Krause se demorou lambendo os restos de maionese dos dedos antes de se voltar para o café. Estava agora frio o suficiente — mais quente do que a maioria das pessoas apreciaria — e ele esvaziou a xícara sem tirá-la dos lábios e se serviu de outra xícara com ardente antecipação. Bebericou; o *Keeling* arfava muito e adernava bastante, mas ele manteve a xícara à altura dos lábios na escuridão quando uma guinada inesperada o fez mudar o pé de apoio. Uma caturrada monumental do *Keeling* jogou o seu café, quando ia sorvê-lo, sobre o lábio superior até o nariz e depois o líquido escorreu até pingar do seu queixo, mas ele bebeu todo o resto e tateou na escuridão à procura do bule esperando que houvesse uma terceira xícara cheia de café. Claro que não havia — jamais houve; apenas, até onde podia imaginar, um dedal no fundo do bule, que ele jogou fora.

Ocorreu-lhe mandar trazerem outro bule, mas deixou a tentação de lado. Não seria desvirtuado por autoindulgência; podia ser firme na questão do café quando já havia bebido bastante. Tinha jogado o guardanapo ao lado da bandeja na ânsia inicial e agora era inútil tentar encontrá-lo na escuridão; seu lenço estava fora de alcance debaixo do amontoado de roupas, mas ele secou a boca com as costas da mão, com a certeza de que ninguém poderia vê-lo, e então colocou a luva de novo. Tinha comido e bebido sem um instante de interrupção e a comida e a bebida levantaram seu ânimo; sua depressão momentânea tinha desaparecido. Ao se afastar da mesa, no entanto, tomou consciência da fadiga nas pernas — a primeira vez que notara isso. Decidiu nesse mesmo instante não reparar nisso; muitas vezes ficara balançando num convés agitado dezesseis horas seguidas. Havia o dever a ser cumprido e cenários intermináveis de dias e noites de serviço.

— O que você tem no indicador? — perguntou pelo tubo de comunicação.

Alguém lá embaixo lhe deu distâncias e rumos, o comboio menos de um quilômetro à ré do seu quadrante de estibordo embora fora do campo de visão. Uma imagem de radar cinco quilômetros à frente.

— É a corveta britânica, senhor.

— Muito bem.

— O indicador está muito indistinto, senhor. E pulando também.

— Muito bem.

Ao TBS.

— George para Harry. Está me ouvindo?

— Harry para George. Ouço. Intensidade três.

— Seu rumo partindo de mim é zero-oito-zero. Vocês me têm no seu indicador?

— Sim, temos, rumo dois-meia-dois, distância de cinco quilômetros e meio.

— Muito bem. Vou atravessar na sua popa. Vou reduzir a velocidade e começar a busca por sonar agora.

— Sim, senhor.

Ele deixou o fone de lado.

— Sr. Nystrom, vamos baixar para velocidade padrão. Comece a busca por sonar.

— Sim, senhor.

— Indique uma rota para passar à popa do *James* e do *Viktor*. Mantenha o *Keeling* distante do comboio.

O cansaço da perna de Krause voltou a se manifestar, para seu considerável aborrecimento. Não podia se sentir cansado ainda. E estava dolorosamente consciente de que, apesar da recente refeição, a depressão ainda pairava no horizonte da sua mente. Sabia disso porque de repente, com uma agonia profunda, Evelyn surgiu na sua mente. Evelyn e seu belo advogado de San Diego jovem e de cabelos pretos. Era um pensamento horrível aqui nesta noite escura do Atlântico, enquanto subia e descia num oceano negro invisível. Evelyn tinha toda razão de estar cansada dele, supunha. Ele era chato. E tinha brigado com ela — não devia ter feito isso, mas era difícil evitar quando ela se ressentia da quantidade de tempo que ele passava no navio; Evelyn não conseguia entender — era sua culpa não conseguir explicar. Um homem mais esperto teria deixado seus sentimentos, suas compulsões, claros para ela. Três anos já se passaram agora, e as memórias mais amargas do que nunca.

Pensar nisso era tão ruim quanto a experiência em si havia sido. "Disponível sem função" — aquelas palavras hediondas que significavam tanto para ele e tão pouco para Evelyn. As brigas e então a dor atroz ao saber de Evelyn e o advogado. A dor ainda era intensa, pior que qualquer coisa física que Krause tivesse experimentado. Dois anos havia durado o casamento; um mês de felicidade — modesta felicidade. O espanto e a diversão de Evelyn ao descobrir que tinha se casado com um homem que se ajoelhava e fazia as orações com toda sinceridade de noite e de manhã; a surpresa e a ligeira irritação pelo marido não deixar nenhum dever de rotina no navio para seu oficial executivo a fim de comparecer a uma festa; isso tudo arruinava um pouco mais o casamento.

Krause tentou afastar essas lembranças; não era autoanalítico o bastante para se dar conta de que essa era uma típica depressão do segundo quarto de serviço, que era nestas horas, quando a vitalidade estava em baixa, entre meia-noite e quatro da manhã, que ele era assaltado por estes remorsos e anseios, mas lutava contra eles. Por isso mesmo, era por causa daquele advogado de cabelos pretos que estava aqui agora, no Atlântico turbulento. Pedira para servir no Atlântico; não suportava a possibilidade de ver Evelyn em San Diego ou Coronado, ou ouvir fragmentos de fofocas a respeito dela. Não fosse por aquele advogado, ele poderia ter morrido com muitos dos seus amigos em Pearl Harbor.

Esse podia ser um pensamento consolador, mas Krause não o considerava assim. Em parte, seu humor sombrio se devia à reação diante da tensão das operações de guerra. Krause, como muitos bons combatentes, sentia um nervosismo agudo, algo semelhante à exultação, na batalha, e agora, neste momento de comparativa tranquilidade, ele estava pagando por isso com juros, mais dolorosamente ainda porque esta era a primeira vez que passava pela experiência. Sua infinita tristeza o envolvia tão firme e impenetravelmente quanto a escuridão da noite enquanto ele estava parado no passadiço sofrendo agonias inúteis ao pensar em Evelyn e seu advogado e desejando o impossível, desejando que de alguma forma mágica tivesse sido capaz de trazer tanto pureza quanto experiência ao seu casamento. O som do sonar era um canto fúnebre à sua felicidade morta.

— Águia ao TBS, senhor — avisou Nystrom e Krause correu até o aparelho.

— Águia para George! Águia para George!

Urgência naquela voz inglesa.

— George para Águia. Prossiga.

— Contato em rumo zero-cinco-zero de nós. Estamos perseguindo.

— Vou me virar para ele. Qual é a distância?

— Muito distante.

— Muito bem.

A tristeza tinha passado; não só passado, mas fora esquecida como se nunca tivesse existido. Krause pediu uma rota à sala de mapas.

— Vou assumir agora, sr. Nystrom.

— Sim, senhor.

— Dicky para George. Dicky para George.

O TBS o convocou no momento em que tinha ordenado a nova rota.

— Temos um contato também. Distante, rumo nove-sete. E temos uma imagem de radar também. Rumo um-zero-um, distância de vinte quilômetros.

— Muito bem, volto a você depois de ajudar o Águia.

— George! George! — Outra voz entrava na linha. — Harry falando. Está me ouvindo?

— George para Harry. Estou ouvindo.

— Temos uma imagem de radar. Distância de vinte quilômetros, rumo dois-quatro.

— Muito bem. — Algo devia ser dito além de "Muito bem." — Vou mandar Águia para você assim que puder.

Era um novo ataque, talvez o decisivo, cronometrado para este momento, com o segundo quarto na metade e o vigor e a atenção já em baixa no momento mais escuro da noite.

— Águia para George. Contato está virando. Parece que está vindo na nossa direção.

— Muito bem.

— Sonar informa contato, senhor. Distante, rumo zero-nove-zero.

— Muito bem.

Quase à frente, ou seja, não havia sentido em alterar o rumo ainda.

— Águia para George. Contato em rumo dois-sete-um de mim. Distância de dois quilômetros.

— Rumo zero-nove-zero de mim, contato distante.

— Zero-nove-zero, distante. Sim, senhor. Estamos virando para ir atrás dele.

— Vou alterar o rumo para zero-oito-cinco.

— Zero-oito-cinco. Sim, senhor.

De outro modo, os dois navios, não muito além de três quilômetros um do outro, estariam se encaminhando para uma colisão no escuro.

— Esquerda diligentemente para o rumo zero-oito-cinco.

— Esquerda diligentemente para o rumo zero-oito-cinco, senhor. Firme no rumo zero-oito-cinco.

— Sonar informa contato à frente, rumo indefinido. Doppler mais forte.

Doppler mais forte; como ele esperava, o submarino e o *Keeling* estavam seguindo quase diretamente um para o outro no momento em que a informação foi transmitida.

— Águia para George. Contato ainda está virando. Em rumo dois-sete-meia. Distância de um-cinco-zero-zero. Ainda estamos girando atrás dele.

— Vou manter meu rumo atual.

Dois navios fazendo parceria no escuro. O submarino poderia completar seu círculo; poderia reverter numa curva em S. O problema era ou interceptá-lo ou empurrá-lo de volta para o *Viktor* e fazer uma ou outra dessas coisas, ou ambas, sem colisão e sem interferência dos instrumentos um do outro.

— Dicky para George! Estou atacando.

A voz canadense tinha invadido a linha.

— Muito bem.

Era como um malabarista mantendo três bolas no ar ao mesmo tempo.

— Sonar informa contato em rumo zero-oito-sete. Distância de dois quilômetros. Sem Doppler.

— Quem está no sonar?

— Ellis, senhor — respondeu o operador de comunicação.

Isso era bom; haveria menos chance de serem enganados por um *Pillenwerfer.*

— Águia para George. Parece que ele está retornando de novo.

— Muito bem. Seguirei mantendo meu rumo.

— Sonar informa explosões distantes, senhor.

— Muito bem.

Deviam ser as cargas de profundidade de Dicky explodindo.

— Sonar informa contato diretamente à frente. Doppler mais forte. Distância de mil e quinhentos metros.

— Muito bem. George para Águia. Ele está vindo direto para mim de novo. Fique ao largo.

— Águia para George. Sim, senhor.

Essa voz inglesa era fria e firme, sem deixar transparecer nenhum entusiasmo com a caçada.

— Águia para George. Estamos no rumo zero-um-zero.

O *Viktor* estava à popa do submarino e pronto para interceptá-lo se ele virasse a estibordo.

— Sonar informa contato diretamente à frente. Doppler mais forte. Distância de mil e duzentos metros.

Aparentemente o submarino ainda não havia detectado a presença do *Keeling*. Era possível que toda a sua atenção estivesse voltada para escapar do *Viktor*; ou seus dispositivos de escuta foram confundidos pela proximidade do *Viktor* ou se tornaram ineficazes pelo fato de o submarino e o *Keeling* estarem proa a proa.

— Sonar informa contato confuso, senhor. Aproximadamente diretamente à frente. Sem Doppler. Distância de aproximadamente mil e cem metros.

— Muito bem.

O submarino devia ter percebido a presença do *Keeling* e estava fazendo alguma coisa a respeito disso.

— Sonar informa contato diretamente à frente. É um *pill*, senhor. Distância de mil metros.

Ele tinha soltado um *Pillenwerfer*; Ellis havia detectado, mas o saco de bolhas o impedira de verificar o novo rumo que o submarino tinha tomado.

— Sonar informa possível contato. Em rumo zero-nove-dois. Distância de mil e cem metros. *Pill* ainda bem na frente.

Então o submarino tinha alterado o rumo, mais provável para bombordo, esta era sua melhor chance. E, graças ao *Pillenwerfer*, ele havia aumentado a distância — e tinha ganhado vantagem sobre o *Keeling*.

— Leme à direita. Buscar no rumo um-zero-zero. George para Águia. Contato parece ter alterado rumo para bombordo e ter soltado um *pill*. Estou alterando o rumo para estibordo. Um-zero-zero.

— Um-zero-zero. Sim, senhor.

— Sonar informa contato confuso, senhor, na proa a bombordo.

Com o *Keeling* girando, o contato provavelmente seria indefinido.

— Águia para George. Só temos o *pill*, senhor. Nenhum outro contato.

— Muito bem.

O *Keeling* e o *Viktor* tinham o submarino entre eles e, embora em seus rumos atuais eles se separassem rapidamente, era o melhor arranjo até a situação se tranquilizar.

— Sonar informa contato confuso em rumo zero-oito-cinco. Distância de mil e duzentos metros. Parece o *pill*.

Sem dúvida *era* o *pill*; mas era difícil imaginar o que o submarino estava fazendo. Uma súbita e acentuada alteração de profundidade poderia ter se acrescentado à confusão. Melhor se segurar como estava, embora tanto ele quanto o *Viktor* estivessem divergindo a última posição conhecida do submarino.

— Sonar informa contato em rumo zero-oito-zero. Distância de mil e trezentos metros. Contato fraco.

Afastando-se muito, por completo.

— Esquerda diligentemente para zero-nove-zero. George para Águia. Estou virando para bombordo. Rumo zero-nove-zero.

— Rumo zero-nove-zero. Sim, senhor.

— Firme no rumo zero-nove-zero.

— Muito bem.

— Sonar informa contato adicional fraco, distância indefinida, rumo três-cinco-zero.

Três-cinco-zero? Diretamente à popa do seu costado apesar da sua virada?

— George para Águia. Você detecta algo no rumo três-cinco-zero de mim? Distância indefinida.

— Vamos tentar, senhor. Três-cinco-zero.

Havia algo estranho em relação a isso. Mas era sempre provável haver algo estranho numa caçada de olhos vendados a um inimigo debaixo da água.

— Águia para George! Águia para George! Encontramos algo. Muito fraco. Rumo dois-dois-zero de nós.

— Vá atrás dele, então, rápido.

À popa do costado do *Viktor*, também. Muito mais próximo da segurança do comboio com os ruídos das suas hélices. Quase fora dos círculos de perigo traçados pelo contratorpedeiro em rotação. O submarino havia enganado a ambos completamente. Difícil imaginar o que tinha feito. Talvez tivesse soltado dois *Pillenwerfers* e circulado apressadamente entre eles, escapando numa profundidade muito diferente. O *Viktor* precisava virar menos que ele. Melhor mandá-lo atrás do contato enquanto o *Keeling* completava a volta e saía da sua esteira.

— Leme à direita. Leve o rumo para dois-meia-zero.

O *Keeling* terminou a volta, chafurdando no vale entre duas ondas, ziguezagueando no mar revolto, e a caçada recomeçou. Lá se foram os contratorpedeiros, caçando os contatos fracos, esquivando-se um do outro enquanto atravessavam a escuridão. O *Viktor* expulsava o submarino do comboio; o *Keeling* o perdeu enquanto rodava e o *Viktor* o perdeu na sua volta. Então contatos mais próximos. Cargas de profundidade do *Viktor*. Cargas de profundidade do *Keeling*, ecoando na noite e ao vento, momentaneamente iluminando as profundezas insondáveis e ensurdecendo o sonar, provocando longas e ansiosas esperas até que a busca pudesse ser reiniciada. Rumos e rotas foram trocados para lá e para cá entre os navios. Círculos e voltas. O capitão desse submarino era um sujeito sorrateiro. Mares invadiam o bordo--livre baixo enquanto o *Keeling* virava suas alhetas indefesas para eles; mares quebravam no castelo de proa enquanto rotacionava na direção deles. Caçando e caçando, cada pequena indicação de uma importância vital; esforçando-se para manter a mente alerta a fim de realizar deduções rápidas de dados vagos. Informações súbitas chegavam do *James* e do *Dodge*, nos flancos, que lutavam suas próprias batalhas, mas cuja situação também deveria ser levada em conta. "Leme à esquerda." "Leme à direita." Ordens repetidas. Ordens revertidas quando o *Viktor* girava inesperadamente. Um jogo cansativo com a morte, mas jamais tedioso, cada momento tenso.

— Leme à direita. Buscar rumo zero-quatro-zero.

— Leme à...

— Sonar informa torpedos disparados, senhor.

O operador de comunicação interrompeu a repetição da ordem de Krause pelo intendente e a tensão aumentou intensamente na casa do leme, onde parecia que não poderia mais ser elevada.

— George para Águia. Torpedos disparados.

— Nós ouvimos, senhor.

— Firme no rumo zero-quatro-zero — avisou o intendente. Havia disciplina na casa do leme.

Torpedos; a caça tinha presas envenenadas e estava usando-as para reagir aos seus atormentadores.

— Sonar informa som de torpedos diminuindo e desaparecendo — disse o operador.

Portanto, não eram destinados ao *Keeling*. Krause já acreditava nessa possibilidade antes do informe, pois tinha em mente a alteração constante do seu rumo e a distância do contato.

— Águia para George. Estamos nos afastando. — A voz do oficial de ligação inglês estava mais letárgica que de costume. — Rumo zero--sete-zero. Zero-oito-zero.

Krause encarou a escuridão onde os torpedos estavam correndo a cinquenta nós na direção do *Viktor*. Poderia haver um lençol de chamas e uma explosão infernal ali dentro de cinco segundos. Submarinos não lançavam torpedos contra navios de escolta com tanta frequência quanto se podia esperar. Eram alvos pequenos demais, fugidios e de bojo muito raso. E provavelmente as ordens de Doenitz eram estritas no sentido de que cada submarino devia fazer o melhor para gastar todos os seus vinte e dois torpedos em volumosos navios de carga.

— Sonar informa...

— Águia para George. Os torpedos erraram o alvo, senhor.

— Muito bem. — Ele podia ser tão indiferente quanto qualquer inglês. Não; melhor não fazer pose; melhor tentar estabelecer uma relação calorosa. — Graças a Deus por isso. Fiquei preocupado com vocês.

— Ora, sabemos cuidar de nós mesmos, senhor. Obrigado, de qualquer maneira.

Mas aqueles eram segundos preciosos para serem gastos em amenidades. Não havia tempo a perder, não com um submarino alemão tentando romper o círculo. Krause deu uma ordem por cima do ombro para o timoneiro antes de falar ao TBS de novo.

— Estamos seguindo no rumo zero-oito-zero.

— Zero-oito-zero. Sim, senhor. Vamos cambar para estibordo.

A curva compulsória do *Viktor* havia estendido o círculo até quase chegar ao ponto de ruptura — foi para ganhar esse alívio que o submarino havia disparado os torpedos, talvez com apenas uma leve esperança de acertar o alvo. Era necessário estreitar o círculo de novo, pressionar a perseguição, continuar a competição, sempre com um contratorpedeiro tentando se aproximar, outro cercando para interceptar, cada um pronto para trocar de papel com o outro nos intrincados contornos dos movimentos na escuridão tempestuosa — manobras desesperadas que jamais haviam sido contempladas pelos almirantes poucos anos atrás planejando exercícios em tempos de paz de "condições simuladas de tempo de guerra." Leme à esquerda. Leme à direita. Carga profunda. Trovão, tempestade e tensão. E o *James* lançando sinalizadores no flanco esquerdo, enquanto vigias informavam disparos de canhões naquela direção e o sonar informava explosões distantes enquanto o *Dodge* combatia os atacantes à direita, e o comboio se arrastava na escuridão seguindo para o leste, firmemente para o leste, a caminho da segurança infinitamente distante.

Quinta-feira
Quarto d'alva: 0400 — 0800

Então Nystrom se dirigiu a ele enquanto o *Keeling* se firmava em mais uma nova rota.

— Informo que fui substituído, senhor...

O segundo quarto tinha terminado; mais cinquenta quilômetros ganhos. Quatro horas tinham se passado, metade em angústia, metade em concentração desesperada.

— Muito bem, sr. Nystrom. Descanse um pouco enquanto pode.

— Sim, senhor.

Descanso? Isso chamou sua atenção para a dor excruciante nas suas pernas. Seus músculos, inconscientemente retesados pela tensão da mente, protestaram com tanta violência quanto suas juntas no momento em que pensou a respeito. Deslocou-se rigidamente até o banco do capitão no canto estibordo da casa do leme. Nunca se sentava naquele banco quando estava no mar; tinha uma teoria de que capitães jamais deveriam se sentar — era aliada à teoria de que toda autoindulgência era suspeita —, mas as teorias estavam sujeitas a ser descartadas sob o teste da prática. Poderia ter gemido tanto de dor quanto de alívio ao se sentar, mas, em vez disso, disse:

— Leme à direita. Buscar rumo zero-oito-sete.

E, agora que tinha se sentado, sabia que era urgente descer até a proa para se aliviar outra vez; e, com a autoindulgência de se sentar, veio também o pensamento tentador de bules e bules de café escaldante para derramar garganta abaixo. Mas estavam se aproximando rápido de um contato. Conte os segundos. Force o cérebro cansado a pensar com clareza para tentar adivinhar o próximo movimento do capitão do submarino enquanto a proximidade rompia o contato.

— Sr. Pond!

— Disparar um. Disparar dois. Disparar armas K.

Uma vez mais os raios e os trovões debaixo da água, uma vez mais o pensamento rápido e as ordens pontuais ao leme.

— Sonar informa indicações confusas, senhor.

— Muito bem, sr. Harbutt, assuma a pilotagem.

— Sim, senhor.

Suas pernas mal descansadas o carregariam com dificuldade pela escada de mão balouçante na descida até a proa com os óculos vermelhos nos olhos; na volta teve de puxar as barras com as mãos para aliviar um pouco do peso do corpo enquanto seus pés hesitantes tateavam o caminho de degrau em degrau da escada.

O breve intervalo longe do passadiço lhe deu tempo para pensar em outros problemas além do atual de pegar o submarino com o qual estava em contato. Deu as ordens ainda do topo da escada de mão e ouviu o resultado através dos alto-falantes do navio quando voltava à casa do leme.

— Ouçam, por favor. Ouçam com atenção. Não haverá nenhuma rotina de alarme geral neste quarto de serviço. Se houver um alarme geral será para valer. Esta vigília pode durar suas quatro horas inteiras, a não ser que haja uma emergência.

Krause ficou feliz por ter pensado nisso e tomado a decisão. Estivera em contato com o inimigo o dia inteiro e a maior parte do tempo conseguira administrar a situação sem convocar todos os homens aos postos de combate. A rotina do alarme geral uma hora antes da alvorada perturbaria o descanso dos seus homens e não era necessária com todo o navio alerta e pronto para a ação como ele estava. O desgaste da Condição 2 já era ruim o bastante. O *Keeling* fora equipado com novas armas e novos instrumentos. A presença de homens adicionais para manejá-los havia tornado as acomodações tensas ao extremo e, no entanto, o navio não dispunha de marujos graduados suficientes para preencher três divisões de serviço em Condição 2 — e, mesmo que dispusesse, Krause não tinha nenhuma ideia de onde dormiriam ou como seriam alimentados. A escassez de homens treinados o levara a organizar a companhia do navio em quatro divisões e instituir uma rotina de vigília contínua quando sob Condição 2. Não queria impor nenhuma carga adicional aos seus homens e queria lhes dar todo o descanso que pudesse. Foi mais feliz em relação aos seus oficiais. A maioria deles fazia quatro horas de serviço para oito de folga, mas mesmo assim também deveriam ser poupados de uma convocação desnecessária de alarme geral.

Krause levara o tempo todo que havia gastado subindo e descendo a escada para chegar a esta decisão; quando voltou a entrar na casa do leme estava pronto para assumir a lide dos problemas imediatos. A remoção dos óculos vermelhos foi uma espécie de ato simbólico, transferindo sua atenção de dentro do navio para fora dele.

— Sonar informa contato incerto, distância indefinida, rumo aproximadamente dois-três-um.

— Esse é o primeiro contato desde que eu desci, sr. Harbutt?

— Sim, senhor.

— Onde está o *Viktor*?

Harbutt lhe disse. Nos três minutos a situação tinha evoluído lentamente dentro do esperado.

— Vou assumir a pilotagem, sr. Harbutt.

— Sim, senhor.

— Leme total à direita. Buscar rumo um-meia-dois.

— Leme total à direita. Buscar rumo um-meia-dois, senhor.

Estava de novo na caçada.

— Firme no rumo um-meia-dois, senhor.

— Águia para George. Estou me aproximando no rumo nove-sete.

— Muito bem.

Esta caçada particular já durava três longas horas. Embora não tivessem danificado o submarino, tinham pelo menos conseguido impedi-lo de atacar o comboio; forçaram-no a se afastar do flanco e o tiraram do caminho do comboio. Três horas não era muito tempo para uma caçada de submarino; a Marinha britânica detinha o recorde de uma que havia durado mais de vinte e quatro horas. Entretanto, ao mesmo tempo, o submarino que ele perseguia vinha usando suas baterias extensivamente, fazendo seis nós a maior parte do tempo em vez de se arrastar a três nós ou pairar imóvel. O capitão do submarino, embora ainda devesse ter bastante ar, sem dúvida estaria agora experimentando certa ansiedade em relação a suas baterias, mesmo presumindo (como provavelmente seria o caso) que, quando o contato fora feito pela primeira vez, ele tivesse acabado de submergir e começara a batalha com tanques de ar cheios e uma bateria com carga completa.

No entanto, as preocupações do capitão do submarino enquanto escapava de dois contratorpedeiros, ao mesmo tempo que era atacado com cargas de profundidade, enquanto exauria suas baterias, não eram nada se comparadas às de Krause. Ele tinha forçado o inimigo a se deslocar para o flanco, mas isso tinha deixado a frente do comboio exposta a ataques. O *Dodge* e o *James* estavam ocupados, a julgar pelas informações que transmitiam quando lhes sobrava tempo para isso. Podia ser apenas uma questão de tempo até o inimigo à espreita encontrar os pontos fracos pelos quais estava procurando. Guardar todo o circuito ao redor de um comboio grande com dois contratorpedeiros e dois navios de escolta não era só difícil; era impossível, contra um inimigo determinado sob boa liderança. No momento de tranquilidade seguinte, enquanto uma nova salva era disparada (o *Keeling* e Krause tinham avançado tanto no sentido de se tornarem combatentes endurecidos nestas vinte horas de batalha que os disparos de uma bateria de carga de profundidade traziam um momento de tranquilidade), Krause imaginou um quadro da força de escolta ideal — outros três navios de escolta para guardar a frente enquanto ele e o *Viktor* atuavam como força para perseguição; dois mais para reforçar o *Dodge* e o *James*; um para cobrir a retaguarda; sim, e outra força de perseguição também. Com oito navios de escolta e quatro contratorpedeiros era possível fazer um bom trabalho; e cobertura aérea; o pensamento de cobertura aérea explodiu na mente cansada de Krause feito um foguete. Tinha ouvido falar dos pequenos porta-aviões que estavam sendo construídos; com aviões equipados com radar, eles dariam à alcateia de submarinos muito no que pensar. Navios de escolta, contratorpedeiros e porta-aviões menores estavam se popularizando tão rápido quanto os Estados Unidos, a Inglaterra e o Canadá podiam construí-los — jornais e panfletos sigilosos lhe asseguravam isso; de certo modo seriam equipados, ele acreditava, e em um ano ou dois os comboios ficariam bem guardados. Entretanto, enquanto isso, era seu dever lutar para seguir em frente da melhor maneira possível com os meios à sua disposição. A obra de cada um se manifestará.

— Leme total à direita. Buscar rumo zero-sete-dois — disse Krause.

— George para Águia. Estou seguindo para cruzar a sua esteira depois do seu próximo ataque.

Tinha se esquecido de se sentar, mas suas pernas não. Lembraram-no da necessidade com dores lancinantes quando ele voltou do TBS. Krause afundou na banqueta e estendeu as pernas. Afinal, isso ocorria no escuro, e as pessoas na casa do leme dificilmente veriam seu capitão esparramado de maneira tão indolente. Ele havia formulado uma noção do que podia se permitir em matéria de se sentar, admitindo que era necessário, mas ainda tinha restrições quanto aos eventuais efeitos sobre a disciplina e o *esprit de corps* se os homens que ele mantinha sob uma mão tão férrea o vissem relaxando com tão pouca escusa.

— Vigia de popa informa fogo no comboio, senhor — disse um operador de comunicação.

Estava de pé outra vez, quase sem tempo de pensar nisso como uma retribuição por sua autoindulgência. Pronto, lá estava; os foguetes riscavam a noite acima das chamas que ele conseguia ver; houve outro brilho intenso na superestrutura de um navio, mostrando a silhueta da superestrutura de outro — uma explosão de torpedo enquanto observava; a duração do intervalo lhe dizia que não era fogo "difuso" que explodia à medida que atingia vários alvos. Um submarino andara deliberadamente marcando vítimas uma após a outra.

— Sonar informa contato em rumo zero-sete-sete — disse o operador.

Ele e o *Viktor* estavam em contato com um submarino; a qualquer minuto, um movimento em falso do seu capitão poderia significar sua destruição. Atrás dele, homens estavam morrendo na noite, vítimas de disparos feitos a sangue-frio. Ele tinha de escolher; era o momento mais doloroso que já enfrentara, mais doloroso do que quando soube de Evelyn. Tinha de deixar aqueles homens morrerem.

— Cargas de profundidade disparadas — disse o TBS.

Se abandonasse a caçada atual, não estaria seguro de fazer contato com o outro submarino; de fato, era muito duvidoso que o fizesse. E o submarino já havia feito o seu estrago.

— Sonar informa contato confuso — disse o operador; eram as cargas de profundidade do *Viktor* explodindo.

Ele poderia salvar algumas vidas; ele *poderia*. Mas no escuro e na confusão do comboio desordenado mesmo isso era improvável e ele estaria colocando o navio seriamente em perigo.

— Estou virando para bombordo — avisou o *Viktor.*

— Muito bem.

O submarino que causara o prejuízo agora ficaria inofensivo por um curto espaço de tempo, pelo menos enquanto recarregava seus torpedos. Era humilhante, era enfurecedor que ele devesse encontrar consolo sequer por um momento em tal pensamento. Combater o ódio e a raiva reprimida fez surgir dentro dele um desejo de se entregar a um acesso de fúria, de atacar cegamente. Sentia a tensão crescendo dentro de si. Podia perder a paciência e ver tudo vermelho, mas vinte e quatro anos de disciplina o salvaram. Impôs autocontrole sobre si mesmo; Annapolis poderia ter lhe ensinado aquilo, ou talvez seu muito amado pai na sua infância. Forçou-se a pensar tão fria e racionalmente como nunca.

— Sonar informa contato em rumo zero-meia-oito.

— À esquerda diligentemente para o rumo zero-meia-quatro. George para Águia. Estou virando a bombordo para interceptar.

Homens estavam morrendo atrás dele, homens que deveria proteger. O que tinha a fazer era resolver pequenos problemas de trigonometria na sua cabeça rápida e precisamente e dar suas ordens com calma e distribuir sua informação de modo inteligível e antecipar os movimentos do submarino tão cedo e rapidamente quanto tinha feito desde ontem. Precisava ser uma máquina que não conhecesse emoção; precisava ser uma máquina que não conhecesse fadiga. Precisava ser uma máquina não influenciada pela possibilidade de Washington e Londres o considerarem um fracasso.

— Sonar informa contato em rumo zero-meia-meia, distância de mil metros — disse o operador de comunicação. — Mas parece um *pill*, senhor.

Se fosse um *pill*, em que direção o submarino estaria virando? Que profundidade escolheria? Dedicou-se a estes problemas enquanto os homens no comboio morriam. Deu sua ducentésima ordem de leme sucessiva.

A escuridão não era tão impenetrável agora. As cristas brancas das ondas podiam ser vistas pelo bordo e até tão longe quanto a proa da asa do passadiço. O dia se esgueirava na direção deles vindo do leste, uma transição indizivelmente lenta de preto para cinzento; céu cinzento e horizonte cinzento e mar revolto cinza-ardósia. O choro pode durar uma noite, mas a alegria vem pela manhã. Não era verdade. Os céus declaram a glória de Deus. Estes céus? Enquanto Krause observava a chegada da luz, os bem lembrados versículos lhe ocorriam — tinham vindo à sua mente nos velhos dias de alvoradas no Pacífico e no Caribe. Agora pensava neles com uma repulsa mental amarga e sardônica. O comboio destroçado no flanco; os cadáveres congelados nos botes salva-vidas; o céu cinzento impiedoso; a certeza de que esta agonia iria durar até ele não ser mais capaz de suportá-la — já era mais do que ele era capaz de suportar agora. Ele queria desistir de tudo, deixar de lado todo pensamento do seu dever, seu dever para com Deus. E então ele se afastou da tentação.

— George para Águia. Estou mantendo minha rota. Deixe o caminho livre. — Sua voz monocórdia e precisa como sempre.

Disse o néscio no seu coração: Não há Deus. Ele quase dissera o mesmo, enquanto ainda podia erguer os ombros e enquanto suas pernas doloridas ainda podiam carregá-lo para o TBS.

— Contato em rumo zero-meia-sete, distância de mil e cem metros.

— Muito bem.

Mais uma tentativa de destruir o inimigo oculto. E não apenas mais uma; dezenas, centenas, se necessário. Enquanto o *Keeling* avançava para o ataque, enquanto o operador de comunicação repetia as distâncias, havia tempo para curvar a cabeça. Expurga-me tu dos erros que me são ocultos.

— Preparar para carga profunda, sr. Pond.

— Sim, senhor.

Atrapalhado pela volta do submarino; ordens ao leme para voltar à posição anterior; ordens ao *Viktor* para seguir em frente. E não nos cansemos de fazer bem.

O vento ainda soprava, o mar ainda estava revolto, o *Keeling* ainda ziguezagueava, balançava e caturrava. Era como se ele estivesse naquela ventania e balançando naquele convés sacolejante havia cem anos. Seus olhos acostumados à escuridão tomavam gradualmente noção do interior da casa do leme — durante horas ele nada vira dela a não ser um ou dois mostradores luminosos e a lanterna vermelha do intendente. Agora ele conseguia ver: as janelas destroçadas — uma vidraça com um evidente buraco de bala, mas o resto estilhaçado; cacos de vidro sobre o convés; e suas bandejas descartadas — uma xícara aqui, um guardanapo pisoteado e sujo ali.

— Mande limpar essa sujeira, sr. Harbutt.

— Sim, senhor.

E havia algo estranho na aparência do *Keeling* à luz crescente. Sua superestrutura estava coberta de gelo, congelada e branca. Escoras e estais, torpedos e cabos de segurança, o gelo cobria tudo. O galhardete no mastro principal, em vez de tremular ao vento, estava congelado num laço bizarro preso na adriça. Ele conseguia ver o *Viktor* agora, depois desta longa noite em que falara com ele pelo TBS. Com o ouvir dos meus ouvidos ouvi, mas agora te veem os meus olhos. Ele se destacava branco contra o cinzento, também coberto de gelo. Agora podia vê-lo efetuando a volta que havia acabado de anunciar pelo TBS. Tinha de fazer o movimento correspondente; agora podia julgá-lo pelo olho em confirmação da sua trigonometria mental.

— Leme à esquerda. Buscar rumo zero-meia-zero.

Certamente se podia chamar de dia agora. A esta hora ontem ele fora liberado do alarme geral. Hoje havia livrado seus homens desta fadiga. Apenas um dia tinha se passado? Foi só naquela noite que aquelas balas atravessaram a casa do leme? Podia muito bem ter sido no ano passado. E a essa hora ontem ele conseguira descer, havia comido bacon e ovos e se enchera de café. Tinha feito as orações e tomado banho. Felicidade inacreditável. Lembrou a ele que durante as vinte e quatro horas desde aquele momento não havia comido nada exceto um sanduíche e meio e tomado algumas xícaras de café. E tinha ficado de pé quase esse tempo todo; estava de pé neste instante. Arrastou-se — não conseguia andar — até o banquinho e se sentou de novo, os músculos das pernas latejando dolorosamente enquanto relaxavam. O palato e a garganta estavam secos; sentia-se nauseado e faminto ao mesmo tempo. Observou o *Viktor* se aproximando; ouviu os informes do operador de comunicação.

— Permissão para acender a lamparina dos cigarros, senhor? — perguntou Harbutt.

A mente de Krause se esforçou para sair da sua concentração como um homem com os pés presos num atoleiro.

— Permissão concedida. Estabilizar, timoneiro! Seguir firme.

— Atenção, por favor, atenção — começou o alto-falante, transmitindo a permissão que ele acabara de dar.

Harbutt tinha um cigarro na boca e enchia os pulmões de fumaça, respirando fundo, como se estivesse inalando o ar do Paraíso. E por todo o navio, Krause sabia, os homens cujos deveres os mantinham no convés estavam felizes acendendo cigarros e tragando-os; ao longo da noite, ninguém pudera fumar se estivesse num posto em que o acender de fósforos ou o brilho de um cigarro pudesse ser avistado pelo inimigo. Baforadas de cigarro passavam por suas narinas, trazendo consigo uma lembrança momentânea, novamente, de Evelyn. Ela fumava — tinha ficado um pouco intrigada, quase se divertira, com o fato de o seu marido não o fazer. Ao voltar do serviço para a casinha em Coronado ele sempre sentia logo, ao atravessar a porta, o leve aroma da fumaça de cigarro combinado com a mínima sugestão do perfume que Evelyn usava.

— Sonar informa contato em rumo zero-meia-quatro, distância de mil e cem metros.

O capitão do submarino os tinha logrado de novo, virando para estibordo quando ele pretendia forçá-lo a virar para bombordo. Seria preciso percorrer um longo círculo para chegar a ele de novo. Deu uma ordem cuidadosa ao intendente e transmitiu a informação ao *Viktor*.

— Mensageiro! Pergunte ao pessoal da sinalização se o comcomboio já foi avistado.

Inúmeras coisas para fazer mesmo quando efetuava sua rotação tentando matar um submarino que o mataria na primeira oportunidade. Outra volta; o *Viktor* fora incapaz de girar rápido o suficiente para jogar cargas de profundidade no submarino; talvez isso fosse possível para o *Keeling,* a não ser que o capitão do submarino fizesse a coisa certa na hora certa — como já fizera repetidamente antes.

— Está cronometrando, sr. Pond?

— Sim, senhor.

— Contato em rumo zero-cinco-quatro, distância de oitocentos metros.

Escapou de novo; o círculo de rotação menor do submarino o salvou. Dez graus na proa do *Keeling* significava que o submarino estava magicamente a salvo do navio, mesmo com ambos girando o mais rápido que pudessem.

— Águia! Aqui é George. Dez graus da minha proa a bombordo, distância de oitocentos metros, girando rápido.

— Nosso ASDIC o pegou numa distância indefinida. Vamos partir para ele, senhor.

— Muito bem. Vou me aproximar a estibordo. Câmbio. Intendente! Leme à direita. Buscar rumo zero-nove-cinco.

— Leme à direita. Buscar rumo zero-nove-cinco, senhor.

O mensageiro pairava em torno dele.

— Sinalização informa que comcomboio está à vista, senhor. Mensagem chegando. Mensagem longa, senhor.

— Muito bem.

E lá estava Dawson de cara rosada, o oficial de comunicação, de barba feita e arrumado, com sua prancheta de mensagens.

— Algo importante, sr. Dawson?

— Nada especial, senhor. Graças a Deus. Exceto as duas previsões de tempo, senhor.

Mais tempo gelado? Tempestades de neve? Vendavais?

— O que dizem eles?

— Vai ser moderado, senhor. Às oito da noite vento de sul para sudoeste, força três.

— Obrigado, sr. Dawson.

Quando Krause voltou ao TBS, ocorreu-lhe brevemente o pensamento de que agora Dawson desceria ao alojamento dos oficiais e tomaria o café da manhã. Presunto com ovos, provavelmente, e bolinhos de trigo sarraceno, uma pilha deles nadando em melado... E café, litros de café.

— O submarino fez a volta para o outro lado, senhor — disse o TBS.

— Estamos virando para bombordo, em rumo zero-meia-zero, senhor.

— Muito bem. Continuem atrás dele. Vou me aproximar da sua alheta de estibordo. Câmbio. Leme à direita. Buscar rumo um-dois--cinco, senhor.

— Leme à direita. Buscar rumo um-dois-cinco, senhor. Firme no rumo um-dois-cinco.

— Muito bem.

Ele anotava mentalmente as distâncias e os rumos informados pelo operador de comunicação à medida que chegavam. No momento, o *Keeling* não era o perseguidor ativo; o *Viktor* tinha assumido esse papel e estava colocando o *Keeling* em posição para atacar de novo se o *Viktor* não tivesse sucesso. Nesse papel comparativamente passivo — embora eles devessem trocá-lo a qualquer momento —, ele tinha mais tempo livre do que quando estava no calor da perseguição ao submarino. Mais tempo livre, embora isso não significasse muita coisa, mas tempo pelo menos para pegar a caderneta de mensagens do mensageiro que esperava. Tempo até mesmo para experimentar, antes que seus olhos focalizassem o papel, uma sensação atroz de apreensão na boca do estômago enquanto se preparava para ler.

COMCOMBOIO PARA COMESCOLTA. BAIXAS CONHECIDAS DURANTE A NOITE:

Quatro nomes o encaravam nas letras maiúsculas e toscas do sinalizador; leu além disso e soube que havia navios do comboio desgarrados e que a lista poderia não estar completa. O *Cadena* tinha salvado algumas vidas. O comcomboio propunha que era necessário cobrir a retaguarda do comboio em consequência do desgarramento.

POSSIBILIDADE DE RESGATAR SOBREVIVENTES.

— Águia para George! Águia para George! Ele ainda está fazendo a volta. O senhor vai cruzar a proa dele, senhor.

— Muito bem. Vou atacar.

Krause esperou uma distância e um rumo. Fez um cálculo trigonométrico de cabeça e pensou no capitão do submarino.

— Vou me aproximar pelo rumo um-dois-zero. Câmbio. Leme à esquerda para o rumo um-dois-zero.

Mas no rumo seguinte lhe disseram que o submarino estava voltando na direção oposta.

— Leme à direita... generosamente.

Estava prestes a dar um rumo quando lhe veio a inspiração e então a inspiração foi confirmada pelo rumo seguinte anunciado.

— Estabilizar! Leme à esquerda! Firme em frente!

— Sonar informa contato diretamente à frente, distância próxima.

Inspiração e pronta ação trouxeram sua recompensa; ele tinha o sujeito fujão bem debaixo da sua proa. Não fora uma finta, mas uma dupla finta e ele estocava além do florete desembaraçado.

— Sr. Pond!

— A postos, senhor.

— Sonar informa nenhum contato, senhor.

— Disparar um! — ordenou Pond. — Disparar dois!

Lá se foram as cargas de profundidade e o primeiro rumor profundo e o imenso pilar de água marcaram a descida da primeira. O sonar, por mais preciso e sensível que fosse, tinha vários defeitos graves. Era incapaz de fazer uma estimativa grosseira da profundidade do submarino perseguido, não dava resultados numa proximidade de trezentos metros, só podia ser usado em velocidades de doze nós ou menos e ficava ensurdecido durante vários minutos por explosões de cargas de profundidade. O capitão de um contratorpedeiro tinha a mesma desvantagem de um caçador de patos portando uma bela e precisa espingarda com pesos amarrados aos pulsos para atrapalhar o tiro, sem nenhuma capacidade de estimar a altura do pato em voo e tendo de fechar os olhos dois minutos antes de apertar o gatilho e mantê-los fechados meio minuto depois.

— Leme à direita. Buscar rumo dois-um-zero.

As deficiências do sonar seriam sanadas de um jeito ou de outro; melhorias no design poderiam torná-lo mais robusto; não seria difícil desenvolver uma catapulta que jogasse uma carga de profundidade meio quilômetro à frente — mas com isso a carga de profundidade explodiria justamente quando o contratorpedeiro estivesse sobre ela e destruiria o fundo do navio.

— Firme no rumo dois-um-zero.

— Muito bem.

Essas explosões ensurdecedoras e aqueles vulcões de água não trouxeram nenhum resultado. Nenhuma das quatro cargas de profundidade naquela bateria tinha explodido dentro dos vinte metros necessários do alvo oculto. O *Viktor* se aproximava para assumir o ataque, e o mensageiro ainda estava colado nele. Krause teve um breve intervalo disponível para desviar sua mente cansada do problema de combater um único submarino para o bem-estar do comboio como um todo; podia reler aquela mensagem horrível. Uma possibilidade de resgatar sobreviventes; uma possibilidade — os torpedeamentos tinham ocorrido havia algumas horas e eles estariam muitos quilômetros atrás. Se estivessem em botes salva-vidas estariam mortos a esta altura naquele mar revolto. Se estivessem em barcos... Não, até um contratorpedeiro levaria o dia inteiro para voltar, procurá-los e se juntar de novo ao comboio.

— Águia para George. Nós o temos a dez graus da nossa proa a estibordo, senhor.

— Muito bem. Partam para cima dele então.

Cobrir a retaguarda do comboio? Ele queria ter um navio reserva para fazer isso. Quatro nomes naquela lista de desaparecidos; com isso, eram seis os navios do comboio afundados durante esta batalha de vinte e quatro horas. Homens mortos às centenas. E do inimigo um provável afundamento e outro levemente provável. Washington consideraria essa uma troca lucrativa nesse jogo sanguinário de empobrecer o vizinho? E Londres? E Doenitz, na casamata do seu quartel-general avançado em L'Orient? Não importava o que qualquer um pensasse, era fundamentalmente lucrativo? E não adiantava mesmo assim; ele tinha seu dever a cumprir, fosse esta uma fase perdedora da guerra ou uma fase vencedora. Ele só podia seguir em frente, lutando até o fim das suas forças.

— Águia para George. Atacando agora.

Distância e rumo cantados pelo operador de comunicação anotadas automaticamente pela cabeça cansada. O tenente Fippler, oficial de artilharia, aguardava sua atenção — o que poderia querer? A primeira carga de profundidade do *Viktor* estava explodindo.

— À direta generosamente. Estabilizar! Firme!

A proa do *Keeling* apontava para a borda da área de água torturada, para não perder tempo ao realizar o próximo ataque, se isso fosse possível. E ele ainda segurava a caderneta de mensagens e o vento ainda soprava — nenhum sinal de que ficaria mais moderado — e o *Keeling* ainda subia e descia e ziguezagueava no mar agitado. Ele devolveu a caderneta de mensagens.

— Muito bem — disse. Não havia nada mais a dizer a respeito disso. Ele estava fazendo tudo o que podia. Este é o dia que fez o Senhor. — A postos, sr. Pond!

— Sim, senhor.

O próximo rumo mostrou que o submarino tinha virado, como era de esperar.

— Leme à direita. Buscar rumo... três-dois-zero.

Krause estava consciente da hesitação em sua ordem e ficou indignado consigo mesmo tanto quanto o tempo lhe permitia ficar. Teve de olhar de relance para o repetidor antes de dar aquele rumo; com essas distrações, não havia conseguido acompanhar a situação tática.

— Sonar informa nenhum contato, senhor.

— Muito bem.

— Disparar um! — disse Pond.

Krause se virou para Fippler. Esses segundos enquanto a bateria estava sendo disparada, enquanto as cargas de profundidade eram lançadas através da água escura, eram para Krause momentos de liberdade em que ele podia voltar sua mente para outras questões. Não precisava ficar ansioso ou esperançoso em relação ao resultado do ataque até que as cargas de profundidade tivessem tido tempo para dar alguma prova do dano — se é que o submarino havia sofrido algum dano.

— Bem, sr. Fippler?

Ergueu a mão em resposta à continência de Fippler. Fippler estava sendo muito formal; não era um bom sinal.

— Se me permite, capitão, tenho de informar sobre o consumo de cargas de profundidade.

Cargas de profundidade explodiam atrás deles neste momento.

— Sim?

— Trinta e quatro cargas usadas, senhor. Essa bateria aumenta para trinta e oito.

Nas últimas vinte e quatro horas o *Keeling* tinha lançado ao mar mais de sete toneladas de explosivos.

— E então?

— Só nos restam seis, senhor. Isso é tudo que temos. Peguei as cargas de reserva que guardamos nos alojamentos da tripulação no último quarto de serviço.

— Entendo.

Mais um fardo nos seus ombros. Um contratorpedeiro sem cargas de profundidade podia ser sábio feito uma serpente, mas seria inofensivo feito uma pomba. A atual bateria se completara, entretanto. Ele tinha de cuidar do navio.

— Leme à direita. Buscar rumo zero-cinco-zero.

Mais um minuto — apenas um — para decidir sobre suas ordens. Ontem, antes de ter se tornado um combatente experiente, esses segundos seriam passados em ansiosa expectativa num tempo em que nada poderia realmente ser esperado durante um bom intervalo, um minuto inteiro, talvez.

— Obrigado, sr. Fippler. Vamos abandonar as cargas em bateria, então.

— Era o que eu ia sugerir, senhor.

Apenas seis cargas de profundidade restantes? Um dia de combate havia consumido quase todo o suprimento. Não seria preciso muito combate para exauri-lo por completo. Ainda assim, os matemáticos tinham calculado as probabilidades; o tamanho da área de alcance de uma bateria variava de acordo com o quadrado do número de cargas de profundidade. Corte pela metade a bateria e as chances de acertar o alvo eram apenas de um quarto da chance anterior. Divida por três e as chances eram de apenas um nono. Apenas um nono. Ainda assim, uma única carga de profundidade explodindo no alcance da audição de um submarino exercia um importante efeito moral, o intimidaria, o induziria a assumir uma ação evasiva, pelo menos por algum tempo.

Agora já havia passado tempo suficiente para a última bateria ter gerado resultado, se fosse esse o caso. Krause olhou para a alheta de estibordo, para a área onde a espuma da explosão estava se desfazendo. Não havia nada além de espuma a ser visto. O *Viktor* navegava vagarosamente, esperando para conseguir contato.

Quanto à questão das futuras baterias. Amanhã de manhã ele estaria dentro do raio da cobertura aérea. Todos os panfletos sigilosos que tinha lido, todas as palestras que tinha ouvido em Casco Bay, enfatizaram a relutância dos submarinos de atacar sob a ameaça de ataque aéreo. Com o tempo ficando mais moderado, ele poderia esperar alguma cobertura aérea. Além do mais, era notório que recentemente os submarinos tinham se refreado de atacar comboios no quadrante leste do Atlântico. Aqueles gráficos secretos de afundamentos, mês a mês, que ele vira, demonstravam isso.

— Águia para George. Ele está virando para dentro da nossa área de novo. Na nossa proa a estibordo. Distância de cerca de um-um-zero-zero.

Krause aferiu as distâncias e os rumos com os olhos.

— Muito bem. Continue atrás dele agora. Nós o atacaremos na próxima.

— Sim, senhor.

— Timoneiro, leme à direita. Buscar rumo zero-nove-cinco.

Krause visualizou a bateria de três cargas de profundidade em linha, a bateria de quatro em forma de losango e a outra bateria de três, em forma de v. Lembrou-se do quadro-negro em Casco Bay e dos diagramas de pequenos círculos mostrando os "limites do efeito letal" pontilhados sobre o círculo de trezentos metros marcando "limites da possível posição do submarino." Matematicamente, a bateria de quatro era muito superior à bateria de três.

Ouviu o Águia de novo no TBS, aferiu seu rumo, esperou pelo próximo relatório do sonar e virou o *Keeling* ainda mais para estibordo.

Nas últimas vinte e quatro horas ele fora perdulário com suas cargas de profundidade, como o fora ainda criança com suas moedas de um centavo na primeira ida à feira do condado. Mas naqueles dias em que, de bolsos vazios, ele, pesaroso, havia contemplado todas as outras coisas para as quais precisava de dinheiro, um pai generoso e uma mãe sorridente tinham cada um furtivamente colocado uma moeda de dez centavos na sua mão quente quando dez centavos eram importantes para comprar comida para aquela família. Mas agora não havia ninguém para reabastecer os estoques do *Keeling* com as cargas de profundidade que ele havia esbanjado. Krause afastou essas lembranças que invadiram, num único segundo, seu cérebro cansado. Durante aquele segundo, naquela sombria e melancólica casa do leme, ele havia sentido o sol quente da Califórnia, ouvido os vendedores ambulantes e o órgão a vapor, sentido o cheiro do gado e saboreado o algodão-doce — e conhecido a confiança extrema de uma criança rodeada de pais amorosos. Agora estava sozinho, com decisões a tomar.

— Vamos disparar cargas isoladas, sr. Fippler — avisou ele. — A contagem de tempo tem de ser precisa. Leve em consideração o último rumo estimado do alvo e o tempo da queda de acordo com a configuração de profundidade.

— Sim, senhor.

— Certifique-se de que os oficiais de torpedos nos postos de disparo recebam essas instruções antes de entrar em serviço. Eu não vou ter tempo para isso.

— Sim, senhor.

— Comunique ao sr. Pond agora. Muito bem, sr. Fippler.

— Obrigado, senhor.

— Leme à direita. Buscar rumo dois-oito-sete.

Esse era o melhor rumo para interceptar.

— George para Águia! Estou chegando agora.

Não valeria a pena usar a carga de profundidade pensando numa ação evasiva do submarino. Ela só deveria ser lançada no ponto onde ele estaria caso não realizasse uma manobra do tipo. Não era uma localização favorável; mas as chances contra qualquer outra eram muito mais altas. A carga única tornava mais urgente que nunca que ele levasse o *Keeling* ao ataque com o máximo de precisão. Mas era o que sempre tentava fazer; não podia ser mais preciso do que havia sido. Tinha de pensar com clareza; metodicamente, e não emocionalmente, ainda que tivesse de instigar sua mente cansada a desempenhar suas funções, ainda que estivesse se tornando urgente que ele fosse até a proa se aliviar, ainda que sentisse sede e fome e suas juntas doessem terrivelmente.

Era hora de variar os métodos; o capitão do submarino podia ter se acostumado à rotina que o *Keeling* vinha cumprindo.

— George para Águia. Vou entrar direto depois de atacar desta vez. Fique na minha proa a bombordo e siga minha esteira assim que o caminho estiver livre.

— Sim, senhor.

Quinta-feira
Quarto matutino: 0800 — 1200

Ouviu as distâncias e os rumos; não havia nenhuma chance de o submarino se infiltrar na área dele. Percebeu agora que algum tempo atrás, enquanto Fippler se dirigia a ele, o quarto de serviço estava mudando. Uma voz diferente tinha repetido suas ordens ao leme; havia um corre-

-corre na casa do leme. Carling estava de volta esperando uma oportunidade para informar. Nourse estava no lançamento das cargas de profundidade, o telefone nos lábios. Ficou feliz em vê-lo ali.

— Muito bem, sr. Carling.

Carling tivera algumas horas de sono e sua barriga estava cheia de presunto e ovos e ele não tinha nenhuma pressa de ir à proa.

— Contato no rumo dois-oito-dois. Distância próxima.

Uma boa interceptação, tangencial ao círculo em que o submarino presumivelmente rodava, até onde podia calcular.

— Sr. Nourse!

Nourse estava cronometrando o momento cuidadosamente.

— Disparar um! — ordenou Nourse.

A carga de profundidade única parecia estranha e deslocada depois de todas aquelas baterias de quatro disparos. O *Keeling* continuou firme no seu rumo. Lá vinha o *Viktor*, preparando-se para sua passagem, bombordo com bombordo, muito próximo de fato, mudando rapidamente de uma silhueta de rosto inteiro para um retrato detalhado de um navio de perfil coberto de gelo, a bandeira polonesa tremulando na brisa, seu galhardete de serviço agitado; dava para ver com clareza as figuras encapotadas dos seus vigias, as pessoas no passadiço — Krause não sabia se o oficial de ligação britânico com quem falava estava lá ou mais embaixo — e então as equipes das cargas de profundidade na sua estação exposta na popa.

— Águia para George. Nós parecemos tão gelados quanto vocês, senhor?

Então ele tinha de gracejar além de combater submarinos. Teve de incitar sua mente cansada a uma reação imediata e pensar em algum comentário jocoso, e ele era um homem que tinha dificuldade para gracejar. Pensou no que acreditava que pudesse ser considerado engraçado e formulou uma piadinha etimológica.

— George para Águia. Parece que vocês fariam um bom uso de polainas.

O bombordo da proa do *Keeling* trombou com a esteira do *Viktor* assim que ele passou. De volta ao trabalho.

— George para Águia. Estou virando para bombordo. Intendente, leme à esquerda. Rumo zero-zero-zero.

Ele havia revertido o círculo, girando no sentido anti-horário agora depois de vários círculos no sentido horário. Mas talvez o capitão do submarino estivesse correndo paralelamente aos seus pensamentos. Ele saiu para a asa bombordo do passadiço, pisando com cuidado na superfície traiçoeira, e observou o *Viktor* se lançar ao ataque. Com o rumo mudando tão rapidamente não era fácil dizer pelo olhar se ele estava alterando o rumo enquanto perseguia o contato. A casa do leme, mesmo com as vidraças quebradas, estava mais quente, quando voltou a ela, que a asa do passadiço.

— Águia para George. Pegamos o contato diretamente à frente.

Ele esperava que fosse uma surpresa desagradável para o capitão do submarino emergir de um ataque e se ver seguindo diretamente para outro. Esperava intensamente que o ataque fosse bem-sucedido, que a próxima bateria do *Viktor* estraçalhasse o submarino, reduzindo-o a escombros. Viu as explosões das cargas de profundidade; apenas três, uma na esteira e uma de cada lado. O *Viktor* estava usando um disparo em forma de V, então; uma carga para o lugar onde o submarino deveria estar e uma de cada lado permitindo uma virada para estibordo ou bombordo.

— George para Águia. Estou voltando para bombordo. Mantenha-se afastado.

— Sim, senhor.

— Leme total à esquerda. Rumo zero-meia-nove.

O *Keeling* se dirigia para o centro do círculo mágico que ele e o *Viktor* tinham marcado com suas esteiras.

— Contato no rumo zero-sete-nove. Alcance distante.

Isso sugeria que o submarino tinha dado meia-volta depois do ataque do *Viktor*. Ele saberia na próxima leitura; enquanto isso, deveria manter sua proa apontada para o alvo.

— Direita diligentemente para o rumo zero-sete-nove.

— Sonar informa contato diretamente à frente. Alcance distante.

Estaria o submarino num rumo recíproco, então? No mesmo sentido? Ou se afastando?

— Capitão para sonar. Existe algum efeito Doppler?

— Sonar responde que não, senhor.

— Muito bem.

— Sonar informa contato diretamente à frente. Distância de mil e quinhentos metros.

Suspeitas assomaram à mente de Krause — a não ser que o submarino, avariado, estivesse pairando estacionário. Isso era bom demais para se esperar e o informe seguinte deu forças às suspeitas de Krause.

— Sonar informa contato bem à frente. Distância de mil e trezentos metros. Sonar informa que parece um *pill*, senhor.

Era isso, então. Já fazia algum tempo que aquele submarino vinha usando esse dispositivo. Mas para onde tinha virado depois de soltar a coisa? Ele a soltara antes que o *Viktor* atacasse ou depois? Parecia uma questão de pura sorte, mas Krause se forçou a analisar a situação, olhando para o rumo do *Viktor*, estimando a distância à frente, tentando pensar no que o capitão do submarino teria feito quando ouvisse o *Viktor* se movendo diretamente para ele e ignorando se o *Keeling* tinha virado para estibordo ou para bombordo. O capitão do submarino imaginaria que ele havia virado para estibordo e em seguida viraria para bombordo. Então deveria virar ainda mais para bombordo.

— À direita diligentemente para o rumo zero-oito-nove.

Enquanto o timoneiro repetia a ordem, chegava o informe seguinte.

— Contato diretamente à frente. Distância de mil e cem metros. Ainda parece um *pill*, senhor.

— George para Águia. Ele soltou um *pill*. Estou indo para estibordo. Aproxime-se do meu quarto de bombordo e faça uma busca.

— Sim, senhor.

O submarino tinha conseguido uma folga de dois, três, ou quatro, ou cinco minutos.

— Sonar informa contato com *pill* no rumo zero-nove-nove, distância de novecentos metros.

Se ele soubesse qual era a resistência daquelas coisas, isso o ajudaria nos cálculos, mas — rebuscou na memória tudo o que tinha ouvido e lido — nenhum dado àquele respeito lhe fora fornecido.

— Sonar informa nenhum contato, senhor.

As bolhas haviam terminado, então; o *Pillenwerfer* tinha cessado de balançar precariamente no limbo das profundezas, sustentado por suas bolhas e puxado para baixo pela gravidade. A gravidade havia vencido e agora a coisa misteriosa afundava cada vez mais na escuridão do leito do mar.

— Sonar informa nenhum contato, senhor.

As ondas estavam ampliando seus círculos concêntricos; com a passagem de cada segundo o círculo marcando "possível posição do submarino" crescia mais e mais.

— George para Águia. Não tive contato.

— Nem nós, senhor.

Talvez aquele último ataque do *Viktor* tivesse acertado o alvo, talvez no momento posterior a soltar o *Pillenwerfer* o submarino tivesse sido destruído por uma carga de profundidade bem próxima; talvez tivesse afundado sem deixar vestígio. Não; isso era tão improvável que devia ser descartado. O submarino ainda estava por perto, maligno, perigoso. Mas a doze nós o *Keeling* estava muito próximo do limite do círculo fora do qual o submarino ainda não poderia estar. O *Viktor* estava bem adiantado além do centro desse círculo.

— Leme à esquerda. Timoneiro, cante seu rumo. George para Águia. Estou circulando a bombordo. Gire para bombordo também.

— Sim, senhor. O ASDIC está captando ecos de camadas frias, senhor.

Muito provavelmente. Talvez o capitão do submarino, com um olho atento às leituras do termômetro informando a temperatura da água do lado de fora, tivesse notado uma elevação acentuada no gradiente de temperatura e tivesse buscado a camada fria que ele indicava e agora estivesse bem no fundo do fundo, equilibrado milimetricamente, completamente em silêncio, equilibrado milagrosamente no suporte invisível e frágil de uma camada de água mais densa. O Senhor está no seu santo templo; cale-se diante dele toda a terra — esse era um pensamento blasfemo.

— Passando zero-quatro-zero. Passando zero-três-zero. Passando zero-dois-zero.

O *Keeling* estava fechando o círculo; segundos passavam rapidamente e cada segundo era precioso. No quarto de bombordo, o *Viktor* girava numa velocidade menor, buscando numa zona até agora inexplorada.

— Passando três-quatro-zero. Passando três-três-zero. Passando três-dois-zero.

Agora o *Viktor* estava na sua proa a bombordo; agora estava diretamente à frente.

— Sonar informa nenhum contato, senhor.

— Muito bem.

— Passando dois-oito-zero. Passando dois-sete-zero. Passando dois--meia-zero.

— Sonar informa ecos, senhor. Nenhum contato.

— Muito bem.

O mesmo tipo de eco que o *Viktor* havia captado um pouco mais adiante. Muitas faixas de água fria aqui, o que desviava o raio do sonar se o submarino estivesse de fato estacionário nesta posição. Mas ele poderia ter escapado sem ser notado; poderia estar a quatro, cinco quilômetros de distância agora, a tripulação rindo com escárnio dos dois contratorpedeiros rodando e rodando e rodando enquanto faziam uma busca num lugar onde não encontrariam nada.

— Passando dois-zero-zero. Passando um-nove-zero. Passando um-oito-zero.

Estavam completando o círculo. Valeria a pena continuar a busca? Krause considerou a pergunta com a análise rígida e inexorável que aplicava a sua recapitulação noturna das suas ações durante o dia, antes das orações à noite. Seria fraqueza, covardia, hesitação, leviandade abandonar a busca? Ele estava ciente da sua fadiga; estaria deixando a fadiga influenciar seu julgamento? Queria ir ao banheiro; queria comida e bebida. Estava deixando essas fraquezas humanas o desviarem de uma determinação que ele deveria manter? Esse era o único tipo de autoanálise que Krause jamais conhecera. Imaginou-se encarando friamente o verme se contorcendo, a criatura fraca e pecadora que era o comandante Krause, fraco na presença da tentação e irresoluto na presença de uma oportunidade de errar. No entanto, ele acabou, relutantemente, admitindo que neste caso a criatura fraca estava certa.

— Passando um-dois-zero. Passando um-um-zero.

— Firme no rumo zero-oito-zero — ordenou ele, e então, ao TBS, disse: — Estou indo a leste para a frente do comboio. Meu rumo é zero-oito-zero.

— Zero-oito-zero. Sim, senhor.

— Façam mais uma varredura e então patrulhem ao redor dos desgarrados.

— Patrulhar ao redor dos desgarrados. Sim, senhor.

— Firme no rumo zero-oito-zero, senhor.

— Muito bem.

Ele não conseguia lembrar muito bem quando esta caçada começara, mas deve ter sido sete horas atrás mais ou menos. Agora estava desistindo. Sentiu um momento de remorso, um momento de dúvida. Caçadas a submarinos foram canceladas antes disso, com bastante frequência; mas isso não chegava a mitigar o sentimento de fracasso. A bombordo do *Keeling*, logo adiante do costado para a alheta, mal se via o comboio ao horizonte. Navios com certeza se desgarraram durante a noite em consequência do ataque de torpedos, espalharam-se como as nuvens de fumaça de uma fogueira. O *Viktor* estaria completamente ocupado cobrindo todo aquele flanco vulnerável e pastoreando os desgarrados de volta à formação. Dirigiu-se cansado até o banquinho e desabou sobre ele. Músculos da coxa e músculos da panturrilha, juntas dos joelhos e dos quadris estavam todos doendo terrivelmente e naqueles primeiros segundos depois que ele se sentou doíam ainda mais com a retomada da circulação. A exaustão física e o desconforto eram suficientes no momento para distrair sua mente do desapontamento e do sentimento de lassidão mental. Horas e horas atrás ele tinha dito ao *James* que mandaria o *Viktor* em sua ajuda; e tinha dito ao *Dodge* que levaria o *Keeling* para lhe dar cobertura. Despreocupadamente fizera promessas, condicionais — "assim que puder"; "depois que tiver ajudado o Águia" —, sem suspeitar quão longa e infrutífera seria sua caçada. Chamou o *Dodge* e o *James* no TBS e ouviu seus informes, preparando-se para prestar o máximo de atenção. O *Dodge* estava a doze quilômetros da sua proa a estibordo — essa foi a distância a que suas operações durante a noite o haviam levado —, fazendo o caminho de volta ao seu posto, depois de perder contato com o inimigo. Olhando naquela direção através do binóculo, conseguia divisá-lo, um núcleo mais sólido no horizonte nebuloso. O *James* estava mais adiante no flanco esquerdo além do comboio, fora do campo de visão, mas perto do seu posto.

— Um momento, por favor, senhor — disse o TBS, o sotaque tão parecido com o de um operador de ligações interurbanas, em bruto contraste com o preciso sotaque inglês. Uma nova voz se fez presente no ouvido alerta de Krause.

— Aqui é o capitão de corveta Rode, no comando, senhor.

— Bom dia, capitão — disse Krause. A formalidade sempre soava a mau agouro.

— Assim que estivermos em contato visual farei um relatório para o senhor. Estou aproveitando a oportunidade para chamar sua atenção para ele.

— Não pode me dizer agora? — perguntou Krause.

— Não, senhor. Chucrute entrou no circuito mais de uma vez durante a noite. Tem um marujo que fala inglês e interrompe com comentários rudes e eu não gostaria que ele ouvisse isso.

— Muito bem, capitão. Espero o seu relatório.

Só podiam ser más notícias, é claro. Problemas de combustível, quase certo; falta de cargas de profundidade, muito provavelmente. Mas neste momento ele tinha seu próprio problema: a necessidade extrema de ir até a proa se aliviar. Isso era algo que, depois de ter sido adiado por horas, não podia ser postergado um minuto mais, depois que pensou no assunto. Charlie Cole estava entrando na casa do leme.

— Espere por mim um minuto, Charlie — disse Krause. — Assuma a pilotagem, sr. Carling.

— Sim, senhor.

Enquanto descia pelas escadas de mão havia algum consolo no pensamento de Cole no passadiço, embora a pilotagem fosse oficialmente entregue a Carling. Subiu de volta pesadamente. Este seu navio, com o qual estava tão familiarizado, parecia-lhe estranho na condição atual. As visões, os sons e os cheiros que ele conhecia tão bem pareciam ameaçá-lo, como recifes pontudos cercando um navio que se esgueirava em águas estreitas e desconhecidas. Passara tanto tempo no passadiço, e num estado de concentração tão intensa, que o mundo real parecia irreal; além do mais, tinha de manter aquele mundo real fora da sua mente a fim de não romper a cadeia de raciocínio.

Foi um esforço físico supremo subir a última escada até o passadiço, onde Cole o esperava, e quando conseguiu afundou desavergonhadamente no banquinho.

— Pedi algo para o senhor comer — avisou Cole. — Suponho que o senhor não tenha nenhuma oportunidade de ir comer no alojamento dos oficiais.

— Não — respondeu Krause.

Sua mente ainda trabalhava, reunindo os detalhes para manter seu comando tão eficiente quanto possível. Fixou o olhar em Cole; o rosto carnudo bronzeado abatido pelo cansaço. Sobre as bochechas brotava uma camada de barba, algo incomum, pois o capitão de corveta Cole era cuidadoso com sua aparência.

— Você passou a noite debruçado sobre os mapas — disse Krause.

— A maior parte dela, senhor.

— Já comeu alguma coisa?

— Não muito, senhor. Estou indo agora.

— É melhor. Quero que você tenha um bom café da manhã, Charlie.

— Sim, senhor. Vou à popa primeiro para ver...

— Não. Não quero que faça isso, Charlie. Um bom café da manhã e depois quero que se recolha pelo menos por duas horas. É uma ordem, Charlie.

— Sim, senhor.

— Pelo menos duas horas. Muito bem, Charlie.

— Sim, senhor.

Não houve mais do que meio segundo de hesitação na continência de Charlie Cole. Ele não queria deixar o capitão ali no passadiço, com seu rosto pálido, suas faces encovadas e seus olhos fundos. Mas não havia chance de discutir quando se recebia uma ordem. Era a disciplina naval, o que mantinha a todos numa ordem rígida e que as exigências da guerra só aumentaram ligeiramente. O *Keeling* estava na presença do inimigo e Krause no passadiço ocupava seu posto de dever e era inconcebível que o deixasse. Os Regulamentos da Marinha e os Artigos para o Governo da Marinha eram categóricos em relação àquilo. Considerações de qualquer outro curso levavam a voos de imaginação mais desvairados que os de um lunático. Krause poderia ter convocado o oficial médico ao passadiço, poderia até ele mesmo se declarar inapto para o dever e então deixar o posto e ter um descanso. Apenas um lunático poderia imaginar que um oficial se submetesse a tal humilhação e estaria além da imaginação de qualquer lunático conceber um homem com o rígido orgulho e a avassaladora noção do dever de Krause submetendo-se a isso. Sem dúvida a possibilidade jamais desenvolveu sequer um embrião nos pensamentos de Krause. Isso se encontrava tão distante da sua mente quanto a negligência no cumprimento do dever o seria, o que significava que nunca chegaria a ter existência de todo.

Aqui estava um mensageiro com uma bandeja.

— O chefe me mandou trazer isso primeiro, sem esperar pelo restante, senhor — disse ele.

Era café. O inevitável arranjo com o creme e o açúcar que nunca usava, mas que encarou como Galahad devia ter visto o Santo Graal. Krause arrancou as luvas e agarrou a bebida. Suas mãos estavam dormentes e tremeram um pouco enquanto ele se servia do bule. Virou a xícara de uma só vez, serviu-se e bebeu de novo. O calor, à medida que o café descia, chamou sua atenção para o fato de que estava frio; não aguda e mortalmente frio, mas completamente enregelado, como se nada mais fosse conseguir reaquecê-lo.

— Me traga outro bule — pediu, recolocando a xícara na bandeja.

— Sim, senhor.

Entretanto, quando o mensageiro se virou, o garoto filipino do rancho tomava seu lugar, também com uma bandeja em mãos; era coberta por uma toalha branca e os picos e vales do pano indicavam haver muita coisa debaixo. Quando ergueu a toalha viu maravilhas. Ovos e bacon — não, ovos e presunto com *hash browns*! Torradas, geleia e mais café! Charlie Cole era um homem incrível. No entanto, prova do cansaço de Krause foi ele ter ficado sentado no banquinho contemplando essas maravilhas por um breve espaço de tempo enquanto se perguntava o que fazer em seguida. O banquinho era alto demais para que pudesse pousar a bandeja nos joelhos; a alternativa seria colocar a bandeja na mesa de mapas e comer de pé, e Krause experimentou uma breve hesitação antes de se decidir por ela.

— Sobre a mesa — disse, e manquejou atrás do garoto do rancho.

E, quando se dirigiu à bandeja, experimentou outra hesitação momentânea. Era quase como se não estivesse com fome; quase podia ter dito ao rapaz que levasse a bandeja de volta. Mas, com os primeiros bocados que comeu, a sensação desapareceu. Comeu rápido, com o vento frio que entrava pelas vidraças quebradas da casa do leme soprando por todos os lados. Ovos fritos podiam não ser a coisa mais conveniente para comer de pé num convés que balançava, mas ele não ligava, nem mesmo quando gotas amarelas pingaram no seu casaco de pele de carneiro. Enfiou as batatas na boca com a colher. Passou geleia na torrada com uma faca lambuzada de ovo. Limpou o prato com o último pedaço de torrada e o comeu também. Então uma terceira xícara de café, não sorvida ensandecidamente como as duas primeiras, mas bebida mais devagar, saboreada como um verdadeiro cafeinômano, com o prazer adicional de saber que havia uma quarta xícara ainda a ser tomada. Esse prazer não foi arruinado nem mesmo quando lhe veio a súbita lembrança de uma tarefa ainda por fazer. Baixou a cabeça por um momento.

— Agradeço a Ti, ó Senhor, todas as Tuas graças...

Houve uma vez um pai bondoso e compreensivo. Krause era feliz com essa lembrança; aquele pai conseguira rir diante da desobediência desculpável de um menino pequeno embora ele próprio levasse a vida de um santo. A ideia do pecado por ter se esquecido de dizer as graças até a refeição já estar quase no fim não atormentou Krause. Isso seria compreendido e ele seria perdoado. A letra mata e o espírito vivifica. O juiz mais severo e incansável de Krause, que lhe causava temor, era o próprio Krause, mas aquele juiz felizmente jamais colocara o pecado ritual sob sua jurisdição.

Terminou a terceira xícara, serviu a quarta e se virou para o mensageiro do seu lado com outro bule numa bandeja. Ele tinha dado a ordem antes que soubesse da bandeja do café da manhã e agora contemplava os resultados um pouco vexado.

— Não posso tomar isso agora — disse ele e olhou ao seu redor por ajuda. — Sr. Carling, aceitaria uma xícara de café?

— Até que cairia bem, senhor.

Carling estava no passadiço gelado havia duas horas inteiras. Serviu-se de uma xícara e acrescentou creme e açúcar para se revelar o tipo de homem que era.

— Obrigado, senhor — disse Carling, bebericando.

Em seu presente bem-estar, Krause pôde trocar um sorriso com ele. Pisca-pisca-pisca; pelo canto do olho via um sinal piscando no horizonte norte. Devia ser o *James* enviando a mensagem sobre a qual ele fora avisado; no entanto, podia terminar sua quarta xícara sem que isso diminuísse seu prazer. Colocou as luvas de volta nas mãos geladas, pediu ao rapaz do rancho que removesse a bandeja e se arrastou de novo para o banquinho. A refeição tinha aliviado um pouco do seu cansaço; estava se sentando para não incorrer em mais fadiga do que a necessária. Um dia inteiro de batalha tinha feito dele um veterano.

* * *

A mensagem chegou a ele assim que se sentou.

JAMES PARA COMESCOLTA. POR CAUSA DA AÇÃO PROLONGADA DURANTE A NOITE...

Era exatamente o que esperava. O *James* tinha alcançado um ponto crítico no que dizia respeito ao combustível. Não lhe restavam mais do que nove cargas de profundidade. Um dia a todo vapor com o inimigo ou meia hora de ação o deixariam indefeso. A mensagem continha apenas estes fatos; não fazia nenhuma apresentação e sua única desculpa estava nas palavras de abertura. Se destacasse o *James* agora, o navio poderia com velocidade econômica chegar a Londonderry em segurança. Se o mantivesse, isso poderia ser altamente questionável. Poderia imaginar aquele minúsculo navio desamparado na costa norte da Irlanda, uma presa para um inimigo — e poderia haver vários — no ar, ou debaixo da superfície ou até nela. No entanto, ele ainda tinha valor como parte da escolta. Com suas armas era capaz de superar — no limite — um submarino na superfície. Suas nove cargas de profundidade restantes, lançadas isoladamente, mas nos momentos certos, poderiam manter o submarino longe do comboio por algumas horas vitais. Seu sonar poderia guiar o *Keeling* ou o *Viktor* num ataque decisivo; mesmo seus ruídos regulares, captados pela escuta de um submarino, poderiam exercer um efeito intimidador.

Se eles sobrevivessem ao dia de hoje e à próxima noite, poderia esperar alguma cobertura aérea amanhã, e então não seria terrivelmente difícil levá-lo a reboque — um dos navios mercantes poderia fazer isso. Estimou possível perda contra possível ganho. O capitão do *James* fora perfeitamente correto ao chamar a atenção do seu oficial comandante sobre a condição do navio; teria sido negligência da sua parte não fazê-lo. Agora a responsabilidade era de Krause. Ele pegou a caderneta e o lápis e começou a escrever a resposta. Apesar do café quente que tinha tomado, estava aquecido apenas o bastante para controlar o lápis e ser legível.

COMESCOLTA PARA JAMES. CONTINUE ECONOMIZANDO AO MÁXIMO COMBUSTÍVEL E MUNIÇÃO.

Esse tanto era fácil, uma vez que a decisão fosse tomada. Mas valeria acrescentar uma palavra de incentivo e era estranho como sua mente, ainda capaz de apreender e analisar fatos, empacava como uma mula estúpida diante da demanda de algo mais. Ele escreveu NÃO PODEMOS POUPAR VOCÊS e então, com extrema deliberação, riscou essas palavras com três linhas grossas para se assegurar de que não fossem transmitidas. Eram verdadeiras, mas um recipiente sensível ou melindroso poderia lê-las como a resposta a um apelo não expressado de liberação dos deveres de escolta e não existia tal apelo não expressado na mensagem que ele havia recebido. Krause não iria ferir conscientemente os sentimentos de nenhum homem exceto pelo bem da causa pela qual estava lutando e sem a menor dúvida não seria bom para a causa ferir os sentimentos do capitão do *James*. Ficou sentado com o lápis imóvel tentando pensar na coisa certa a dizer.

Nenhuma inspiração surgiu. Havia só a expressão banal que tinha de usar, já que sua cabeça se recusava a pensar em algo melhor.

BOA SORTE.

Estava prestes a devolver a caderneta ao mensageiro quando lhe veio a ideia seguinte.

TODOS NÓS PRECISAMOS.

Isso suavizaria o palavreado oficial frio. Krause sabia academicamente que o toque humano era desejável nessas relações, embora ele mesmo jamais tivesse sentido a necessidade de algo assim. Ele ficaria plenamente satisfeito em obedecer e morrer em resposta a uma ordem mal escrita de um superior e não experimentaria nenhum ressentimento pela ausência de uma frase educada. O que ele sentia era uma estúpida inveja do capitão do *James*, que nada mais tinha a fazer agora senão obedecer às ordens sem outra responsabilidade maior além de executá-las com o melhor da sua habilidade profissional. Entregou a caderneta ao mensageiro. Sê fiel até a morte... Ele quase disse essas palavras em voz alta e o mensageiro, prestes a bater continência, ao vê-lo abrir a boca e fechar de novo esperou para ouvir o que tinha a dizer.

— Leve para a sinalização — disse Krause rispidamente.

— Sim, senhor.

Com a partida do mensageiro, Krause se deu conta de uma nova e estranha sensação. No momento não era compelido a fazer nada. Era a primeira vez em mais de vinte e quatro horas que decisões imediatas e importantes não eram forçadas sobre ele. Havia uma centena de tarefas menores que poderia empreender proveitosamente, mas agora podia escolher entre elas sem pressa. Em seu estado mental fatigado contemplava esse estranho fato como alguém num sonho — não num pesadelo — contempla um novo e estranho desenrolar daquilo que está sonhando. Mesmo quando Carling se aproximou e prestou continência, essa nova condição não foi perturbada.

— Próxima mudança de rumo prevista para daqui a cinco minutos, senhor — avisou Carling.

— Muito bem.

Era uma mudança de rumo de rotina de todo o comboio, e o aviso de Carling atendia apenas às ordens gerais de Krause. O comboio podia fazer a virada sem que Krause precisasse intervir. E, no entanto, talvez devesse fazê-lo. O comboio estava em desordem e a manobra acentuaria e prolongaria a falta de organização. Talvez fosse melhor a mudança de rumo não acontecer. Krause esboçou mentalmente a ordem que sinalizaria ao comcomboio. "Negativo mudança de rumo manter presente rumo." Não, melhor deixar as coisas como estavam. O comboio devia estar esperando a mudança e se confundiria caso ela não acontecesse. E, quando a mudança de rumo de rotina seguinte chegasse, haveria certa confusão quanto a qual mudança era esperada deles desta vez. "Ordem, contraordem, desordem." Em mais de uma palestra em Annapolis ele ouvira essa citação e durante vinte anos de serviço vira essa verdade demonstrada muitas vezes. Deixaria a rotina continuar.

— Comodoro sinalizando mudança de rumo, senhor — avisou Carling.

— Muito bem.

O que era isso? Alguma coisa nova e estranha. Uma luminosidade irreal na sombria casa do leme. O cinza da manhã estava se dissipando;

era inacreditável. No alto do céu, para além do quarto de estibordo, Krause o viu, um sol pálido, mais parecido com a lua do que com o sol, mas mesmo assim o sol, visível apenas através da nuvem alta e fina que soprava diante do seu rosto. O sol; durante cinco segundos foi definitivamente brilhante, o suficiente para as escoras lançarem sombras fracas que se deslocavam sobre o convés enquanto o navio balançava. As sombras fracas duraram um balanço do navio, movendo-se para bombordo e então para estibordo antes de se apagarem de novo enquanto o pálido disco desaparecia de vez por trás da nuvem alta. Suave é a luz, e agradável é aos olhos ver o sol.

— Executando, senhor — informou Carling.

— Muito bem.

Krause ouviu a ordem do leme ser dada e a repetiu. No momento seguinte ele se viu caindo do banquinho, inclinando-se para um lado, caindo interminavelmente como fazia às vezes em pesadelos. Segurou-se antes que, na verdade, tivesse tombado mais de quatro ou cinco centímetros. Não era um pesadelo. Havia realmente adormecido e quase caído do banquinho. Aprumou-se e empertigou as costas, bastante chocado por este comportamento. A sonolência os faz vestirem-se de trapos. Era vergonhoso que tivesse deixado o sono se apoderar de si sem se dar conta. Jamais tivera uma experiência como essa na vida. Apenas trinta horas tinham passado desde que fora acordado de prontidão para o alarme geral de ontem depois de duas horas de um perfeito sono profundo. Não havia nenhuma desculpa para que cochilasse. Mas agora tivera sua advertência. Descobrira como era insidioso o inimigo contra o qual tinha de lutar. Jamais deixaria isso acontecer outra vez. Desceu da banqueta e ficou ereto. Os protestos dos músculos das suas pernas o manteriam acordado; e seus pés doíam agora que se firmou neles. Parecia que seus sapatos eram muito apertados para ele e que seus pés tinham crescido um número durante a noite. Pensou por um momento em tirar os sapatos — por mais velhos e valentes companheiros que fossem — e mandar pegarem os chinelos na sua cabine. Mas a ideia surgiu na sua cabeça e foi cortada de imediato. Um capitão tinha um exemplo a dar e nunca deveria aparecer no seu posto de serviço de chinelos; e a autoindulgência, física ou moral, era algo traiçoeiro e merecedor de desconfiança — tivera um exemplo disso há pouco, quando pegou no sono sentado no banquinho. E... E... talvez, se permanecesse de pé um bom tempo, seus pés ficassem dormentes e parassem de doer tanto.

— Sr. Carling, é melhor pegarmos o rumo um-dois-zero e voltar a patrulhar a frente do comboio.

— Um-dois-zero. Sim, senhor.

Poucos minutos antes o ruído do sonar tinha sido uma canção de ninar monótona que o levou à inconsciência. Agora era um lembrete duro e persistente a ele de que tinha de cumprir o dever. Não darei sono aos meus olhos, nem repouso às minhas pálpebras. Seus olhos não se sentiam secos ou inchados; não era nenhum esforço manter as pálpebras erguidas. Aquela refeição que ele comera havia ajudado a traí-lo, enredando-o no torpor que vem de uma barriga cheia — mais um exemplo dos perigos da autoindulgência.

Esqueceu tudo isso quando a sineta tocou ao lado do tubo de comunicação. Não sentia dores nos pés quando foi atender a passos largos.

— É o capitão.

— Capitão, senhor, acabou de aparecer uma imagem de radar. Pelo menos acho que é, senhor. O indicador está muito ruim. Imagem no rumo zero-nove-dois, distância de quinze quilômetros, senhor. Agora sumiu. Não tenho certeza, senhor.

Era melhor virar naquela direção ou manter a rota atual? No momento eles seguiam para se interpor entre a possível imagem e o comboio; seria melhor manter a rota.

— Acho que está lá de novo, senhor. Gostaria de ter certeza.

Nesses últimos dias o radar se comportara tão bem quanto se esperava que um radar se comportasse; devia começar a reagir a qualquer momento. E àquela distância — Krause conhecia a distância, mas automaticamente extraiu uma raiz quadrada na cabeça e a multiplicou por um coeficiente — um submarino equilibrado bem no fundo dificilmente apareceria em qualquer indicador de radar. Em todo caso, sua presente rota era satisfatória para os próximos minutos.

— Como seria aquela imagem vista pelo *Dodge*? — perguntou pelo tubo. Ele poderia ter chegado a uma aproximação razoável mentalmente e teria confiado nela no calor do momento, mas agora havia tempo disponível, algo surpreendente.

— Zero-sete-zero, distância de vinte e dois quilômetros, senhor — replicou o cartógrafo.

A antena de radar do pequeno navio não era tão alta quanto a do *Keeling*; não podia oferecer nenhuma confirmação, então, e certamente agora não havia chance de cruzar aferições.

— Muito bem — disse ele.

— Se é uma imagem de radar, senhor — disse o tubo —, a distância e o rumo estão permanecendo constantes. Pode ser o indicador.

— Muito bem.

Podia ser um defeito do radar. Por outro lado... Ele saiu para a asa estibordo do passadiço e olhou por sobre a alheta. Havia uma quantidade infernal de fumaça subindo a partir do comboio. Os capitães estavam pedindo um nó extra ou dois para levar seus navios de volta a sua posição e esse era o resultado. Com o vento mais moderado e ajudando, a fumaça subia mais alto que ontem; ela marcaria a posição do comboio a mais de oitenta quilômetros. Ele poderia ser facilmente avistado por um submarino e, se esse submarino estivesse fazendo um "pequeno cerco" em consequência, ele poderia facilmente manter uma constante leitura do alcance e do rumo do *Keeling*. De que adiantava o radar se todos os navios que ele deveria proteger anunciavam sua presença aos inimigos muito além do alcance do equipamento?

Não havia amargura na alma de Krause enquanto se fazia essa pergunta. Ele estava além desse estágio, assim como estava além do estágio de sentir o nervosismo da caçada. Havia amadurecido consideravelmente no último dia. Uma excelente criação quando criança; um sólido treinamento em Annapolis; longa experiência no mar; nada disso foi tão importante quanto as vinte e quatro horas às voltas com o inimigo. Notou que a mão enluvada que pousara na amurada destacou uma fina lasca de gelo; havia uma fileira de gotículas de água caindo ao longo da curva mais baixa da amurada. Um rápido degelo estava em progresso. O gelo derretia dos estais e das correntes. O galhardete do navio havia descongelado e agora tremulava como devia. Estava bastante calmo, embora tivesse um possível submarino não muito longe do alcance das suas armas e o contraste marcado entre sua condição atual e sua agitação ontem, quando o primeiro contato foi feito, não era devido a apatia ou fadiga.

Na casa do leme o tubo de comunicação tinha um anúncio a fazer para ele.

— Não consigo ver mais aquela imagem, senhor.

— Muito bem.

Continuaram a se agitar diagonalmente através da frente do comboio. O *Dodge* estava bem à vista na sua posição além do flanco estibordo.

— Permissão concedida — disse Carling num telefone. Ele viu o olhar de Krause e explicou. — Dei permissão para a troca dos cabos de pilotagem.

— Muito bem.

As ordens gerais de Krause deixavam essa decisão para o imediato, e Carling dera permissão sem consultar o capitão, como tinha o direito de fazer. Se houvesse um submarino por perto fora do alcance do radar, poderia não ser o melhor momento. No entanto, a mudança deveria ser feita diariamente e, agora, não havia contatos. E era crédito para Carling ter aceitado essa responsabilidade; era possível que tivesse aprendido alguma coisa nas últimas vinte e quatro horas.

Na atual posição do *Keeling* era fácil ter uma boa visão da metade a estibordo do comboio; a visibilidade era certamente de quinze quilômetros agora. Através do binóculo, Krause podia ver os navios, variados em suas cores e no desenho, ainda estirando para a popa; bem perto além deles via o inconfundível mastro de proa do *Viktor* enquanto os pastoreava. Estavam gradualmente fechando o cerco. Satisfeito, Krause deu a ordem.

— Hora de voltar, sr. Carling.

— Sim, senhor.

Krause fingiu desinteresse; era seu dever saber como Carling reagiria.

— Leme à esquerda. Buscar rumo zero-meia-zero — disse Carling.

Não fora um teste muito exigente, colocar o *Keeling* de volta ao patrulhamento à frente do comboio, mas Carling passara rápida e corretamente. Se a Marinha ia se expandir tão prodigiosamente como parecia, Carling poderia estar facilmente no comando de um contratorpedeiro em batalha dentro de seis meses — se vivesse até lá.

— Firme no rumo zero-meia-zero — avisou o timoneiro.

Ocorreu a Krause que seria prudente se aliviar na proa de novo; passava mais de uma hora desde que tomara quatro xícaras de café.

— Periscópio! Periscópio! — gritou o vigia de estibordo. — No quadrante de estibordo.

Krause saltou para a frente, com o binóculo nos olhos, varrendo o mar no quadrante de estibordo.

— Ainda está lá, senhor!

O vigia agitado apontou enquanto ainda olhava pelo binóculo.

— Zero-nove-nove! Cinco quilômetros... Seis quilômetros!

Krause deslocou o binóculo lentamente para fora; a área em forma de 8 de vívida ampliação que ele viu avançava mais além do navio com o movimento do binóculo. Ele o viu, sumiu, voltou a vê-lo, enquanto acompanhava o balanço do navio. O cilindro cinzento e delgado deslizava acima da superfície, com uma ondulação branca na sua base, uma coisa de ameaça imensurável, ofídica.

— Leme total à direita — rugiu e, no mesmo fôlego, enquanto uma nova ordem lhe ocorria, disse: — Esqueça essa ordem! Firme em frente!

Carling estava ao seu lado.

— Certifique-se daquele rumo! — gritou para trás.

Então, como se zombasse com sua autoconfiança, o periscópio muito lentamente mergulhou. Passando por ela o vento, logo se vai, e o seu lugar não será mais conhecido.

— Um-meia-zero, senhor — avisou Carling; e então acrescentou, sinceramente: — Não tinha como ter certeza, senhor.

— Muito bem.

Krause olhou através do binóculo. Queria se certificar de que o periscópio não reaparecesse imediatamente para dar mais uma olhada. Obrigou-se a contar até vinte lentamente.

— O senhor tem a pilotagem, sr. Carling — falou. — Siga o rumo um-sete-zero.

— Um-sete-zero. Sim, senhor.

Durante o tempo em que o periscópio estivera visível, o *Keeling* e o submarino estavam praticamente em rumos opostos. Krause cancelara a ordem de realizar uma volta imediata para levar o submarino a acreditar que o periscópio não fora avistado. A última informação que o submarino tinha era de que o *Keeling* ainda se afastava pacificamente do ponto de perigo; o submarino poderia continuar no paraíso dos tolos, acreditando que havia passado despercebido no espaço entre o *Keeling* e o *Dodge*, e pensando que se dirigia sem oposição para aquele ponto tático muito importante próximo do comboio e com a proa apontada para ele, podendo lançar uma série de torpedos contra seus costados vulneráveis.

— George para Dicky! George para Dicky! — falou Krause ao TBS.

— Está me ouvindo?

— Dicky para George. Estou ouvindo. Intensidade quatro.

— Avistei um periscópio um minuto atrás, distância de cinco a seis quilômetros e rumo aproximadamente um-meia-zero de mim.

— Cinco a seis quilômetros. Um-meia-zero. Sim, senhor — disse uma voz canadense calma.

— Parecia estar seguindo no rumo dois-sete-zero para o flanco do comboio.

— Dois-sete-zero. Sim, senhor.

— Agora estou no rumo um-sete-zero para interceptar.

— Um-sete-zero. Sim, senhor. Aqui quem fala é o capitão.

Uma voz incisiva soou no ouvido de Krause.

— Compton-Clowes falando.

O capitão era um dos raros casos de canadense com um nome hifenado.

— Meu imediato anotou seus dados, senhor. Estou indo para o rumo zero-dois-zero para interceptar.

— Muito bem.

De onde estava, Krause conseguia ver a superestrutura do pequeno navio diminuindo enquanto fazia a volta. Krause se perguntou se um curso mais direto para a última posição conhecida do submarino não seria mais eficaz. Compton-Clowes aparentemente achou que seria mais seguro garantir uma posição de interceptação e, de fato, ele estava certo. O objetivo mais importante era afastar o submarino do comboio. Destruir o submarino era um objetivo importante, mas não o único. Especialmente porque — Krause sabia o que Compton-Clowes ia dizer antes que começasse a falar de novo.

— Se entrarmos numa posição de ataque, senhor — disse Compton-Clowes —, vou ser obrigado a usar cargas de profundidade isoladas. Meu suprimento está baixo.

— O meu também — acrescentou Krause.

A analogia do caçador de patos em desvantagem que tinha de fechar os olhos antes de atirar podia ser levada adiante. Vendo que só poderiam ser usadas cargas de profundidade, era como se o caçador de patos, com todas as suas desvantagens anteriores, agora tivesse de abandonar sua espingarda por um mosquete sem estriamento.

— Temos de expulsá-lo — avisou Krause. — Tente mantê-lo submerso enquanto o comboio passa.

— Sim, senhor. Meu relatório do meio-dia sobre combustível vai chegar logo para o senhor.

— Está muito crítico? — perguntou Krause.

— Está ruim, senhor, mas eu não diria que está muito crítico.

Era uma espécie de consolo ouvir que algo estava apenas ruim.

— Muito bem, capitão — disse Krause.

Mesmo Krause estava ciente de certa qualidade irreal da situação, de estar tendo uma conversa silenciosa desta maneira enquanto os dois navios seguiam atrás de um submarino escondido. Poderiam ser dois banqueiros discutindo o estado do mercado financeiro em vez de dois homens de combate entrando em batalha. Mas a dura realidade levada ao extremo se tornava irreal; nada mais poderia provocar surpresa ou espanto, assim como um lunático não se surpreende com suas fantasias. A fadiga física desempenhava seu papel mantendo Krause frio e calmo — e muito provavelmente fazia o mesmo com Compton-Clowes —, mas a saciedade mental era mais importante. Krause fazia esses primeiros movimentos na batalha da mesma maneira que encarava uma brincadeira para agradar alguma criança; algo que ele poderia se dedicar ao fazer, mas que não lhe despertava nenhum forte interesse.

— Boa sorte para nós dois, senhor — disse Compton-Clowes.

— Obrigado — disse Krause. — Câmbio.

Ele falava pelo tubo de comunicação na mesa de mapas.

— Quanto tempo para cruzarmos o rumo previsto do submarino?

— Doze minutos, senhor.

Era a voz de Charlie Cole de novo. Já haviam se passado duas horas desde que ele dera a Cole aquela ordem de descansar por duas horas? Talvez fosse melhor não perguntar. Se Cole estivesse morto de sono nas mais profundas entranhas do navio, ele ouviria sobre um periscópio avistado e então seria muito difícil mantê-lo afastado da sala dos mapas.

Quinta-feira
Quarto vespertino: 1200 — 1600

No entanto, era provável que duas horas tivessem se passado; o quarto de serviço estava mudando. Carling prestando continência e encenando o ritual de comunicar que fora revezado. Uma coisa devia ser prontamente feita.

— O senhor assume a pilotagem, sr. Nystrom.

— Sim, senhor.

Suas pernas cansadas o levaram ao alto-falante.

— Aqui é o capitão. Os homens que estão entrando no quarto de serviço precisam saber que avistamos um periscópio faz dez minutos. Estamos atrás dele agora. Fiquem atentos.

Ficou satisfeito por terem evitado o alarme geral ontem. Caso contrário, o navio estaria em alarme geral desde a manhã de ontem; cada membro da companhia do navio poderia estar tão cansado quanto ele, e isso não seria nada bom. Krause sabia que havia homens que sequer tentavam dar o seu melhor quando estavam cansados.

Na asa do passadiço ele fez um balanço da situação. O *Dodge*, à frente, não devia estar muito mais adiante do que o navio à frente da coluna da direita do comboio quando a caçada começasse. Nem o próprio *Keeling* estaria muito mais longe. O tempo se acelerava da mesma forma. Calmaria no início, então os acontecimentos se moveriam mais e mais rápido, o espaço se contraindo e o tempo correndo cada vez mais.

— Sonar informa contato distante no rumo um-meia-zero, senhor — disse o operador de comunicação de súbito.

Já? O submarino não havia seguido e submergido, o melhor curso que poderia ter escolhido, então.

— Contato dez graus na minha proa a bombordo — disse Krause ao TBS.

— Sim, senhor.

— Vou assumir a pilotagem, sr. Nystrom.

— Sim, senhor.

Estava praticamente numa rota de colisão com o submarino, parecia. Era o primeiro encontro dos floretes num duelo com um novo oponente. Nos velhos tempos, com o botão da lâmina do oponente roçando a tela da sua máscara e a sensação do primeiro contato percorrendo, trêmula, seu pulso e seu braço, era necessário avaliar o adversário o mais rápido possível, aferir a força do pulso do outro homem, a rapidez dos seus movimentos e das suas reações. Krause fazia o mesmo agora, lembrando aquela exposição superlonga do periscópio e levando em conta este rumo debaixo da água não muito adequado do submarino. O capitão deste novo submarino não era o homem que havia escapado da perseguição do *Keeling* e do *Viktor* mais cedo naquele dia. Tinha menos sutileza e menos cautela. Poderia ser inexperiente, poderia ser excessivamente ousado, poderia até estar fatigado.

— Sonar informa contato distante em rumo um-meia-um — disse o operador.

Nenhuma necessidade de uma ordem de leme ainda, com tão pouca alteração no rumo. Melhor esperar. Nourse estava do seu lado.

— É melhor eu fazer disparos isolados, senhor? — disse Nourse.

Era uma afirmação com um ponto de interrogação no fim. Nourse podia dar sua opinião, mas a responsabilidade era de Krause. O caçador de patos em desvantagem tinha uma escolha: um tiro com uma espingarda ou seis com um rifle. Krause pensou em todas as baterias de carga que o *Keeling* havia lançado sem resultado. O objetivo era manter o submarino submerso, lento, cego e comparativamente inofensivo até que o comboio tivesse passado. Mas uma bateria bem lançada poderia destruí-lo e esta parecia uma ótima oportunidade, capaz de não voltar a se apresentar. A tentação era enorme. E então Krause pensou qual seria sua situação se disparasse todas as cargas de profundidade agora e errasse. Ele ficaria praticamente desamparado, inútil. O objetivo não havia mudado.

— Sim, cargas isoladas — ordenou Krause.

Tinha esquecido o cansaço das pernas e os pés doloridos; a tensão não havia aumentado tão rapidamente desta vez, mas ele estava tenso de novo, com a necessidade de rapidez na decisão.

— Sonar informa...

— Periscópio! — avisou o outro operador de comunicação, interrompendo; na casa do leme eles ouviram o grito da proa ao mesmo tempo.

— Vigia da proa informa periscópio diretamente à frente.

Krause usou o binóculo; os canhões de quarenta milímetros a bombordo do passadiço começaram a atirar de repente, *tum-tum-tum*. Então nada por um momento. Krause vira o salpicar das balas de quarenta milímetros. Então os dois operadores de comunicação começaram a falar ao mesmo tempo.

— Sonar primeiro — disse Krause.

— Sonar informa contato no rumo um-meia-quatro, distância de dois mil metros.

— Vigia da proa informa que periscópio desapareceu.

— Quarenta milímetros abriram fogo contra periscópio à frente. Nenhum acerto.

Este capitão de submarino certamente tinha uma técnica diferente. Não havia confiado em seus instrumentos de escuta. Não pudera resistir a dar uma espiada pelo periscópio. Qual seria sua reação ao ver a proa do *Keeling* apontando diretamente para ele? Leme total, muito provavelmente. Mas para qual lado? Através da proa do *Keeling* ou um recuo instintivo? A informação seguinte poderia mostrar. E mergulharia fundo ou ficaria em profundidade periscópica? Mergulharia fundo, muito provavelmente.

— Lançamento profundo, sr. Nourse.

— Sim, senhor.

— Sonar informa contato diretamente à frente, distância de mil e quinhentos metros.

Estava atravessando a proa do *Keeling* então. Provavelmente tinha virado o leme à esquerda.

— Direita diligentemente no rumo um-oito-zero.

— Direita diligentemente no rumo um-oito-zero. Firme no rumo um-oito-zero.

— Sonar informa contato diretamente à frente, distância de mil e trezentos metros.

Havia antecipado o movimento do submarino, então. Ele se aproximava abruptamente. Melhor deixá-lo percorrer mais uns dez graus.

. — Direita diligentemente para o rumo um-nove-zero. — E então ao TBS: — Contato atravessando minha proa, distância de mil e trezentos metros. Estou virando para estibordo.

— Sim, senhor.

— Firme no rumo um-nove-zero.

— Muito bem.

— Sonar informa contato em rumo um-oito-zero, distância de mil e cem metros.

Dez graus a bombordo? Suspeito. Se o sonar tivesse informado um efeito Doppler ao mesmo tempo, seria mais suspeito ainda. Espere. Espere.

— Sonar informa contato em rumo um-sete-cinco, distância de mil e duzentos metros.

Era isso. O submarino estava circulando e se safando. A última virada do *Keeling* fora mais acentuada que o necessário; havia aumentado a distância e desperdiçara tempo. Krause sentiu um aborrecimento momentâneo consigo mesmo. Mas até onde o submarino giraria? Iria à sua frente ou atrás?

— Leme à esquerda. Buscar rumo um-sete-cinco. — E ao TBS: — Contato está circulando. Estou voltando a bombordo.

— Sim, senhor.

O *Dodge* estava chegando à sua posição no limite do círculo, pronto para entrar em combate. O comboio se aproximava cada vez mais deles. Havia muitos fatores a serem levados em consideração ao mesmo tempo.

— Contato no rumo um-sete-dois, distância de mil e duzentos metros.

Espere o momento certo. Espere. Espere.

— Contato no rumo um-meia-meia, distância regular em mil e duzentos metros.

Então ele estava se aproximando e em baixa velocidade.

— Leme total à esquerda. Buscar o rumo um-cinco-cinco. — E ao TBS: — Estou virando para bombordo.

— Sim, senhor.

— Sonar informa contato diretamente à frente, distância de mil metros.

Desta vez ele havia marcado um ponto. Aproximara-se duzentos metros da vítima e ainda a tinha diretamente à frente. Devia se aproveitar da vantagem e antecipar o movimento outra vez.

— Leme total à esquerda. Passar o rumo para um-quatro-zero.

E lá foram eles descrevendo um círculo, apoiando-se no ponto de equilíbrio.

— Dicky para George! Dicky para George! Contato, senhor. Rumo zero-meia-quatro, distância de mil metros.

— Vamos lá, então.

O rato tinha se esquivado de um terrier para cair nas mandíbulas de outro. Uma pena que os dois terriers estivessem quase desdentados. Krause viu o *Dodge* se aprumar no seu novo rumo; viu-o balançar um pouquinho e então um pouco mais quando o desesperado submarino saiu do seu círculo. Era necessário pensar rápido. Em cento e oitenta segundos os dois navios se encontrariam — longos segundos quando se caça um submarino; terrivelmente curtos quando se aproxima de outro navio em ângulo reto. Ele deveria ceder espaço e isso de modo a estar na posição mais adequada para assumir a caçada se o ataque do *Dodge* falhasse.

— Leme total à direita. Tomar rumo zero-oito-cinco. Vamos lá, Dicky, estou virando para estibordo.

— Sim, senhor.

Longos segundos de novo agora, esperando para ver se o rato correria para as mandíbulas do outro terrier ou se simplesmente escaparia delas, ouvindo os rumos do sonar, decidindo se a rota atual era a mais adequada. O *Dodge* ainda estava virando a estibordo. Haveria tempo de virar para bombordo?

— Firme no rumo zero-oito-cinco.

— Torpedos lançados! — avisou o operador de comunicação.

Um segundo para pensar. A popa do submarino apontava para o quarto de bombordo do *Keeling*; a proa do submarino apontava, até onde ele podia dizer, para um pouco além da proa do *Dodge*. O *Dodge* estava distante, o *Keeling* estava próximo. O submarino devia ter ciência da proximidade do *Keeling*; era provável que não soubesse da aproximação do *Dodge*. Lâmina de florete contra lâmina de florete, um segundo — um décimo de segundo — para pensar. O *Keeling* devia ser o alvo.

— Leme total à direita. Tomar rumo um-sete-zero.

Não exatamente uma volta em ângulo reto. Os torpedos poderiam estar apontados para um pouco à frente da posição atual do *Keeling*; levando em conta o avanço, o *Keeling* estaria quase paralelo aos rastros, pelo que ele podia julgar.

— Todos os motores à frente em velocidade de flanco!

— Torpedos se aproximando! — avisou o operador.

— Passe a sua informação do jeito que lhe ensinaram! — ralhou Krause com o operador de comunicação. — Repita.

— Sonar informa torpedos se aproximando — gaguejou o sujeito.

Era essencial que os operadores dessem a informação na sua devida forma. Caso contrário, haveria confusão na certa.

— Firme no rumo um-sete-zero — disse o timoneiro.

— Muito bem.

— Casa das máquinas responde todos os motores à frente em velocidade de flanco, senhor.

— Muito bem.

Tempo agora para o TBS, que exigia sua atenção.

— Torpedos lançados contra o senhor! — disse a voz canadense, urgente, aflita. — Vejo que o senhor girou.

— Sim.

— Boa sorte, senhor.

Boa sorte para o homem que podia estar morto dentro de dez segundos. Boa sorte para o navio que podia se tornar uma pilha de destroços afundando ou uma coluna de fogo. Ele tomara a melhor ação, colocando o navio paralelamente à esteira dos torpedos. Com a ordem de velocidade de flanco, a agitação dos hélices do *Keeling*, que trabalhavam furiosamente contra a inércia do navio, poderia desviar um torpedo que viesse na direção dele, especialmente um torpedo programado para um curso raso direcionado a um contratorpedeiro. Em todo caso, a aceleração dos hélices jogaria o *Keeling* alguns metros além do ponto de disparo, e cada metro, cada centímetro, contava. Centímetros poderiam fazer a diferença entre vida e morte; não que vida e morte importassem, mas sucesso ou fracasso, sim.

— Sonar informa ecos confusos, senhor — disse o operador.

— Muito bem.

— Torpedo a estibordo!

— Informa o vigia...

— Torpedo a bombordo!

Vigias gritavam e operadores de comunicação falavam. Um pulo até a asa estibordo do passadiço. Havia o rastro indescritivelmente ameaçador ao longo do flanco do *Keeling*, a menos de dez metros. Felizmente era um torpedo antiquado, sem nenhum dos dispositivos teleguiados que os alemães supostamente estariam produzindo.

— O outro passou por ali, senhor — disse o vigia de bombordo, apontando vagamente.

— A que distância?

— Uns bons trinta metros, senhor.

— Muito bem.

De volta à casa do leme.

— Todos os motores à frente em velocidade padrão. Leme total à esquerda. Tomar rumo zero-oito-cinco.

Quarenta segundos tinham se passado desde que o alarme soara. Quarenta daqueles longos segundos, e durante esse tempo ele havia sido negligente. Não tinha observado o *Dodge* para ver o efeito do seu ataque. Tinha se aproximado ainda mais. O círculo que descrevia era notavelmente pequeno. Era mais hábil que o *Viktor* e consideravelmente mais hábil que o *Keeling*. Aqueles navios minúsculos, inacreditavelmente desconfortáveis para se habitar, eram um excelente equipamento antissubmarino, apesar de tudo, embora um único torpedo fosse capaz de fazê-los em pedaços. Estava fazendo a volta de novo — devia ser extremamente agradável manipular um navio que era capaz de girar dentro do círculo de rotação de um submarino.

Era hora de partir para o ponto de interceptação mais provável.

— Leme à esquerda. Tomar rumo zero-dois-zero.

Sua virada de fuga e o momentâneo aumento de velocidade tinham ampliado consideravelmente a distância.

— Dicky para George. Nós o temos diretamente à nossa frente. Vamos disparar a qualquer minuto.

— Muito bem.

— Fico feliz que ele tenha errado o senhor. Muito feliz.

— Obrigado.

— Vamos voltar para estibordo de novo.

— Muito bem.

Krause se virou para o timoneiro.

— Leme à esquerda. Tomar rumo três-três-zero.

O comboio estava desagradavelmente próximo. Não demoraria e o sonar começaria a se queixar de interferência. Este novo inimigo era um homem perigoso, generoso com seus torpedos. Teria de ser vigiado muito de perto se fosse mesmo assim, dando-lhe o mínimo de oportunidade possível para um disparo e isso significava considerável precaução ao manobrar ao redor dele. Ao mesmo tempo, ele agora tinha dois torpedos a menos — ficara dez por cento menos perigoso para o comboio comparado a quanto era antes. Doenitz poderia repreendê-lo — se vivesse para voltar a L'Orient — por aqueles dois tubarões jogados fora. Poderia perguntar por que não havia disparado uma bateria inteira; poderia perguntar por que havia disparado contra um navio de combate de baixo calado, com pleno poder de manobra e ainda de alerta. Saber se era ou não proveitoso usar torpedos em navios de escolta era uma questão que os alemães tinham dificuldade em responder. Era tolice, uma perda de tempo, e, no entanto, atraente, pensar em levar o submarino a desperdiçar todos os seus torpedos daquele jeito. O submarino não iria disparar mais dezoito torpedos e errar toda vez. Ele devia estar delirando para sequer pensar nisso. Cansaço excessivo, talvez.

— Dicky para George. Disparando agora.

— Muito bem. Vou me aproximar. Leme à direita. Conduzir para o rumo um-um-zero.

Um único pilar de água na esteira do *Dodge*. Apenas um lançamento e, no entanto, suficiente para ensurdecer o sonar do *Dodge*.

— Sonar informa explosão debaixo da água, senhor.

— Muito bem.

— Sonar informa indicações confusas.

— Muito bem.

O que andara fazendo esse capitão de submarino durante seus três minutos de graça entre a aproximação do *Dodge* e o lançamento da carga? Estibordo? Bombordo? As indicações do seu próprio sonar não foram muito conclusivas. E o que o submarino fazia agora, com o sonar do *Keeling* ensurdecido?

— Sonar informa contato em rumo zero-sete-cinco, distância de mil e quatrocentos metros.

Então ele havia se enganado. Contorne atrás dele.

— Leme total à esquerda. Tomar rumo zero-meia-cinco. George para Dicky. Contato em rumo zero-sete-cinco de mim, distância de mil e quatrocentos metros.

— Zero-sete-cinco, sim, senhor. Estou virando para estibordo.

Contorne atrás dele. Contorne de novo. Oriente o *Dodge* contra ele. Procure uma posição e lance uma única carga de profundidade, resistindo à tentação de lançar uma bateria completa. Lembre-se de que esse sujeito poderia lançar uma série de torpedos a qualquer momento. Mantenha alerta a mente cansada. Pense rápido. Esqueça as pernas fatigadas e os pés doloridos que, afinal, não tinham ficado dormentes. Evite pensar na necessidade ridícula e, no entanto, penetrante de ir à proa se aliviar de novo. De novo e de novo, sempre alerta, para algo acontecer a qualquer momento.

Algo aconteceu. O *Keeling* numa pista e o *Dodge* em outra, cada um havia lançado uma carga. Inútil esperar quaisquer resultados de um ataque tão fraco.

— Vigia da popa informa submarino à popa.

Krause saltou para a asa do passadiço. Uma forma cinzenta aparecendo ali, a menos de meio quilômetro, passadiço e casco plenamente visíveis. As armas da popa nos seus suportes começaram a atirar. *Bum, bum.*

— Leme total à direita!

No momento seguinte havia desaparecido, mergulhando violentamente abaixo da superfície.

— Estabilize! Firme em frente!

— Sonar informa contato próximo diretamente à frente.

— Sr. Nourse!

— Submarino ao lado! Submarino ao lado!

Esse era um grito do vigia de bombordo. Quase raspando lado a lado, mal havia três metros entre eles. Krause podia ter acertado o submarino com uma pedra se tivesse uma pedra para jogar. Mas não havia nada para jogar. Nem uma carga de profundidade na arma κ de bombordo; o cinco polegadas não podia se inclinar o suficiente também. *Tum--tum-tum* fizeram os quarenta milímetros de bombordo; Krause viu os esguichos na água mais além — não conseguiam inclinação suficiente também. Pintado na lateral do passadiço do submarino havia um anjo de cabelos dourados em roupas brancas ondulantes cavalgando um cavalo branco e brandindo uma espada. A proa do submarino submergiu de novo num ângulo agudo e o passadiço mergulhou outra vez. *Pá-pá-pá-pá.* Alguém colocou uma metralhadora de calibre cinquenta em ação tarde demais.

— Leme total à esquerda!

Bem na esteira do *Keeling* o passadiço do submarino veio à superfície de novo numa nuvem de espuma borrifada e desapareceu imediatamente, para reaparecer de novo e desaparecer de novo. A suposição óbvia era de que um dos seus lemes de mergulho da proa estivesse com problemas na subida. Podia ser uma falha mecânica comum; podia ser que uma daquelas cargas de profundidade tivesse por milagre explodido perto o bastante para danificá-lo.

— Leme total à direita! — berrou Krause, sua voz alta o suficiente para ser ouvida de ponta a ponta do navio.

Aqui estava o *Dodge* vindo para cima deles; na empolgação de encontrar um submarino perto da sua lateral, ele esquecera completamente o *Dodge*, que vinha para o ataque como tinha todo o direito de fazer. Os dois navios, separados por não mais do que a distância de uma amarra, rotacionavam na direção um do outro, seguindo para um ponto de encontro onde a colisão seria tremenda, provavelmente fatal para ambos. Ação instintiva, aplicação instintiva das regras costumeiras de tráfego, os salvou. Lentamente, cada navio deixou de avançar para dentro; por um momento aterrador a inércia os levou na direção um do outro, e então o coice dos hélices e os golpes sólidos dos lemes na água fizeram com que os navios seguissem para fora de novo. O *Dodge* passou a bombordo do *Keeling* um pouco além de onde o submarinho tinha passado um minuto atrás. Alguém acenou alegremente para Krause do passadiço do *Dodge* e então passou rapidamente na velocidade combinada dos dois navios. Krause percebeu que tremia um pouco, mas, como sempre, não havia tempo para se preocupar; não se ele queria colocar o *Keeling* em posição para continuar o ataque que o *Dodge* preparava agora.

— Estabilize! — berrou. — Leme total à esquerda!

Voltou à casa do leme, forçando-se a ficar calmo; ajudou ser saudado pela voz monótona do operador de comunicação.

— Sonar informa contatos confusos.

O sonar lá embaixo estava fazendo seu trabalho de modo ordeiro, ignorante ou não de todas as coisas que aconteciam lá em cima.

— Estabilize! Firme em frente!

Ele aferia a rota do *Dodge* no olho enquanto tentava antecipar o próximo movimento do submarino.

— Dicky para George! Dicky para George!

— George para Dicky! Em frente!

— Não temos contato, senhor. Deve estar muito perto.

Ontem essa situação teria gerado de imediato uma bateria completa de cargas de profundidade; hoje estava fora de questão desperdiçar o poder ofensivo que restava ao *Dodge* numa chance de dez para um que o submarino estivesse perto o bastante, dentro do círculo de trezentos metros, para sofrer danos.

— Mantenha seu rumo atual. Vou cruzar sua proa.

— Sim, senhor.

— Leme à esquerda! Estabilize! Firme em frente!

— Firme no rumo... — disse o timoneiro; Krause não tinha ouvidos para os números; ele planejava atravessar a esteira do *Dodge* suficientemente longe do navio para dar ao seu sonar uma chance de captar um eco do submarino; o *Dodge* deveria estar no dobro da velocidade do submarino, portanto aquela era a área de busca. Com um leme de mergulho emperrado, o submarino conseguiria com cuidado ficar submerso equilibrando seus tanques de lastro; mesmo abaixo da superfície ele conseguiria...

— George! George! Aqui está ele!

Krause olhou para além da proa a estibordo do *Dodge*. Não havia nada a ser visto exceto o pequeno navio soltando vapor com uma aparência pacífica.

— Perto demais! — disse o TBS e, ao mesmo tempo, pelos fones de ouvido, veio o som de armas de fogo, ecoado um segundo depois pelo ar. O *Dodge* estava virando rapidamente para bombordo. Armas eram disparadas; da água vinha o som de metralhadoras de pequeno calibre. O *Dodge* se aproximou. Cinzento contra o cinzento da lateral do navio havia algo mais, o submarino na superfície, proa contra popa do navio, circulando enquanto ele circulava, cada navio caçando a cauda do outro. Ao se mostrar de costado ao *Keeling*, um grande olho vermelho se abriu na lateral do *Dodge* e piscou uma vez para Krause. Um pilar de água subiu do mar a meio caminho entre eles; algo preto saltou da base do pilar, submergindo com incrível rapidez, erguendo-se até sair do campo de visão de Krause e retumbando acima dele com um som como o metrô mais rápido já ouvido. O *Dodge* tinha disparado seu quatro polegadas em extrema depressão e a bala havia ricocheteado na superfície, felizmente subindo alto o suficiente para passar por cima do *Keeling*. Difícil pôr a culpa nos artilheiros; com o *Dodge* girando tão rápido e o *Keeling* atravessando na sua popa, a situação mudava tão depressa que eles não podiam ter adivinhado que o *Keeling* ficaria na sua linha de fogo.

Outras explosões, outros estrépitos, enquanto os navios rotacionavam. O capitão do submarino devia ter perdido a esperança de fazer um reparo e resolvera vir à tona para o combate. Perto da lateral do *Dodge*, seus homens devem ter corrido para suas armas sobre os conveses ainda molhados quando ele emergiu. E, mais perto da superfície do que a arma do *Dodge*, sua arma miraria no lado mais alto do *Dodge*, enquanto a arma do *Dodge* não teria ângulo suficiente. E o que poderia aquele quatro polegadas fazer àquele frágil e pequeno navio?

Num momento, parecia, eles haviam girado o semicírculo e a proa do *Dodge* e a popa do submarino se ofereciam à vista de Krause; e o submarino já desaparecia por trás do *Dodge* do outro lado.

— Leme total à direita! — disse Krause. Ele ficara tão fascinado com a visão que deixou o *Keeling* se retirar da luta. — Estabilize! Firme em frente!

— Firme no rumo...

— Muito bem. Capitão para controle de artilharia. Preparar e só atirar se tiver a chance de um tiro certeiro.

Um súbito clarão na proa do *Dodge*; fumaça saindo abaixo do seu passadiço. O submarino tinha acertado pelo menos um disparo. Os navios em combate estavam fechando o círculo de novo e ele seguia na direção oposta, pairando nos arredores como uma velhinha distraída cujo cachorro de estimação brigava com outro cão.

— Controle de artilharia responde sim, senhor.

Ele deveria se posicionar, virar e atacar de novo. Com frieza e precisão poderia irromper na batalha. Teria de atropelar, arrancando o submarino do lado do *Dodge* como se arranca um carrapato. Seria complicado. E poderia muito bem arrancar o fundo do *Keeling*, mas valia a pena tentar, mesmo diante dessa possibilidade. Estavam girando no sentido anti-horário; melhor que ele entrasse também no sentido anti-horário. Isso lhe daria mais oportunidade.

— Leme à esquerda! Estabilizar! Firme em frente!

Segundos intermináveis enquanto o *Keeling* se afastava da luta. Ele tinha se permitido abrir distância suficiente para cronometrar seu ataque. Krause observou a distância que aumentava. Estava com o binóculo posicionado; quando vieram de novo no seu giro ele conseguia ver as figuras no convés do submarino; viu duas delas caírem subitamente, inertes, quando foram atingidas por balas.

— Leme total à esquerda!

Longos segundos enquanto o *Keeling* girava com exasperante lentidão.

— Estabilizar!

Enquanto Krause se preparava para fazer o ataque, a situação mudou de repente. Tenso e ansioso, observando pelo binóculo para agir no tempo certo, ele viu a proa do *Dodge* aparentemente oscilar na fumaça que a cercava. Estava deixando de girar para bombordo. Compton-Clowes estava invertendo sua rotação. A dedução explodiu uma nova série de reações por parte de Krause.

— Leme à direita! Capitão para controle de artilharia. Prepare-se para alvo no quarto de bombordo. Estabilizar! Firme em frente! Firme!

A virada do *Keeling* para estibordo ofereceu toda a sua lateral de bombordo ao *Dodge* e ao submarino. Todos os cinco canhões de cinco polegadas foram apontados quando ele virou e, ao mesmo tempo, o submarino, sem ter terminado de fazer a volta e pego momentaneamente de surpresa pela abrupta inversão do leme do *Dodge*, se distanciou dele. Dez metros, vinte metros, cinquenta metros de água clara dividiam os dois navios e, antes que o submarino pudesse voltar para o abraço protetor do seu inimigo, os cinco polegadas abriram fogo, como o ribombar de um trovão no quarto ao lado, sacudindo o casco do *Keeling* como um acesso de tosse sacudiria o corpo de um homem. O mar pareceu se empilhar ao redor do submarino cinzento, os esguichos eram bastante próximos e contínuos ao redor dele; era como se houvesse um pequeno morro de água ali, com o passadiço retangular cinzento visto apenas vagamente no coração dele como um objeto dentro de um peso de papel feito de vidro — e, no coração dele, também, repetidas vezes, um fulgor laranja, quando uma cápsula explodia. No coração do morro de água surgiu um disco vermelho vívido, apenas uma vez. Através do barulho dos tiros e da vibração do recuo, Krause ouviu um estrondo dilacerante e sentiu o *Keeling* sofrer um choque violento que fez com que todos no passadiço cambaleassem; uma onda de choque como um súbito sopro entrando e saindo pela casa do leme. E, antes que tivessem se aprumado, os canhões silenciaram, terminando seu fogo abruptamente, o que fez Krause perceber um momento de silêncio incomum, o bastante para recear que o armamento principal tivesse de algum modo sido danificado. Mas um olhar de relance o tranquilizou. O submarino tinha sumido. Não havia nada naquela água agitada com espuma. As lentes do binóculo que levou de novo aos olhos roçavam nos seus cílios até que ele forçou suas mãos a ficarem firmes. Nada? Sem dúvida havia algumas coisas flutuando ali. E algo subiu e desceu, subiu e desceu de novo; não cristas de ondas de formas estranhas, mas duas imensas bolhas estourando em sucessão na superfície.

Nesse momento o silêncio estranho acabou e Krause percebeu sons mais perto dele, estalos, explosões e vozes. Da asa do passadiço olhou para a popa e o que viu primeiro foi um ninho de passarinho feito de ferro retorcido percebido vagamente através da fumaça. Exigia certo esforço lembrar o que ele deveria ter visto ali. O suporte do canhão de vinte milímetros de bombordo um pouco atrás da pilha tinha desaparecido por completo. Abaixo dele o convés estava esburacado e retorcido, soltando fumaça e, na raiz da fumaça, um vislumbre de chama visível na pálida luz do dia e, pouco além, os torpedos em sua base quádrupla com suas ogivas de latão. De repente ocorreu a Krause a lembrança do experimento de Dahlgren pouco antes da guerra quando foi provado — para a satisfação de todos, exceto daqueles que morreram — que o TNT detonava após poucos minutos de cozimento constante.

Petty, o oficial de controle de danos, sem quepe e agitado, corria para o local com uma equipe atrás. Ele não devia ter deixado seu posto central. Eles arrastavam mangueiras. Krause se lembrou de repente do que estava guardado ali.

— Enrolem essas mangueiras! — berrou. — Tem gasolina aí! Usem espuma!

Cem galões de gasolina em dois tambores de cinquenta galões para a lancha que o *Keeling* levava. Krause jurou amargamente que no futuro teria uma lancha a diesel, ou então lancha nenhuma; de qualquer maneira, nada de gasolina.

Aqueles tambores deviam ter estourado e o material inflamável estava se espalhando. As chamas se aproximavam ansiosamente dos torpedos.

— Joguem ao mar esses peixes! — gritou Krause.

— Sim, senhor — respondeu Petty, erguendo o olhar para ele, mas duvidava que tivesse entendido o que foi dito. As chamas rugiam. Flint, o oficial idoso reconvocado da Frota da Reserva, estava lá, e parecia mais sensato.

O comboio estava perigosamente perto. Ele não ousaria lançar torpedos ativos. Krause fora um oficial de contratorpedeiro a maior parte da sua vida profissional; em consequência, durante anos convivera com torpedos, visualizando seu uso em cada situação possível — exceto esta, talvez. Os velhos sonhos de avançar sobre uma coluna de navios de guerra para um ataque de torpedos não tinha espaço aqui. Mas pelo menos ele era familiarizado com cada detalhe do manejo de torpedos.

— Flint! — gritou, e Flint ergueu o olhar para ele. — Jogue ao mar esses peixes! Livre-se deles! Que sejam jogados fora mortos. Soltem antes os ferrolhos do mecanismo de disparo do tubo!

Flint o entendeu. Ele não era capaz de pensar por si mesmo, mas podia agir quando alguém pensava por ele. Saltou por entre as chamas até a bateria de torpedos em sua base quádrupla e cuidou metodicamente de cada tubo seguindo suas instruções. Os ferrolhos soltos não acionariam a alavanca de disparo do torpedo quando os tubos fossem liberados. *Tump!* Um ruído seco, uma lufada de fumaça, e o primeiro torpedo caiu ao mar como um nadador começando uma competição, mas só para mergulhar direto para o fundo. *Tump!* Esse foi o segundo. Então o terceiro. E então o quarto. Todos se foram agora. Cinquenta mil dólares de torpedos jogados no fundo do Atlântico.

— Bom trabalho! — disse Krause.

As chamas irrompiam dos buracos no convés, mas um jovem marinheiro — coberto de agasalhos, Krause não conseguiu ver a patente, mas poderia reconhecê-lo e se lembraria dele — tinha um extintor de espuma em cada mão e atacava as labaredas da beirada do incêndio. Outros extintores apareciam agora e ele pôde se assegurar de que o fogo seria apagado. Refletiu sobre a proximidade da sala n° 3 de manejo e depósito de armas. Não. Ela estava em segurança. Tinha muitas outras coisas em que pensar. Passaram-se apenas três minutos e meio desde que o tiroteio havia cessado, mas ele fora impropriamente empregado durante aquele tempo fazendo o trabalho de oficial de controle de danos. Olhou ao redor para o *Dodge* e o comboio e mergulhou para o interior da casa do leme.

— Dicky ao TBS, senhor! — avisou Nystrom.

Houve tempo suficiente para notar que Nystrom estava firme, apesar dos olhos esbugalhados. Seus modos ainda tinham o ar levemente apologético que os caracterizavam em outras ocasiões e poderiam provocar preconceito contra ele.

— George para Dicky. Prossiga.

— Permissão para buscar sobreviventes, senhor — disse o TBS.

— Muito bem. Permissão concedida. Qual é o seu dano?

— Perdemos nosso canhão, senhor. Nosso quatro polegadas. Sete mortos e alguns feridos. Ele nos acertou bem na base.

— Que outros danos?

— Nada sério, senhor. A maioria dos cartuchos atravessou sem explodir.

A vinte metros, aqueles quatro polegadas alemães viajariam praticamente à velocidade de saída. Estariam sujeitos a atravessar sem detonar, a não ser que atingissem algo sólido, como a base de um canhão.

— Nossos incêndios estão sob controle, senhor — prosseguiu o TBS.

— Acredito que possa informar que eles foram extinguidos.

— Está apto para navegar?

— Ora, sim, senhor. Apto o suficiente com o tempo ficando mais moderado. E os buracos estarão remendados num piscar de olhos.

— Apto para navegar, mas não apto para o combate — disse Krause.

Essas palavras teriam uma conotação dramática e heroica não fossem ditas por Krause em sua voz monocórdia.

— Ah, ainda temos nosso Bofors, senhor, e nos restam duas cargas de profundidade.

— Muito bem.

— Estamos entrando no óleo, senhor. Um lago enorme de óleo... Imagino que vá alcançá-lo em breve, senhor.

— Sim, eu consigo vê-lo.

E conseguia, uma área circular lustrosa em que nenhuma crista de onda era branca.

— Alguma avaria?

— Temos um nadador, senhor. Vamos pegá-lo num minuto. Sim, senhor, e existem alguns fragmentos. Não consigo ver o que são daqui, mas vamos recolher. Será tudo prova. Nós o acertamos em cheio.

— Acertamos mesmo.

— Alguma ordem, senhor?

Ordens. Com uma batalha terminada ele tinha de fazer arranjos para a próxima. Poderia ser jogado em outra ação dentro de dez segundos.

— Gostaria de mandá-los para casa — disse Krause.

— Senhor! — disse o TBS em tom de repreensão.

Compton-Clowes sabia tanto sobre escoltar comboios quanto ele, provavelmente mais, mesmo depois das suas recentes experiências intensivas. Nada podia ser poupado, nem mesmo um naviozinho surrado com um canhão Bofors e duas cargas de profundidade.

— Bem, assuma seu posto de escolta assim que tiver recolhido as provas.

— Sim, senhor. Estamos jogando um cabo para o nadador agora, senhor.

— Muito bem. Você conhece suas ordens a respeito dele.

— Sim, senhor.

As instruções sobre o tratamento dos sobreviventes de submarinos eram muito detalhadas; a inteligência naval precisava de cada peça de informação que pudesse ser arrancada deles. Era um dever tomar posse imediata de cada pedacinho de papel nos bolsos de qualquer sobrevivente antes que pudesse ser destruído. Qualquer informação oferecida deveria ser cuidadosamente anotada.

— Câmbio — disse Krause.

O óleo que se espalhava tinha alcançado o *Keeling* agora. Seu cheiro forte era aparente às narinas de todos. Era impossível haver dúvida quanto à destruição do submarino. Ele desapareceu, e quarenta ou cinquenta alemães foram com ele. O capitão nazista tinha morrido como um homem, ainda que — como era provável — tivesse sido uma mera falha mecânica, pela qual como capitão ele era responsável, que o impedira de mergulhar. Ele havia lutado até o fim, causando o máximo de prejuízo que podia. Pela cabeça de Krause passou a esperança não solicitada de que, se tivesse de morrer, gostaria de morrer de forma parecida, embora por uma causa melhor, mas não permitiria que sua mente se demorasse em tais aspirações consumidoras de tempo. Na superfície o submarino fizera um bom combate, conduzido soberbamente, muito melhor do que fora conduzido debaixo da água. Isso poderia ser um indício insignificante para a inteligência naval — o capitão do submarino poderia ser um oficial de navio de superfície que recebera o comando de um submarino depois de treinamento e experiência insuficientes. A disciplina no submarino tinha durado até o fim. O último tiro que ele tinha dado, esse que acertou o *Keeling*, fora disparado por alguém com cabeça fria e nervos de aço. No meio daquele inferno de explosões, com o mecanismo de tração emperrado, ele pegara o *Keeling* na sua mira enquanto o submarino virava e tinha pisado no pedal de disparo como último ato antes da sua morte. E foram mais os mortos que matou na sua morte do que os que matara em sua vida.

Esses mortos estavam no *Keeling*, e ele ficara parado de pé ali por vários segundos quando havia tanto mais a ser feito. Rápido até a asa do passadiço para verificar a cena dos danos. O incêndio fora apagado; restos de espuma ainda podiam ser vistos pairando pelo convés com o movimento do navio. Petty ainda estava lá.

— Volte para seu posto, sr. Petty, e vamos ver o seu relatório.

— Sim, senhor.

O sistema de controle de danos do navio não havia suportado o teste da guerra; ele teria de empreender alguma ação a respeito. Dois marinheiros passavam pela parte destroçada carregando uma maca; amarrada a ela uma forma inerte. O cabo Meyer. Ao alto-falante.

— Aqui é o capitão. Nós pegamos o submarino. O óleo dele está todo ao redor de nós agora. O *Dodge* resgatou um sobrevivente. Nós o acertamos várias vezes com um cinco polegadas. E ele nos acertou. Perdemos alguns companheiros de bordo. Alguns foram atingidos duramente. — As frases se arrastavam. Era difícil encontrar na cabeça coisas adequadas para falar. — Foi no cumprimento do dever. E vamos fazer o próximo submarino pagar por eles. Ainda temos um longo caminho pela frente. Fiquem atentos.

Não foi um bom discurso. Krause não era um orador e agora uma vez mais ele estava, sem que o percebesse, na agonia da reação após a tensão extrema da batalha, e sua fadiga acentuava essa reação. Dentro das suas roupas sentia-se frio e, no entanto, suava. Sabia que se relaxasse por um segundo começaria a tremer. Na antepara ao lado do alto-falante pendia um espelho, uma relíquia dos tempos de paz. Ele não reconheceu o rosto no espelho — por isso olhou de relance uma segunda vez.

Os olhos eram grandes e fixos com as bordas avermelhadas. O capuz desabotoado pendia ao lado de faces das quais brotava uma barba por fazer. Não achou que fosse seu rosto até observar na base de uma narina um pouco de sujeira — restos da maionese que fora espalhada ali muito tempo atrás. E havia amarelo de ovo no seu queixo. Ele o esfregou com a mão enluvada. Em toda a volta dos seus lábios com pelos eriçados havia sujeira. Precisava se lavar, precisava tomar um banho, fazer a barba, ele precisava... Não tinha fim a lista do que precisava e não adiantava pensar a respeito. Arrastou-se de volta à casa do leme e se afundou em seu banquinho, uma vez mais mandando o corpo cansado parar de tremer. Em seguida? Tinha de continuar. O sonar ainda emitia seu sinal; o Atlântico ainda estava repleto de inimigos.

— Sr. Nystrom, assuma a pilotagem.

— Sim, senhor.

— Procure posição para patrulhar à frente do comboio.

— Sim, senhor.

Petty apresentava seu relatório de danos. Observava o rosto de Petty enquanto ele falava, concentrando-se. Esta era a primeira vez que Petty tinha sido testado em ação e não era justo julgá-lo de maneira definitiva; e deveria lhe dar uma palavra de advertência, mas cuidadosamente formulada porque todos na casa do leme poderiam ouvi-lo.

— Obrigado, sr. Petty. Agora que o senhor teve a oportunidade de ver seus arranjos em ação, saberá que passos tomar para melhorá-los.

— Sim, senhor.

— Muito bem, sr. Petty.

Fippler fez seu relatório de artilharia sobre o circuito da batalha. Tinha contado sete acertos distintos no alvo nos cerca de cinquenta disparos realizados.

— Pensei que fosse mais — comentou Krause.

— Pode ter sido, senhor. Podem ter sido muitos que não vimos.

— Mas foi uma boa artilharia, sr. Fippler. Bom trabalho.

— Obrigado, senhor. E a arma número quatro ainda tem um cartucho na culatra. Peço permissão para descarregar pelo cano.

Era uma forma de pedir permissão para disparar a arma. Um cartucho deixado na arma quente era perigoso demais para ser descarregado da maneira convencional e, como resultado das mudanças químicas causadas pelo calor, ele seria pouco confiável em ação. Krause olhou ao seu redor. Uma arma disparada inesperadamente poderia intrigar o comboio, mas dificilmente o assustaria mais do que já havia sido alarmado.

— Permissão concedida, sr. Fippler. — Pensar em tudo, manter a mente concentrada para não perder nenhum detalhe. — Mande primeiro alguém avisar ao navio pelo alto-falante o que você vai fazer.

— Sim, senhor. Obrigado, senhor.

Poderia alarmar o comboio, mas o disparo súbito e inesperado de uma arma poderia perturbar o navio; alarmes falsos deviam ser evitados, se possível, por risco de desconcentrar os homens.

Agora podia se aliviar na proa. Não sabia quantas horas tinham se passado desde que pensara que deveria fazer isso como medida de precaução; agora era algo da mais urgente e premente importância. Ouviu o aviso de Fippler pelo alto-falante enquanto descia a escadinha, mas não registrou o que foi dito porque agora tinha de se debater com o problema de romper ou não o silêncio de rádio para informar Londres da crescente desesperança do seu comando. Era um problema que exigia tanta reflexão que não lhe sobrava atenção para mais nada, o que o fez esquecer a conversa recente com Fippler, então, quando ainda na proa, foi tomado de surpresa pela detonação da arma número quatro. A súbita galvanização da tensão, a reação quando lembrou o verdadeiro estado das coisas e o aborrecimento consigo mesmo — seu choque ao perceber que podia ter esquecido tão rápido — o deixaram abalado outra vez. Mas ele deliberadamente tomou dois minutos longe do passadiço e lavou o rosto e as mãos, passando sabão e esfregando vigorosamente. Isso o fez se sentir consideravelmente melhor. Lembrou até de apanhar seu capuz e as luvas antes de se pôr a empreender a cansativa escalada de volta pela escada de mão até o passadiço.

Quinta-feira.
Quarto do anoitecer: 1600 — 2000

A divisão de serviço estava mudando quando ele começou a subida com pés doloridos e pernas cansadas; as escadas estavam repletas de homens subindo e de homens descendo. Eles tagarelavam e conversavam animados feito estudantes no intervalo das aulas; talvez os recentes acontecimentos empolgantes os tivessem deixado agitados, mas não mostravam nenhum sinal de cansaço.

— Ouviu o Kraut? — perguntou um jovem marujo em voz alta.

— Ele disse...

Alguém viu Krause na escada e cutucou o falante para que se calasse e desse passagem ao capitão.

— Obrigado — disse Krause, abrindo caminho entre eles.

Antes disso tinha quase certeza de que nos conveses inferiores ele era conhecido como Kraut — que era uma forma de se referirem aos alemães, os chucrutes. Agora sabia. Era inevitável que ganhasse esse apelido. Só entre os oficiais é que era conhecido como o Quadrado do Krause.

Na casa do leme dois homens se viraram para lhe prestar continência; Charlie Cole, é claro, e Temme, o médico.

— O senhor o acertou em cheio — comentou Cole.

— Sim, nós acertamos, não foi? — disse Krause.

— Informando baixas, senhor — interviu Temme e então, olhando para um pedaço de papel que segurava, prosseguiu: — Três mortos. O auxiliar de artilharia de terceira classe Pisani. O marinheiro Marx, o ajudante de rancho de segunda classe White. Todos eles com mutilações terríveis. Dois feridos. O marinheiro Bonnot e o cabo Meyer. Ambos hospitalizados. Meyer sofreu um ferimento grave nas coxas.

— Muito bem, doutor.

Krause se virou para receber a continência de Nystrom e a informação de que Harbutt era agora o imediato.

— Muito bem, sr. Nystrom.

— Receitei algo para o senhor, capitão — avisou Cole —, depois de consultar o médico.

Krause olhou para ele com ar meio estúpido.

— Algo numa bandeja, senhor — acrescentou Cole.

— Obrigado — disse Krause com toda a gratidão, o pensamento do café elevando-se em sua cabeça como o sol nascente. Mas Cole obviamente tinha mais a dizer e o médico obviamente esperava para apoiá-lo no que ele tinha a dizer.

— Com relação aos funerais, senhor... — disse Cole.

Sem dúvida a ideia de enterrar os mortos não tinha ocorrido a Krause.

— O doutor aqui acredita que... — disse Cole com um gesto que trouxe Temme à conversa.

— Quanto mais cedo forem enterrados, melhor, senhor — completou Temme. — Não tenho espaço para cadáveres lá embaixo. Tenho quatro pacientes de cama, o senhor sabe, os sobreviventes do navio em chamas.

— Podemos entrar em ação de novo a qualquer momento, senhor — disse Cole.

Ambas as afirmações eram perfeitamente verdadeiras. Um contra-torpedeiro tão cheio de homens não dispunha de espaço para corpos mutilados. Temme devia considerar a possibilidade de ter mais dezenas de baixas em suas mãos.

— O subcomandante me disse que pode levar três dias ou mais até chegarmos a um porto, senhor — comentou Temme.

— Correto — disse Krause.

— Na mesa, ali, mensageiro — pediu Cole.

O "algo numa bandeja" que eles haviam receitado tinha chegado. Os três se aproximaram da mesa. Um gesto rápido de Cole mandou o timoneiro e o mensageiro para fora do alcance da voz. Krause ergueu o guardanapo; havia uma refeição completa ali. Além do bule de café, havia um prato de frios sortidos meticulosamente dispostos, pão já com manteiga, salada de batata, uma tigela com sorvete. Krause olhou para tudo sem entender muito bem — tudo, exceto o café.

— Por favor, senhor — disse Cole —, coma enquanto tem tempo. Por favor, senhor.

Krause se serviu de café e bebeu e então, mecanicamente, pegou garfo e faca e começou a comer.

— Posso tomar providências para os enterros, senhor? — perguntou Cole.

Os enterros. Krause ouvira sobre as mortes de Pisani, Marx e White sem emoção, envolvido demais na ocasião com outros problemas e tomado por dispersões para que aquelas mortes o afetassem. Agora se viu comendo em meio a essa discussão. Pisani era jovem, moreno, bonito e essencial; lembrou-se perfeitamente dele. Mas o comboio tinha de seguir em frente.

— Temos quase duas horas de luz do dia, senhor — avisou Cole.

— E eu posso acertar tudo em dez minutos enquanto o senhor janta. Podemos não ter outra chance.

Krause arregalou os olhos para ele enquanto mastigava um pedaço frio de carne. Antes de se tornar capitão do próprio navio, quando ainda era chefe de uma divisão, ele tivera sua cota de cutucar ou convencer um capitão lento para que desse as ordens necessárias. Era o que estava acontecendo com ele neste momento. A descoberta, em sua presente condição, o afetou mais do que os homens mortos. Ela o endureceu.

— Vou ter de assumir o serviço fúnebre — disse ele, com frieza.

— Sim, naturalmente, senhor — concordou Cole.

Jamais cairia bem o capitão estar descansando no seu banquinho na casa do leme enquanto outro estivesse enterrando os mortos do navio. O respeito mais profundo deveria ser dedicado aos pobres restos dos homens que tinham dado a vida por seu país.

— Muito bem, então, Charlie — disse Krause. Essas eram palavras oficiais e com elas ele agarrou mais firme as rédeas que Cole poderia pensar que estivessem frouxas nas suas mãos. — Pode dar as ordens necessárias. Obrigado, doutor.

— Sim, senhor.

Garfo e faca na mão, não podia retribuir as continências, então acenou a cabeça de lado. A comida era muito importante para ele neste momento. Estava desesperadamente faminto. Terminou a carne fria, o pão, a salada e tinha começado o sorvete quando a voz de Cole se fez ouvir pelo alto-falante, anunciando que os mortos seriam entregues às profundezas no convés principal da popa, detalhando quem estaria presente da divisão de cada homem e acrescentando algumas palavras realmente bem escolhidas sobre o restante da tripulação do navio marcar a solenidade da ocasião permanecendo em seus postos de serviço. Krause pensou em outro bule de café. Os homens estavam mortos; os primeiros homens a morrer sob seu comando. Na guerra os homens morriam e os navios afundavam.

Na verdade, Krause estava cansado demais e acossado demais por outros problemas para sentir qualquer emoção em relação a homens que encontravam o destino que ele próprio estava pronto para encontrar. Entretanto, num momento de terrível clareza, ele se achou frio e indiferente e houve uma pontada fugaz de dor quando pensou em como sua frieza e indiferença deviam ter magoado a bondosa Evelyn.

— Tudo pronto, senhor — avisou Cole, prestando continência.

— Obrigado, Charlie. Fique aqui enquanto eu desço ao convés principal.

De novo escada abaixo enquanto se forçava a esquecer Evelyn, enquanto se forçava a esquecer quanto seus pés doíam, enquanto forçava sua mente a abandonar por um momento o problema de quebrar o silêncio de rádio e se aplicar a arranjar as frases necessárias na sua cabeça. As três macas na lateral do navio; as bandeiras sobre elas; e, com o dia que se apagava, o brilho fino da pálida luz do sol que rompia o horizonte ocidental. O sonar com seus sinais monótonos enquanto ele falava. A percepção de que Cole havia feito um excelente trabalho de organização enquanto os homens se curvavam para erguer as extremidades das macas, e os giros dos hélices paravam por alguns segundos enquanto as macas eram inclinadas e as formas ensacadas escorregavam para fora, por baixo das bandeiras — Cole devia estar observando do passadiço para dar o sinal no momento certo. O vento soprava através dos seus cabelos curtos enquanto estava parado com a cabeça descoberta e três homens se adiantavam com rifles sob o comando de Silvestrini para dar três pequenas salvas sobre o mar infinito. Então de volta, subindo as terríveis escadas com pés que tinham de tatear os degraus, arrastando-se até a casa do leme.

— Obrigado, Charlie. Bom trabalho.

Ergueu seu binóculo imediatamente para olhar ao redor e avaliar a condição do seu comando. O que vinha fazendo estava sem dúvida na linha do dever, mas ele se sentia inquieto pensando que poderia ter sido mais bem empregado, embora não soubesse dizer como. Vasculhou o horizonte à popa do navio com o binóculo; a visibilidade aumentava acentuadamente. O comboio lhe pareceu em boa ordem, embora o comodoro tivesse hasteado a eterna bandeira de sinalização "Façam menos fumaça". O *Dodge* e o *James* estavam em suas posições, na frente de cada flanco. Em alguma parte à popa estava o *Viktor*; com o comboio interposto não podia ter muita certeza de que o via, mas imaginava que podia de vez em quando ver aquele bizarro castelo de proa contra o pálido crepúsculo. A previsão do tempo fora realmente precisa; aqui estava o vento sudoeste rebaixado à intensidade três. Isso seria de considerável importância em relação à necessidade urgente de combustível das corvetas. Amanhã com sorte ele poderia esperar cobertura aérea e com um teto alto como este a cobertura seria realmente eficaz. Esperava que Londres apreciasse sua necessidade.

A noite estava levando mais tempo para chegar do que ontem, graças à finura da cobertura de nuvens e a luz do dia chegaria consideravelmente mais cedo amanhã de manhã, ele esperava. E à tarde dirás: ah! quem me dera ver a manhã! Aquelas duas luzes fracas no céu ocidental não eram estrelas. Eram...

— Foguetes no comboio! — gritou o vigia da popa. — Dois foguetes brancos bem à popa.

Krause se retesou e saiu do estado relaxado em que quase se encontrava. Foguetes significavam problemas; dois foguetes brancos significavam torpedeamento, a não ser que fosse um alarme falso emitido por algum capitão em pânico. Houve um longo momento em que Krause torceu para que fosse um alarme falso. O *Viktor* estava de certa forma nas proximidades da encrenca. Ele tinha de decidir se daria meia-volta e iria ajudá-lo; não era o caso de mandar uma das duas corvetas com seu limitado suprimento de combustível.

— O comodoro sinalizou alarme geral, senhor — informou a sinalização.

— Muito bem.

Havia poderosos argumentos contra voltar para trás. A noite cairia antes que ele chegasse lá. Ele ficaria na traseira do comboio outra vez, com toda a demora até voltar a se juntar a ele, especialmente se o comboio entrasse em séria desordem. Qualquer estrago que um submarino pudesse fazer, àquela altura já estaria feito; não poderia remediar isso. Nem poderia esperar se vingar com sua pequena sobra de cargas de profundidade. Poderia resgatar sobreviventes — mas o *Cadena* e o *Viktor* estavam no local e ele não conseguiria chegar em menos de meia hora. Mas o que os homens a bordo do comboio pensariam dele se o vissem placidamente seguindo caminho à frente enquanto seus camaradas morriam lá atrás? Foi ao TBS. O *Dodge* e o *James* responderam de pronto; estavam cientes do problema no comboio e aguardavam suas ordens; ele só podia dizer que guardassem suas posições. Mas não conseguiu encontrar o *Viktor* no circuito de modo algum. Disse "George para Águia. George para Águia. Você está me ouvindo?" e não obteve nenhuma resposta. O *Viktor* estava a quinze quilômetros de distância — agora provavelmente mais — e era bem provável que não conseguisse ouvir. Era levemente provável que estivesse tão ocupado que não tivesse tempo de responder, mas isso era pouquíssimo provável. Krause ficou segurando o receptor ansiando indizivelmente por ouvir uma única palavra até mesmo daquela voz inglesa indiferente. O comodoro piscava suas mensagens, a luz de sinalização apontada para o *Keeling*; devia ser uma mensagem para ele. E devia ser urgente, pois estava escuro demais para que mensagens por Morse fossem seguras. O comodoro corria um risco transmitindo naquelas condições e ele não era um homem de correr riscos.

Alguém veio correndo da sinalização com a caderneta.

COMCOMBOIO PARA COMESCOLTA. CADENA INFORMA VIKTOR ATINGIDO.

— Muito bem.

Chega de indecisão.

— Vou assumir a pilotagem, sr. Harbutt.

— Sim, senhor.

— Qual é o seu rumo?

— Zero-nove-três, senhor.

— Leme total à direita. Tomar rumo dois-sete-três. Sr. Harbutt, o comodoro me informa que o *Viktor* foi atingido; está em algum lugar à popa do comboio. Vou voltar até ele.

— Firme no rumo dois-sete-três, senhor.

— Muito bem.

Tempo suficiente para correr ao TBS e avisar ao *Dodge* e ao *James* o que estava fazendo.

— Vocês vão ter de cobrir a frente e os flancos — acrescentou ele.

— E poupem combustível.

— Sim, senhor.

O comboio e o *Keeling* corriam um para o outro. Ainda havia luz suficiente no céu ocidental para deixar evidente a silhueta dos navios; mas à popa o céu já estava escuro e era possível que eles não vissem a aproximação do *Keeling*. E eles estavam desordenados. Havia navios fora das suas posições. Não havia um caminho seguro através do comboio. E os navios estariam se movendo de modo imprevisível, evitando o perigo ou tentando voltar aos seus postos. Mas ele precisava seguir em frente. O *Viktor* tinha sido atingido. Sentiu-se esmagadoramente penalizado com a ideia, embora estivesse no meio da ação, pronto e tenso. A tristeza duraria apenas uns poucos segundos antes de ser posta de lado pelas urgências do momento. Napoleão muito tempo atrás no calor da batalha tinha tomado conhecimento da morte de um soldado querido e dissera: "Por que não tenho tempo para chorar por ele?" Krause teria quinze segundos para ficar triste. E então...

— Leme à direita. Estabilizar. Leme à esquerda. Estabilizar.

O *Keeling* mergulhava para o espaço ao lado do comodoro. Tinha de serpentear por ele. O espaço se alargava.

— Leme total à direita!

O navio de trás estava mudando de rumo. Um cálculo rápido da distância da forma escura atrás dele. O *Keeling* se inclinou enquanto o outro passava.

— Estabilize! Firme em frente! Leme à esquerda, diligentemente. Estabilize. Leme à esquerda. Estabilize.

O *Keeling* passou rapidamente pela proa de um navio e pela popa de outro e então ao lado de uma forma escura. Não corriam mais risco.

— Todos os motores à frente em velocidade padrão.

— Todos os motores à frente em velocidade padrão. A casa das máquinas responde todos os motores à frente em velocidade padrão, senhor.

— Muito bem.

Os minutos eram preciosos, mas ele precisava que o *Keeling* diminuísse a velocidade o suficiente para que o sonar funcionasse.

— Reiniciar a busca por sonar.

— Objeto na proa a estibordo! Próximo!

Objeto? Periscópio? Krause saltou para fora com o binóculo a postos. Ainda havia um fraco crepúsculo. O objeto era um fragmento de um bote salva-vidas de um navio, apenas um metro ou um metro e meio da proa destroçada, quase coberta de água. Havia um homem deitado nele, o rosto virado para cima, os braços abertos, mas vivo; Krause o via tentando erguer a cabeça para ver o que se aproximava. No segundo seguinte a onda da proa do *Keeling* o atingiu, passando por cima do seu rosto. Krause o viu de novo quando passou pela lateral do navio. As ondas encheram o fragmento do bote de água outra vez. A forma difusa adiante devia ser o *Cadena*. Esqueça aquele rosto com as ondas fluindo sobre ele.

— Águia ao TBS, senhor — avisou Harbutt.

Águia? O *Viktor* ao TBS? Uma pontada de esperança; Krause pegou o aparelho.

— George para Águia. Prossiga.

— A casa das máquinas foi atingida, senhor — disse a voz inglesa apática. — O *Cadena* está nos apoiando. Está nos levando a reboque agora.

— Estou vendo o *Cadena* — disse Krause.

— Estamos logo ao lado dele. A casa das máquinas foi inundada e toda a potência foi perdida. Conseguimos improvisar esta bateria de circuito para o radiotelefone.

— Um momento. Sr. Harbutt! Aquele ali é o *Cadena* levando o *Viktor* a reboque. Faça um círculo ao redor deles de um quilômetro.

— Sim, senhor.

De volta ao TBS.

— Estou patrulhando ao seu redor cerca de um quilômetro.

— Obrigado, senhor. Estamos dando nosso melhor para salvar o navio.

— Tenho certeza de que estão.

— As anteparas estão resistindo muito bem, senhor, e nós as estamos escorando. O problema é que há muitos vazamentos nos outros compartimentos. Mas estamos dando um jeito neles.

— Sim.

— O *Cadena* recebeu nossos homens excedentes. Colocamos uma centena de marujos a bordo dele. Perdemos trinta na casa das máquinas.

— Sim.

— Temos uma inclinação de cinco graus a estibordo e estamos rebaixados na popa, mas vamos ser rebocados sem problemas.

— Sim. O *Cadena* está passando o cabo de reboque satisfatoriamente?

— Sim, senhor. Mais quinze minutos, eu diria, e estaremos a caminho.

— Bom.

— Podemos usar a pilotagem manual, senhor, e ficaremos sob controle em certa medida.

— Bom.

— O capitão pede que informe ao senhor que o *Kong Gustav* foi atingido pouco antes de nós. Ele acha que o navio foi atingido por três torpedos em curtos intervalos. Deve ter sido uma bateria disparada a pouca distância.

— Parece ser o caso.

— Afundou em menos de cinco minutos. O *Cadena* resgatou o capitão e parte da tripulação, senhor.

— Sim.

— Nós fomos atingidos enquanto o *Kong Gustav* afundava, senhor. O ASDIC não ouviu os disparos. Havia muita interferência.

— Sim.

— Só tínhamos uma carga de profundidade sobrando. Nós a colocamos no módulo de segurança e jogamos fora.

— Bom.

A explosão de cargas de profundidade em navios que afundavam havia matado muitos sobreviventes que poderiam ter sido salvos.

— O capitão pediu a mim que agradecesse, senhor, por tudo o que fez. Diz que fizemos belas caçadas juntos.

— Eu desejaria ter feito mais — acrescentou Krause.

Isto parecia uma conversa com alguém moribundo.

— E o capitão pediu a mim que lhe desse o seu adeus, senhor, caso ele não volte a vê-lo.

— Muito bem.

Nunca essa frase da Marinha fora mais adequada do que naquele momento. Mas, ainda assim, era insuficiente — era só um tapa-buraco.

— Diga a ele que espero ansiosamente vê-lo em Londonderry.

— Sim, senhor. Estão lançando o cabo do reboque agora. Logo vai começar a puxar.

— Muito bem. Informe os resultados. Câmbio.

Toda luz tinha sumido do céu agora. Estava escuro, mas não uma escuridão sólida. Era possível ver, no quadrante de estibordo, as duas formas escuras do *Cadena* e do *Viktor*. O *Keeling* circulava ao redor deles, seu sonar explorando as profundezas, seu radar varrendo a superfície. O cérebro de Krause embarcou na matemática outra vez. Um círculo com um quilômetro de distância equivalia a mais de três quilômetros de circunferência; o *Keeling* levaria vinte minutos para completar o círculo. Um submarino a quatro quilômetros de distância dele, bem fora do alcance do sonar, precisaria de vinte minutos a seis nós para se aproximar sorrateiramente e disparar uma bateria mortal a dois quilômetros de distância antes que o *Keeling* fechasse o círculo de novo. Ele estava cobrindo aqueles dois navios com tanta eficácia quanto era possível. E era extremamente necessário que o fizesse. Contratorpedeiros eram preciosos. Se pudesse levar o *Viktor* a porto ele o faria. Estaria pronto para o mar em um décimo do tempo que levava para construir um novo navio, e com todo o seu equipamento valioso e insubstituível. E o *Cadena* estava repleto de homens. Tinha salvado muitas vidas nesta viagem; e grandes rebocadores oceânicos do seu tipo eram raros e quase tão valiosos quanto contratorpedeiros. Não havia dúvida de que seu dever era cobrir o *Viktor* e o *Cadena* e deixar o restante do comboio para as duas corvetas. Encontrou certo consolo frio ao perceber que nesta questão ele não era confrontado com um dilema que exigisse elaborados cálculos de probabilidades. O TBS exigiu sua atenção mais uma vez.

— Estamos seguindo em frente agora, senhor. Estamos fazendo três nós e vamos subir para cinco, embora o capitão se preocupe com as anteparas caso a velocidade aumente. O barco está navegando... Navegando de certo modo, senhor.

— Muito bem. Rumo zero-oito-cinco.

— Zero-oito-cinco. Sim, senhor.

Quinta-feira
Primeiro quarto: 2000 — 0000

Harbutt prestava continência na escuridão.

— Informo que fui substituído, senhor. — E o restante da fórmula:

— O sr. Carling assume como imediato.

— Muito bem, sr. Harbutt. Boa noite.

O TBS.

— Quatro nós é o melhor que conseguimos, senhor. A inclinação piora se pegarmos qualquer velocidade. Acho que tem um pedaço de chapa saindo do buraco e ele puxa água do mar para dentro e é ruim para a antepara da popa.

— Entendo.

— Estamos aprendendo a fazer o navio andar, senhor.

— Entendo.

Aqui no *Keeling* estava um silêncio sepulcral. Mais adiante, naquela mancha de escuridão, havia homens trabalhando com uma pressa desesperada. Estavam escorando anteparas, trabalhando num ambiente escuro feito breu, clareado apenas pela fraca luz de lanternas. Estavam tentando tapar vazamentos, com o som mortal das águas gorgolejando ao seu redor. Tentavam navegar, passando ordens do leme para lá e para cá do passadiço através de uma cadeia de homens, trabalhando com leme manual enquanto o navio oscilava imprevisivelmente para bombordo e para estibordo, ameaçando a qualquer momento romper o cabo de reboque.

— Sr. Carling!

— Senhor!

Uma cuidadosa explicação da situação, do rumo e da velocidade do *Cadena*, da necessidade de manter uma guarda constante de sonar em torno dele. O *Keeling* teria de descrever uma série de elipses ao redor do navio enquanto ele se arrastava à velocidade de quatro nós, cada elipse uma ninharia — uma ninharia quase insignificante — a caminho da segurança. Como tocar o *Keeling* a doze nós circulando ao redor do *Cadena* a quatro era um problema evidente mas fácil de calcular.

Havia outros problemas não tão fáceis. A cada hora que passava, o comboio estaria sete ou oito quilômetros mais à frente. O *Viktor* levaria muitos dias para chegar a um porto. A questão do suprimento de combustível do *Keeling* se tornaria urgente em pouco tempo. Ele teria de apelar a Londres por ajuda; teria de quebrar o silêncio de rádio. Podia tomar essa decisão amarga. Teria de fazê-lo. Mas... havia as estações rastreadoras de sinais alemães; havia submarinos alemães no mar. Doenitz a esta altura estaria plenamente ciente da posição, do rumo e até mesmo da composição do comboio; essa informação lhe fora passada pelos submarinos. Com isso pareceria não haver nenhuma objeção séria à quebra do silêncio de rádio. Mas havia. No momento em que o sistema de monitoramento alemão informasse a Doenitz que o comboio tinha mandado uma mensagem, ele perguntaria a si mesmo o motivo, e só podia haver um motivo: o comboio estaria em apuros tão terríveis que precisava de socorro urgente. Isso seria o bastante para Doenitz apontar cada submarino disponível para o comboio. Revelaria ao capitão que havia disparado no *Viktor* que seu torpedo tinha acertado o alvo e que o *Viktor* não devia mais ser levado em conta. Se o comboio continuasse se arrastando em silêncio, Doenitz e os capitães de submarinos não teriam certeza de que ele não estava em condições de revidar ataques. Este era um ponto muito importante.

No entanto, com o comboio praticamente desprotegido e o *Viktor* tão longe de casa, a ajuda era essencial. Era bastante incerto se o *Dodge* e o *James* tinham óleo suficiente para chegar a Londonderry. O próprio *Keeling* nada poderia fazer para rechaçar um ataque determinado sobre o *Viktor* e o *Cadena*. Tinha de pedir ajuda; tinha de engolir o orgulho; tinha de assumir o risco. Seu orgulho não importava, mas era possível reduzir o risco ao mínimo. Se mandasse uma mensagem agora, Doenitz poderia empregar toda a noite direcionando seus submarinos para o ataque. Ainda havia sete ou oito horas de escuridão pela frente, e durante estas horas haveria pouco que Londres pudesse fazer para ajudá-lo. Seria melhor mandar a mensagem mais tarde, à uma ou às duas da manhã. Isso ainda daria tempo bastante para que o almirantado conseguisse cobertura aérea para ele ao amanhecer e reduziria tanto quanto possível o intervalo durante o qual Doenitz se concentraria nele. Duas da manhã seria cedo o suficiente; sua mensagem iria diretamente até a mais alta autoridade, ele sabia. Meia hora para isso; meia hora para que as ordens do almirantado saíssem; uma hora de preparação. Duas horas de voo; ele teria cobertura aérea ao amanhecer. Mandaria a mensagem às duas da manhã — talvez à uma e meia.

Krause chegara a essa decisão de pé na casa do leme com Carling pilotando o navio enquanto patrulhava ao redor do *Cadena* e do *Viktor*. Estava de pé porque sabia que caso se sentasse pegaria no sono. Já havia se flagrado certa vez de pé oscilando feito um pêndulo. Krause ouvira falar do bandido mexicano que durante os conflitos de 1917 mantivera o distrito aterrorizado com seu método de executar os inimigos. Ele os suspendia quase ao topo dos postes telefônicos na beira da estrada, um em cada poste. Lá, de mãos amarradas às costas, ficavam com os pés nos suportes de escalada com cabos ao redor do pescoço presas ao topo dos postes. Cada homem ficava lá de pé e, enquanto ficasse de pé, sobrevivia. Quando se cansava, quando seu pé escorregava, o nó da forca o estrangulava. Alguns deles ficavam de pé durante dias, um exemplo para toda a comunidade. Krause estava num caso parecido. Caso se sentasse, pegaria no sono, e caso ficasse de pé... caso ficasse de pé, como fazia agora, era insuportável. Pés, músculos e juntas gritavam todos de agonia. Insuportável? Tinha de aguentar. Não havia nada mais a dizer sobre a questão. Mas os que esperam no Senhor renovarão as forças.

Ele não devia cair no sono e por isso continuou de pé e, enquanto estava de pé, forçou sua mente a pensar no texto da mensagem que enviaria. Um sinal deveria transmitir toda a informação necessária; então ele mencionaria o estado desesperador do *Viktor*, a condição desprotegida do comboio, o fato de que ele estava afundando para a popa, a necessidade de combustível — bobagem, levaria a noite inteira para contar todos os seus problemas. Tudo o que precisava dizer era "Socorro urgente necessário". Saberiam em Londres que ele não mandaria qualquer mensagem diferente; com toda a sua experiência, poderiam adivinhar seus problemas. Não havia necessidade para o "urgente". Se não fosse urgente, ele não o estaria pedindo. Então por que dizer "necessário"? A simples palavra "socorro", o mero fato de que fora enviada, contaria toda a história. E haveria a mais remota possibilidade de que uma única palavra enviada daquele jeito passasse despercebida pelo sistema de monitoramento de Doenitz. Não. Era uma esperança muito louca a ser esperada, mas a brevidade da mensagem seria uma séria desvantagem para os especialistas alemães que tentassem quebrar o código. Não, ele tinha esquecido — devia estar ficando idiota. De acordo com os regulamentos criptográficos, toda mensagem curta deveria ser "enrolada" com material indiferente até um tamanho mínimo, que Dawson deveria conhecer. Essa era a decisão dos especialistas em criptografia e ele não poderia contrariá-la. No entanto, a conclusão principal a que estava chegando era bem sólida. Ele deveria pedir socorro; à uma hora e quarenta e cinco minutos de amanhã ele mandaria a mensagem com a palavra "socorro" e deixaria a enrolação para Dawson.

Tendo chegado a essa decisão e deixando de concentrar a mente na questão, Krause se viu oscilando sobre os pés de novo. Isso era um absurdo; estivera acordado por menos de quarenta e oito horas e tivera duas ou até três horas de bom sono na noite anterior à última. Ele era um elemento fraco e abjeto. Não precisava simplesmente se manter de pé, mas continuar pensando, ou estaria perdido. Estranho que se achasse ansiando por mais ação, por mais necessidade de pensamento rápido e decisão rápida para ficar agitado de novo. Mas qualquer nova ação só poderia ser um desastre. Seu comando não podia enfrentar mais nada. Começou a andar para cima e para baixo com suas pernas cansadas na apertada casa do leme. Ocorreu-lhe pedir mais café e disse a si mesmo que não estaria se entregando ao vício, mas tomando a ação necessária para ficar acordado. Mas primeiro precisava se aliviar na proa; colocou os óculos vermelhos e desceu as escadinhas. Tropeçou nas braçolas como um fazendeiro ao mar e lhe parecia que nunca seria capaz de arrastar o peso morto do seu corpo para subir aquelas escadas de volta e, no entanto, o fez. Simplesmente não devia deixar que essa lassidão tomasse conta dele. Quando chegou à casa do leme, caminhou de novo; cabeça erguida, queixo reto, peito para fora, ombros para trás, como fizera na parada em Annapolis. Enquanto não se aprumasse não se permitiria mais café.

Foi realmente uma espécie de alívio ser chamado ao TBS de novo.

— Águia para George. Está me ouvindo?

— George para Águia. Estou. Prossiga.

— Permissão para abandonar o navio, senhor. — A cínica voz inglesa não era cínica. Era grave; houve uma leve hesitação nela, antes de prosseguir. — Lamentamos muito, senhor.

— Vocês não têm escolha? — perguntou Krause.

— As esteiras de colisão não eram grandes o suficiente, senhor. Nem a bomba de emergência. A água está entrando com força... Não pudemos contê-la e ela invade cada vez mais rápido.

Era o esperado; quanto mais o casco infeliz afundasse, maior seria o número de buracos abaixo da superfície e maior a pressão forçando a água para dentro.

— Estamos com quinze graus de inclinação agora e o convés principal está debaixo da água à popa do passadiço, senhor.

— Tenho certeza de que vocês fizeram todo o possível. Permissão concedida para abandonar o navio — disse Krause. — Diga ao seu capitão que não tenho dúvida de que ele fez tudo em seu poder para salvar o navio. E diga a ele que lamento a sua má sorte.

O cérebro cansado estava sendo forçado a funcionar normalmente, a escolher com cuidado as palavras certas a serem empregadas com um aliado.

— Sim, senhor — disse a voz inglesa, e então a velha indiferença voltou. — Bem, adeus por enquanto, senhor, e muito obrigado por essa bela festa.

Krause se afastou do TBS infeliz. Quando ouviu aquela voz pela primeira vez jamais sonhou por um momento que viria a sentir algum afeto pelo seu dono.

Sexta-feira
Segundo quarto: 0000 — 0400

Havia luz suficiente na casa do leme para se notar a mudança da divisão de serviço, operadores de comunicação passando adiante seus fones de ouvido, o turno sendo revezado, Carling prestando continência.

— O sr. Nystrom é o imediato, senhor.

— Muito bem, sr. Carling.

— Boa noite, senhor.

— Boa noite, sr. Carling. Vou assumir a pilotagem, sr. Nystrom.

— Sim, senhor.

Com duas ordens para o leme ele fez o *Keeling* se aproximar da mancha escura que era o *Cadena* se aproximando com o *Viktor*. Num momento eles ouviram distintamente algumas palavras trazidas pelo vento sobre o mar — alguém usava um megafone e havia atravessado em sua direção.

— Sonar informa ruídos fortes de algo se quebrando, senhor — avisou um operador.

— Muito bem.

Esse era o réquiem de um bravo navio. Fazia dois anos e meio que o *Viktor* saíra de Gdynia em desafio a todo o poder da Luftwaffe e escapara do mar Báltico debaixo do nariz da Marinha nazista. Durante dois anos e meio sustentara uma luta desesperada; fora o único lar da sua tripulação exilada e agora tinha partido.

Quatro apitos da sirene do *Cadena*, espantosamente altos na noite

— F de Fox, resgate completado.

— À direita diligentemente. Mais à direita. Estabilizar. Firme.

Ele levou o *Keeling* a uma distância ao alcance da voz do *Cadena* — observando como um gavião enquanto o navio circulava — e então caminhou até o alto-falante.

— *Cadena!* Comescolta.

O megafone respondeu.

— Você resgatou todo mundo? — perguntou Krause.

— Sim, recolhemos todos.

Isso era um grande alívio. Krause tivera um quadro mental do oficial de ligação britânico, com todo o seu ar blasé sendo moído entre os dois cascos com seus ossos estalando enquanto a água o açoitava.

— Rumo zero-oito-sete — gritou Krause.

— Oitenta e sete — disse o megafone.

— Faça a sua melhor velocidade e junte-se ao comboio.

— Doze nós, se eu conseguir — respondeu o megafone.

— Vou protegê-lo à frente — disse Krause. — Plano zigue-zague modificado. Número sete.

— Zigue-zague modificado? Mas...

— É uma ordem — disse Krause. — Zigue-zague modificado. Número sete. Este é o minuto zero.

— Ok, então — disse o megafone com má vontade.

Era notável como quase todo capitão mercante se ressentia do zigue-zague. O sentimento quase universal dizia que era mais seguro se afastar da zona de perigo o mais rápido possível; no entanto, cinco minutos gastos com uma prancheta de manobra e um par de réguas paralelas resolvendo um problema de abordagem convenceriam qualquer um de que o zigue-zague tornava a tarefa do submarino agressor consideravelmente mais difícil e adiava o momento em que ele poderia fazer um disparo. E uma mudança de rumo imprevisível no momento do disparo normalmente significava um tiro perdido. O zigue-zague diminuía em muito as chances de levar um tiro; não foi sequer necessária a experiência de Krause na escola antissubmarino, de alguns minutos na torre de comando de um submarino planejando uma abordagem, para convencer um homem pensante disso.

— O senhor ouviu essa conversa, sr. Nystrom?

— Sim, senhor.

— Assuma a pilotagem, então. Posição de proteção à frente do *Cadena* à distância de quinhentos metros.

— Sim, senhor.

— Mensageiro! Me traga um bule de café.

Agora que o *Viktor* tinha afundado, era necessário rever a decisão de pedir socorro. Ao amanhecer, ele e o *Cadena* chegariam bem perto do comboio, de modo que a situação estaria bastante modificada. E, no entanto, ainda havia a questão do combustível do *James* e do desamparo geral da escolta. Apesar do fato de que o *Viktor* não causaria mais atraso, amanhã seria um longo dia; a cobertura aérea poderia fazer uma grande diferença — toda a diferença. Mas Londres estaria se esforçando para fornecê-la, de qualquer modo. Valeria a pena agora quebrar o silêncio de rádio e incorrer nos riscos incidentais que ele já havia debatido, em nome da diferença entre certeza e probabilidade? Valeria a pena? Krause tentou caminhar pela casa do leme. Quase teve de reprimir um motim em suas pernas e pés doloridos enquanto o fazia. Sua mente não estava amotinada; estava meramente de má vontade. Forçou-se a pesar os prós e os contras. O café sem dúvida ajudaria.

— Na mesa, mensageiro.

Não havia luz suficiente para ver o que estava fazendo, mas ele tinha prática em servir café numa xícara no escuro. Como sempre, a primeira xícara teve o sabor de néctar, e o fim da primeira xícara pareceu até melhor que o primeiro gole por saber, com todo o deleite, que haveria uma segunda xícara depois. Tomou o final da segunda xícara vagarosamente, como um amante que reluta em se separar da amada. Comamos e bebamos, porque amanhã... porque dentro da próxima hora ele teria de chegar a uma decisão.

— Leve a bandeja de volta ao alojamento, mensageiro — ordenou.

O fator pessoal deveria ser inteiramente desconsiderado. Como a opinião de Washington e Londres seria afetada em relação a ele não deveria influenciá-lo de modo algum. Era seu dever pensar apenas no comboio, em lutar a guerra. Não deveria desperdiçar um momento sequer se preocupando se pensariam nele como um oficial que saía gritando por socorro sem justificativa suficiente. Mais vale o bom nome do que as muitas riquezas; o seu bom nome, como sua vida, estava a serviço do seu país. Porque nem do oriente, nem do ocidente, nem do deserto vem a exaltação... Que importância dava ele ao auxílio? Não há dispensa nessa guerra. Os textos bíblicos assomavam à sua mente enquanto tentava pensar. Não podia ignorá-los.

De novo, seria uma mera fraqueza pessoal que o inclinava a pedir socorro? Estaria inconscientemente tentando se livrar da responsabilidade? Cabeça erguida, ombros para trás. Com relutância Krause deu a si mesmo uma nota suficiente para passar de ano depois de um breve mas implacável autoexame. Ao mesmo tempo, e também com relutância, ele se absolveu da outra acusação, de que não estava disposto a quebrar o silêncio de rádio por causa do possível efeito disso na sua própria carreira. "Disponível sem função." Essas palavras eram tão dolorosas quanto a lembrança de Evelyn, mas, apesar de toda a sua terrível negatividade, ele não permitiria que influenciassem sua decisão.

A sineta tocou no tubo de comunicação e Krause esqueceu pés e pernas e o problema de romper o silêncio de rádio e pulou para atender.

— Aqui é o capitão.

— Capitão, senhor, existem imagens de radar à nossa frente.

— Imagens?

— Ou uma imagem, senhor. O indicador está ficando cada vez mais borrado. E a unidade de alcance está do mesmo jeito.

— Mas o que você está vendo?

— Só alguma coisa, senhor. Pensei que fossem duas imagens, mas agora não estou certo. Mas está diretamente à nossa frente, próxima ao rumo zero-oito-quatro... zero-oito-oito às vezes.

— Não é o comboio?

— Não, senhor. Ele está fora de alcance. Essa imagem está quase no limite.

— Muito bem.

Não tão bem, é claro. Uma imagem de radar. Algo na superfície bem à frente. Um submarino a toda a velocidade para pegar o comboio? Muito possível. Um navio extraviado do comboio? Bastante provável. Era algo que tinha de ser encarado.

— Vou assumir a pilotagem, sr. Nystrom.

— Sim, senhor. O *Cadena* está fazendo doze nós, senhor.

— Obrigado. Leme à direita. Buscar rumo dois-quatro-zero.

— Leme à direita. Buscar rumo dois-quatro-zero, senhor — disse o timoneiro no silêncio da casa do leme. Uma pausa enquanto o *Keeling* girava; longa o bastante para Krause calcular em que perna do zigue-zague o *Cadena* estaria em três minutos. — Firme no rumo dois-quatro-zero, senhor.

— Muito bem. — Ele tinha de ir até a asa estibordo do passadiço para ver a forma escura do *Cadena*. — Leme à direita, diligentemente.

O próximo movimento do *Cadena* seria agora. Quando o *Keeling* se aproximou seus olhos cansados detectaram sua mudança de silhueta ao alterar o leme.

— Estabilize. Leme à esquerda. Estabilize. Firme em frente.

Passar ao lado de um navio em zigue-zague a uma distância que permitia ouvir as vozes um do outro no escuro exigia uma pilotagem bastante cuidadosa. Os dois navios se aproximaram cada vez mais. Do outro lado uma luz piscou brevemente. Eles começavam a ficar nervosos, incapazes de saber o que o *Keeling* estava tentando fazer. Alguém tinha acendido uma lanterna e apontado para o navio.

— O vigia de bombordo informa uma luz do *Cadena*, senhor — avisou um operador de comunicação.

— Muito bem. Leme à direita. Estabilize.

Estendeu a mão para pegar o alto-falante no momento em que o megafone fez um apelo ansioso.

— *Keeling!*

— Comescolta. Estou seguindo à frente de vocês. Existe algo suspeito vários quilômetros à frente próximo ao rumo zero-oito-meia.

— O quê?

— Não sei, mas vou descobrir. Mantenha seu atual rumo de base e fique de olhos bem abertos à frente. — Poucos segundos mais para um lembrete: — Eu o aviso se houver perigo. Se me vir dando um tiro, faça uma mudança radical do rumo básico, para zero-quatro-dois.

— Ok.

— Mantenha esse rumo por meia hora e então volte para zero-oito--sete se não tiver notícia de mim.

— Ok.

Esperava que o *Cadena* tivesse entendido e então lembrou que a bordo dele, provavelmente no passadiço naquele momento, estavam o capitão polonês e o oficial de ligação britânico. Eles o tinham ouvido e manteriam o capitão do *Cadena* na linha.

— Adeus. Leme total à direita. Buscar rumo zero-oito-meia. Todos os motores à frente, velocidade de flanco.

As ordens de Krause foram repetidas em voz baixa. Aqui em cima na casa do leme todos sabiam o que estava acontecendo. Lá embaixo, na casa das máquinas, estariam na ignorância. Saberiam que o *Keeling* completara o círculo, mas não tinham como saber que nova crise exigira o aumento de velocidade. Seus problemas lá eram menores. Tudo o que tinham a fazer era obedecer às ordens. Krause permitiu que o pessoal da casa das máquinas desaparecesse da sua mente — uma pontada fugaz de inveja foi deixada como o redemoinho passageiro de um navio que afunda. Nesses próximos poucos minutos livres, enquanto se encaminhava para o perigo desconhecido, ele deveria pensar uma vez mais sobre romper o silêncio de rádio.

— Permissão para mudar os relógios, senhor? — disse Nystrom, assomando diante dele.

Mudar os relógios? Krause se segurou para não repetir em voz alta as palavras em sua cabeça feito um idiota. Era algo que havia esquecido por completo e, no entanto, algo que devia ter lembrado. Eles haviam passado da área de um fuso horário para a seguinte; estavam uma hora adiante no dia.

— Ordens do sr. Watson? — perguntou ele.

— Sim, senhor.

Watson, como oficial de navegação, fora encarregado por Krause de alterar a hora do navio no momento mais conveniente.

— Permissão concedida.

Nystrom não tinha como saber que havia rompido uma importante corrente de pensamento na cabeça do seu capitão. No entanto, seu pedido teve um poderoso efeito sobre o tema das elucubrações de Krause. Agora o prazo que ele marcara para pedir ajuda já havia passado. Ele fora um tolo por não pensar nisso; embora se tratasse de uma mudança apenas nominal e não mudança de verdade — o amanhecer não estava mais perto deles em minutos do que estaria se o tempo não tivesse mudado —, o efeito moral era profundo. Além do mais, Krause era lembrado agora de que a noite era consideravelmente mais curta num curso para o leste, dirigindo-se para o nascer do sol. Em todo caso, eles não só se dirigiam para o nascer do sol, mas para um objeto suspeito, e em velocidade de flanco. Dirigiu-se ao tubo de comunicação outra vez.

— Como está aquela imagem agora? — perguntou.

— Ainda está lá, senhor.

— É grande ou pequena? Você não tem como adivinhar?

— Eu diria que é grande, senhor. Talvez sejam duas imagens, como falei, senhor. E acho que está se mexendo, senhor. Mantendo o mesmo rumo que nós.

— Mas estamos indo mais rápido que ela?

— Na medida em que posso dizer, sim, senhor.

Ele teria de identificar a coisa antes de tomar qualquer nova ação; nada fácil na escuridão. Dez para um que era apenas um navio desgarrado do comboio. Tentou alcançar o *Dodge* e o *James* no circuito de voz, mas teve de abandonar a tentativa em exasperado desapontamento. Estavam fora do alcance do TBS, a não ser que... a não ser que... Esse era um pensamento terrível. Podia deixá-lo de lado, de qualquer maneira. Era difícil que ambos tivessem afundado sem que os vigias percebessem algum tipo de explosão refletida das nuvens altas na escuridão da noite.

— Você consegue estimar a distância daquela imagem agora? — perguntou.

— Bem, não, senhor. Não posso dizer que consiga.

Outra voz veio pelo tubo depois dessa resposta insatisfatória. Era Charlie Cole. Krause não acreditava que ele havia dormido; provavelmente andara rondando pelo navio, inspecionando.

— A posição é constante, senhor — falou Cole. — E eu diria que são duas imagens, com certeza.

— Obrigado, Charlie.

— E diria que estamos alcançando ambas rápido.

— Muito bem.

Duas imagens sendo alcançadas rapidamente só poderia significar navios desgarrados. Não havia urgência, então. Krause chegou a essa conclusão reconfortante e um segundo depois se impediu de oscilar para a frente, inconsciente. O sono esperava como um predador semi-domesticado pronto para atacar no momento em que ele relaxasse sua vigilância. Estava chegando ao fim do seu segundo dia sem nenhum sono; dois dias de tensão e desgaste quase constantes. Dois dias passados quase inteiramente de pé, também; não havia possibilidade de esquecer isso. Krause ficou contente quando o sonar emitiu um novo sinal.

— Consegui colocar em foco apenas por um segundo, senhor. Duas imagens com certeza. E distância de sete quilômetros... Isso seria bastante preciso. Rumo zero-oito-meia.

— Muito bem.

Melhor não aproximar rápido demais. Melhor ter o sonar funcionando. Espere cinco minutos.

— Todos os motores à frente em velocidade padrão. Prossiga a busca por sonar.

— Casa das máquinas responde todos os motores à frente em velocidade padrão.

A abrupta diminuição de vibração e a redução do som da passagem do *Keeling* pela água contavam sua própria história, assim como o reinício dos sinais regulares do sonar.

— Sonar informa indicações confusas, senhor.

Isso se regularizaria assim que a velocidade do *Keeling* caísse para doze nós.

— Vigia da proa informa objetos diretamente à frente.

— Muito bem.

Isso seria cinco quilômetros à frente, se a estimativa de distância de Cole fosse precisa. O vigia estava fazendo um bom trabalho avistando os objetos àquela distância numa noite como esta.

— Capitão ao vigia da proa. Continue informando o que você vê.

Sexta-feira
Quarto d'alva: 0400 — 0800

Ele próprio estava de pé olhando para a frente. No momento nada podia ver na escuridão. Nystrom estava ao lado dele, também olhando para a frente, e Krause viu pelo canto do olho que outra figura estava de pé ao lado de Nystrom, o jovem Harbutt. A divisão de serviço estava mudando.

— Vigia da proa informa que objetos parecem ser dois navios, senhor.

— Muito bem.

— Navios com certeza, senhor — disse Harbutt.

Agora Krause conseguia vê-los, algo mais do que sólidos núcleos na escuridão. Eram apenas navios, desgarrados do comboio. Sentia considerável exasperação por ter sido sujeito a sua recente tensão meramente por causa deles.

— Vigia da proa informa dois navios mercantes diretamente à frente cerca de três quilômetros próximos um do outro, senhor.

— Muito bem. Capitão para vigia da proa. Já podemos avistar esses navios do passadiço.

— Informando que fui substituído, senhor — disse Nystrom, e embarcou na fórmula tradicional.

— Muito bem, sr. Nystrom.

— Senhor — disse Harbutt —, alguma ordem a respeito do alarme geral esta manhã?

Outra coisa que ele havia esquecido. Em uma hora, a não ser que cancelasse suas ordens regulamentares, como fizera ontem, o alarme geral soaria e todo o navio seria acordado. As razões que motivaram o seu cancelamento ontem ainda eram válidas. Seus homens estavam fazendo turnos alternados de quatro horas de serviço e descanso; bem que podiam ter todo o repouso que pudessem. Ele devia ter se lembrado disso.

— Nada de alarme geral esta manhã, a não ser que seja real — respondeu ele. — Anuncie pelos alto-falantes.

— Sim, senhor.

Enquanto se aproximavam dos navios escuros ouviram o anúncio.

— Escutem por favor. Não vai haver...

Um dos navios do Tio Sam tinha ganhado o apelido de "o navio não-vai" por causa dos numerosos anúncios em seus alto-falantes que começavam desse jeito; mas aqueles anúncios avisaram que não haveria folga naquela tarde e notícias desagradáveis similares. Isso era diferente.

Estavam bem perto do navio mais próximo, ele podia ver a agitação da sua esteira.

— Leme à esquerda. Estabilize. Firme à frente.

Agora o reconhecia; um navio-tanque com o passadiço e a casa das máquinas na popa. Era o *Hendrikson*. Já estavam chamando do seu passadiço pelo megafone. Krause foi atrás do alto-falante; no caminho, esbarrou numa figura que apareceu de repente ao seu lado.

— Mensagem do almirantado, senhor — disse a figura. Era a voz de Dawson.

— Um minuto — pediu Krause, embora as palavras fossem uma injeção de vida e empolgação de volta ao seu corpo amortecido. Ele gritou no alto-falante: — Comescolta. O que vocês estão fazendo aqui atrás?

— Nós bater naquela filho da mãe ali — disse uma voz em resposta.

— Amassar nossa chapa da proa. Nos salvar por milagre. Ela vai ver com a nossa proprietário.

— Vocês não parecem ter sofrido muitas avarias. E o que fizeram com ele?

— Espero que tenha feito bastante estrago.

— Vocês conseguem manter rumo e velocidade?

— Sim.

O *Keeling* passava rapidamente pelo *Hendrikson*; já estavam quase longe o bastante para não se ouvir.

— Mantenha seu rumo com o zigue-zague modificado. Plano número sete. Fique de olho no *Cadena*, que vem à popa.

— Ok.

— Sr. Harbutt, assuma a pilotagem. Chame aquele sujeito ali e verifique quais foram os danos. Se estiver em condições, coloque-o na coluna à popa do navio-tanque e proteja os dois.

— Sim, senhor.

— Agora, sr. Dawson.

Dawson, com sua prancheta; tinha tirado a lanterna vermelha fraca da mesa de mapas e a apontara para a mensagem.

— Parte da mensagem está muito truncada, senhor — desculpou-se Dawson. — Fiz o melhor que pude com ela.

Algumas das palavras eram apenas amontoados de letras. As outras se destacavam com efeito surpreendente enquanto Krause as lia à luz vermelha fraca.

REFORÇO ENVIADO. Uma confusão de letras. GRUPO DE ESCOLTA SNO CAPITÃO CONDE DE BANFF. Mais confusões. ESPERE OP AÉREA ORD 278-42. APPENDIX HYPO. Mais confusões.

— Estou certo quanto a *isso*, senhor — disse Dawson, apontando para OP AÉREA ORD. — Aqui está.

Presa à prancheta além da mensagem estava a referência SENHA DELE UW CONTRASSENHA SUA BD.

— Bom, bom — disse Krause. — Mensageiro!

— Sim, senhor.

— Peça ao executivo que venha ao passadiço.

Ele havia hesitado antes de falar. A frase que tinha construído na cabeça — "Meus cumprimentos ao oficial executivo e eu ficaria contente se ele viesse ao passadiço" — era ridiculamente pomposa, um eco dos velhos dias de navio de guerra em tempos de paz, e ele teve de repensá-la para se adequar às condições dos tempos de guerra num contratorpedeiro.

Ele estudou a mensagem de novo. Era antiga, de quase doze horas atrás; levou muito mais tempo para chegar do que a mensagem anterior do almirantado, que recebera prioridade. Os canais estavam congestionados, mas o almirantado deve ter calculado que ela chegaria a tempo para que ele tomasse a ação necessária. Mas eram notícias maravilhosas de que reforços estavam a caminho. O SNO significava *senior naval officer*, um oficial graduado, de acordo com o uso britânico, não uma daquelas siglas esquisitas como DSO ou MBE, que significavam meramente uma condecoração. E o SNO era um capitão. Isso significava que ele seria substituído no comando. Sua responsabilidade pelo comboio terminaria. Krause se viu lamentando isso — um lamento sem nenhum sabor de alívio. Teria gostado de terminar o serviço ele mesmo. A confusão da sua fadiga foi abalada pelo ressentimento.

— Não ousei tentar adivinhar o que são essas palavras embaralhadas, senhor — avisou Dawson. — Havia alguns números...

— Muito bem, sr. Dawson.

Era um pouco esquisito — estranhamente britânico — que o almirantado se desse ao trabalho de lhe informar que o capitão Conde, que ia assumir o comando, vinha de Banff. Krause pensou nas Montanhas Rochosas canadenses e no lago Louise; mas poderia haver um Banff na Inglaterra, assim como havia uma Boston e um Newport. Mas, nesse caso, por que mencionar o detalhe? Só podia ser importante se Conde fosse um canadense. A explicação de repente assomou à cabeça de Krause, acrescentando uma pequena diversão para abrandar sua irritação e seu ressentimento. Devia ser um daqueles condes ingleses, capitão conde de Banff.

— Sim, capitão? — disse Cole ao chegar.

— Leia isso — pediu Krause, passando a prancheta e a lanterna.

Cole se inclinou para ler, a lanterna a cinco centímetros do papel. Era dever de Krause informar ao seu segundo em comando uma notícia tão importante quanto esta.

— Excelente, senhor — disse Cole. — O senhor vai poder descansar um pouco.

Na escuridão ele não podia ver a expressão no rosto de Krause, ou teria usado outras palavras.

— Sim — concordou Krause severamente.

— Enviada às dezoito horas de Greenwich — comentou Cole. — E diz que a força de substituição já foi enviada. Não vamos demorar até encontrá-la. Virão em alta velocidade, sem zigue-zague. Ora, já não era sem tempo.

— Sim — disse Krause.

— O senhor conhece esse capitão Conde? — perguntou Cole.

— Esse não é o nome dele — corrigiu Krause, e não pôde impedir de se sentir superior. — É um lorde. O conde de Banff.

— Um conde? Mas o senhor nunca chegou a falar com ele, senhor?

— Não — disse Krause. — Não que eu me lembre. Quero dizer, estou certo de que nunca falei.

A última frase foi arrancada dele por sua consciência, para corrigir a frase anterior. Krause tinha conhecido muitos oficiais navais britânicos, mas certamente teria se lembrado de algum encontro com o conde de Banff e era desonesto implicar que seria capaz de se esquecer disso.

— Você não consegue arriscar um palpite do que são esses grupos codificados, Dawson? — perguntou Cole.

— Não, senhor, eu estava dizendo isso ao capitão. Tem números neles, o que dificulta as coisas.

— Não há dúvida quanto aos números — comentou Cole. — Hora do encontro não mencionada. Posição não mencionada. Mas esse avião estará aqui uma hora depois do nascer do sol, senhor. Pode ter certeza disso.

— Acho que sim — disse Krause.

— Nunca ouvi notícias melhores na vida, senhor — comentou Cole. — Obrigado por ter me colocado a par.

Obviamente Cole não tinha a menor ideia de que Krause pudesse sentir alguma amargura quanto ao seu afastamento.

— Capitão, senhor — chamou Harbutt.

Durante a última conversa, eles estiveram cientes de Harbutt conduzindo uma conversa enquanto gritava pelo megafone, dando ordens ao timoneiro e ocasionalmente dizendo palavrões consigo mesmo.

— Sim, sr. Harbutt.

— O outro cargueiro, o *Southland*, senhor. Sofreu um dano feio na alheta de estibordo, me informaram. Mas o grosso das avarias é acima da linha da água e eles conseguem dar conta dos vazamentos. As avarias do *Hendrikson* são todas acima da linha da água. Eu os coloquei na coluna, o *Southland* à frente. Ele diz que pode fazer dez nós e meio e o *Hendrikson* é capaz de onze. E aí vem o *Cadena* se aproximando à popa, senhor.

— A que distância está o comboio?

— Sete quilômetros é o que o radar indica, senhor. Ainda não consigo vê-lo.

— Muito bem, sr. Harbutt. Coloque o *Cadena* na coluna também e patrulhe à frente deles.

— Sim, senhor.

Cole se dirigiu a Dawson quando Harbutt se retirou.

— Tem certeza dessa "senha" e "contrassenha"?

— Tanta certeza quanto tenho das outras coisas, senhor — respondeu Dawson.

Era necessário estimar as capacidades e a mentalidade de Dawson. A resposta dele não teve um tom impertinente nem idiota.

— Bom, bom — disse Cole. — Ele pode estar aqui em duas horas.

— Como você calculou isso, Charlie? — perguntou Krause. No último instante reprimiu uma exclamação de surpresa.

— Estamos no fuso de Greenwich agora, senhor — replicou Cole. — O nascer do sol esta manhã aqui será às seis e trinta e cinco. São cinco e vinte agora. Pode ver que já está clareando, senhor.

E estava. Sem dúvida estava. As figuras de Cole e Dawson não eram mais sombras negras; um pouco do rosto branco deles era perceptível. Duas horas! Era inacreditável.

— Estamos no horário previsto — disse Krause.

— À frente de onde eles esperam que a gente esteja, senhor — acrescentou Cole.

O almirantado não tinha como ter certeza da posição do comboio. Em vista da sua recomendação de dois dias atrás — dois dias? Pareciam mais duas semanas — de uma mudança radical de rumo, e em vista das suas numerosas detecções de submarinos pela radiogoniometria, poderiam pressupor que o comboio estivesse atrasado. Mas ele havia se arrastado regularmente com quase nenhum atraso.

— O *Dodge* e o *James* precisam saber disso — falou Krause, batucando na prancheta com a mão enluvada. — Vou contar a eles. Não tive acesso a eles na noite passada. Estavam longe demais.

— É melhor eu ficar de prontidão, senhor — ofereceu-se Dawson, com um estranho tom de desculpa na voz. — Talvez...

O que Dawson dizia desandou em incoerência quando Krause foi ao TBS. Dawson sabia algo a respeito do comportamento dos oficiais de comunicação e a respeito do comportamento dos oficiais comandantes; e Krause também sabia disso. A mensagem do almirantado fora endereçada ao comescolta, mas o *Dodge* e o *James* também deviam ter tido acesso a ela. E provavelmente a teriam decodificado também, embora fazer isso fosse uma pequena infração das ordens. Seria difícil a disciplina resistir aos assaltos da curiosidade nesse momento e nessas circunstâncias.

Quando Krause começou a falar aos dois navios, as respostas que recebeu ecoaram comicamente o tom de desculpa de Dawson, embora o TBS cortasse o máximo da expressão em suas vozes.

— Sim, senhor — disse Dicky; e, depois de um momento de hesitação, falou: — Nós recebemos o sinal também.

— Foi o que eu imaginei — disse Krause. — Vocês têm a senha e a contrassenha?

— Sim, senhor.

— E decifraram aqueles números?

— Não eram números, senhor — respondeu Dicky. — Era "ponto T". Nós deciframos aquilo como sendo: "Antecipar ponto de contato ponto T."

— Estamos próximos do ponto T agora — comentou Krause.

— Sim, senhor.

O socorro, então, estava muito próximo. E ele não o solicitara.

— E conseguimos outro trecho, senhor — disse Harry. — "Indique posição se ao norte de cinquenta e sete."

Estavam bem ao sul da latitude cinquenta e sete norte.

— Obrigado — disse Krause. Ele não registraria oficialmente o pecado venial. E, em todo caso, se fosse morto na ação noturna, eles precisariam ter decodificado aquela mensagem. Não podiam estar seguros. Isso deu início a outra linha de pensamento. Era difícil manter tudo em mente, mesmo o assunto desagradável no qual pensava.

— Vocês souberam — perguntou ele — que o *Viktor* foi perdido na noite passada?

— Não — disse uma voz chocada ao TBS.

— Sim — disse Krause. — Foi atingido no crepúsculo e afundou à meia-noite.

— Alguém foi salvo, senhor? — perguntou o TBS, desanimado.

— Todo mundo, eu acho, exceto os mortos na explosão.

— O velho Tubby está bem, senhor?

— O oficial de ligação britânico?

— Sim, senhor.

— Acho que sim.

— Fico feliz, senhor — disse uma voz.

Outra falou:

— Seria preciso muito mais do que isso para afogar o velho Tubby.

Krause havia imaginado o dono daquela voz lânguida como alto e magro; aparentemente ele não era nada disso.

— Bem, rapazes — disse Krause; a mente cansada tinha de escolher cuidadosamente as palavras de novo, pois um momento formal se aproximava e ele estava lidando com Aliados —, não vai demorar muito.

— Não, senhor.

— Não vou mais estar no comando. — Teve de dizer isso num tom monocórdio, com toda a aparência de indiferença. O TBS esperou em silêncio solidário e ele continuou: — Tenho de agradecer a vocês dois tudo o que fizeram.

— Eu que agradeço ao *senhor* — disse uma voz.

— Sim — disse a outra voz —, somos nós que agradecemos, senhor.

— De nada — disse Krause, de um jeito banal e idiota. — É tudo o que tenho a dizer. Exceto adeus, por enquanto.

— Adeus, senhor. Adeus.

Voltou do TBS se sentindo triste.

— Agora, quanto ao senhor — disse Cole —, quando o senhor comeu pela última vez?

Krause foi tomado de surpresa pela pergunta. Em alguns momentos comera frios variados e salada, mas indicar quando na sua memória estava absolutamente fora do seu poder. Divisões de serviço sucederam divisões de serviço com uma rapidez que o deixava espantado.

— Tomei um pouco de café — falou com pouca convicção.

— Nada mais desde que pedi o jantar para o senhor?

— Não — respondeu Krause. E ele não tinha nenhuma intenção de permitir que sua vida privada fosse supervisionada por seu imediato, embora esse oficial fosse quase um amigo de infância. — Eu não estou com fome.

— Catorze horas desde que comeu pela última vez, senhor — apontou Cole.

— O que eu quero fazer — disse Krause, afirmando sua independência — é ir até a proa. Não quero comer.

Formou um quadro mental irritante de si mesmo como uma criança rabugenta e de Charlie Cole como uma babá imperturbável. Tinha usado uma desculpa infantil.

— Está certo, senhor. Vou pedir que preparem o café da manhã para o senhor enquanto estiver fora. Suponho que não haja uma chance de o senhor descansar até o avião chegar, senhor.

— Claro que não — disse Krause.

Esta era a primeira campanha de Krause; pelo menos lhe ensinaria a necessidade de agarrar cada minuto disponível mais à frente na guerra. Mas essa negativa injuriada havia salvado sua dignidade.

— Eu receava que não, senhor — disse Cole. — Mensageiro!

Cole se concentrou em dar ordens para encontrar um atendente do rancho e mandar preparar bacon e ovos para o capitão. E Krause se viu na posição de um homem cujo comentário casual acaba se tornando verdade. Agora que tinha anunciado que queria se aliviar na proa, ficou num estado de ânsia avassaladora por fazê-lo. Era de uma urgência chocante. Não podia esperar mais um minuto. Achou muito difícil, mesmo assim, se arrastar até a escada e começar a descida. Com o pé no degrau, lembrou-se dos óculos vermelhos e, com alívio, decidiu que eles não seriam necessários agora que a claridade aumentava acima da linha da água. Desceu com dificuldade pela escadinha, na luz fria e no silêncio sinistro do navio. Sentia a cabeça zonza e o corpo todo doía. Havia uma dor fraca mas incômoda na nuca e era uma agonia transferir o peso do corpo de um pé para o outro. Bamboleou pela proa; não conseguia ver nada ao seu redor, e bamboleou de novo. O passadiço parecia insuportavelmente distante, até que sua mente cansada lembrou que em breve seria feito contato com a terra firme. Esse pensamento trouxe um pouco de vida de volta ao seu corpo. Chegou até mesmo a subir a escada com algum entusiasmo. Cole prestou continência quando entrou na casa do leme.

— Vou dar uma olhada na tripulação das armas e nos vigias, senhor — avisou ele.

— Muito bem, Charlie. Obrigado.

Precisava se sentar. Simplesmente tinha de se sentar. Caminhou até o banquinho e afundou nele. O alívio, o ato de se sentar somado ao fato de ter se aliviado, teve um efeito considerável. A exceção eram os pés. Pareciam em brasa. Um pensamento perverso começou a assomar à sua cabeça; ele o tinha descartado uma vez, havia muito tempo, mas agora ele voltava, repulsivo e, no entanto, insistente, como um cadáver mal acorrentado levantando-se com a corrupção das profundezas. Ele poderia tirar os sapatos. Poderia desafiar a convenção. Poderia ser ousado. Podia ser importante para sua tripulação sempre ver o capitão corretamente vestido, mas isso não podia ser mais importante neste momento do que o sofrimento dos seus pés. Nada podia ser mais importante. Ele estava sendo torturado feito um escravo da Índia. Ele tinha de... Ele simplesmente precisava fazer isso. Poderia ser o primeiro passo descendo o escorregadio caminho da completa degradação moral e, no entanto, ele não conseguia se conter. Estendeu os braços penosamente para baixo e afrouxou um cadarço. Ele o afrouxou no ilhós. Fez o mergulho mental e, mão no calcanhar, tentou tirar o sapato. Ele resistiu teimosamente por um momento e então — e então — a mistura de agonia e paraíso quando ele saiu era algo indescritível; por apenas um momento aquilo o fez se lembrar de Evelyn, com quem havia experimentado algo semelhante. Esqueceu Evelyn imediatamente ao movimentar os dedos do pé e esticá-lo, sentindo a vida rastejar de volta para dentro da grossa meia ártica. Os segundos necessários para tirar o outro sapato foram quase insuportáveis. Os dois pés estavam livres agora; todos os dez dedos estavam se contorcendo de alegria. Colocar a sola dos pés libertada no convés gelado de aço e sentir o frio penetrar nas meias grossas era um prazer sensual tão intenso que Krause na verdade se esqueceu de suspeitar dele. Esticou as pernas e sentiu a circulação reavivada avolumando-se nos seus músculos. Esticou-se luxuriosamente e se pegou naquele momento — ou vários momentos depois; ele não sabia quanto tempo — caindo para a frente num sono profundo. Estaria com o nariz no convés no segundo seguinte.

Foi o fim do êxtase. Estava de volta a um mundo de guerra, um mundo de aço balançando num mar cor de ardósia; e este seu navio de aço poderia a qualquer momento ser rasgado com um trovão e chamas, sendo inundado por aquele mar cinzento entrando pelos buracos, explodindo caldeiras e afogando os sobreviventes espantados. Havia os sinais do sonar para lhe lembrar a busca ininterrupta que era movida aos inimigos que ficavam nas águas profundas. Adiante ao longe ele via uma fileira de formas vagas no horizonte que eram os navios desamparados que ele tinha de proteger; bastava-lhe virar em seu banquinho para ver atrás de si os três outros que tentava levar para a segurança.

— TBS, senhor — avisou Harbutt. — Harry.

Já havia esquecido que tirara os sapatos; foi uma surpresa se ver caminhando de meias. Mas não havia nada que pudesse fazer a respeito no momento.

— George para Harry. Prossiga.

Os tons precisos do capitão de corveta Rode falaram ao seu ouvido.

— Temos um avião se aproximando da nossa posição, senhor. Distância de cem quilômetros, rumo zero-nove-zero.

— Obrigado, capitão. Pode ser o avião que temos de esperar.

— Pode ser, senhor. — O tom sugeria que Rode fora bombardeado tantas vezes pelo ar que desconfiava de tudo, e as palavras seguintes confirmaram essa impressão. — Já vi Condors até mesmo a uma distância como essa, senhor. Mas saberemos em breve.

— Não duvido.

— Voltarei a informar assim que tiver certeza.

— Muito bem, capitão, obrigado.

O coração de Krause batia perceptivelmente mais rápido quando ele deixou o fone. Amigo ou inimigo, a informação significava que ele havia feito contato com o outro lado do oceano.

— Capitão, senhor, o seu café da manhã.

Era a bandeja coberta pelo guardanapo branco com picos formados pelo que havia debaixo dele. Olhou sem interesse. Se o avião estava a cem quilômetros do *James*, ele estaria a cento e vinte quilômetros do

Keeling. Em um quarto de hora estaria à vista; em meia hora estaria sobre nossas cabeças. O bom senso ditava que ele comesse enquanto tinha tempo e enquanto a comida estava quente. Mas entre a fadiga e a agitação, perdeu o apetite.

— Sim, muito bem, coloque na mesa de mapas.

Ele se esquecera outra vez de que estava só de meias. E lá estavam os sapatos, deitados vergonhosamente no convés. Pagou dez vezes naquele minuto o preço pelo êxtase que sentiu quando os tirou.

— Mensageiro, leve esses sapatos para a minha cabine e me traga os chinelos que vai encontrar lá.

— Sim, senhor.

O mensageiro não demonstrou nenhum constrangimento ao receber a ordem de desempenhar uma tarefa tão servil; foi Krause quem ficou constrangido. Provou todo o amargor da pílula que tinha de engolir; era sensível demais quanto à dignidade dos homens que serviam abaixo dele; e ficou um tanto desnecessariamente preocupado com os sentimentos do mensageiro. Poderia mandá-lo numa missão suicida com mais facilidade do que ordenaria que pegasse seus sapatos. Já esquecendo a agonia que o havia forçado a tirar os sapatos, ele fazia uma promessa solene de jamais voltar se deixar levar pela indulgência daquela maneira. Isso diminuiu ainda mais seu apetite pela comida. Mas ele se arrastou até a mesa e ergueu o guardanapo com indiferença. Ovos fritos, dourados e brancos, erguiam seu olhar para ele; das tiras de bacon um odor agradável subia às suas narinas. E café! Café! Seu aroma, enquanto ele o servia era extremamente tentador. Ele bebeu; começou a comer.

— Seus chinelos, senhor — avisou o mensageiro colocando-os no convés ao seu lado.

— Obrigado — replicou Krause de boca cheia.

Charlie Cole estava entrando na casa do leme quando ele foi chamado ao TBS.

— Catalina à vista, senhor — disse Harry.

— Bom — respondeu Krause. Só então soube o que o estava preocupando caso fosse um Condor. — A senha dele está correta?

— Sim, senhor, e eu já mandei uma resposta.

— Avião à vista! Avião diretamente à frente!

Os vigias do *Keeling* gritavam empolgadamente.

— Muito bem, obrigado, capitão — disse Krause.

— PBY, senhor — disse Cole, os binóculos nos olhos, mirando o reluzente horizonte oriental, e então, em voz alta, avisou: — Muito bem, rapazes. É um dos nossos.

As tripulações dos canhões de vinte milímetros já haviam começado a apontar suas armas para a frente e para cima. Era um ponto negro sobre o comboio que se aproximava rápido. Piscava para ele febrilmente. Ponto-ponto-traço-ponto-traço-traço.

— O avião sinaliza U-W, senhor — disseram da sinalização.

— Muito bem. Responda B-D.

U-W-U-W — aquele piloto já recebera tiros de tantos navios aliados que ele queria garantir que seria reconhecido. Agora o avião era visível em detalhe com todos os contornos desajeitados e elefantinos reconfortantes de um PBY.

— Um dos nossos, não britânico, senhor — comentou Cole.

As estrelas eram evidentes nas asas. Rugiu no céu acima deles; ao passar pelos canhões de quarenta milímetros, os artilheiros deram vivas e acenaram. Passou pela popa; Krause e Cole se viraram para acompanhá-lo até quase sair do campo de visão. Então eles o viram embicar para a esquerda, rumo ao sul.

— Verificando até que ponto estamos dispersados — explicou Krause.

— Acho que sim, senhor. Parece isso. E ele também vai assustar qualquer submarino dentro de cinquenta quilômetros, senhor.

Sim, ele faria isso. Nesta claridade do dia nenhum submarino se aventuraria a permanecer na superfície com um avião sobrevoando. E abaixo da superfície um submarino ficaria um tanto cego e lento, nenhum perigo para o comboio a não ser que por um acaso ele entrasse no caminho do comboio. O PBY fez uma curva e se colocou numa rota para o leste, passando pelo flanco direito do comboio. Eles o viram diminuir de tamanho aos poucos.

— Ele não vai nos dar cobertura, senhor? — perguntou Cole.

— Eu sei o que ele está fazendo — disse Krause. — Está direcionando o grupo de escolta até nós.

As aves dos céus levariam a voz, e os que têm asas dariam notícia do assunto. O conde de Banff e seu grupo de escolta já estavam avançados no mar e o PBY lhes informaria a posição do comboio.

— Seu rumo não chega muito a sul do leste, senhor — avisou Cole, binóculo nos olhos. — Devem estar quase diretamente à nossa frente.

Quase diretamente à frente e provavelmente fazendo catorze nós. Substituição e comboio se encaminhavam um para o outro a uma velocidade combinada de vinte e três nós pelo menos. Em uma ou duas horas avistariam um ao outro. Menos do que isso, talvez. Krause aguardava o momento com interesse; a retaguarda do comboio já estava com o casco visível acima da linha do horizonte; o *Keeling* trouxera as ovelhas perdidas de volta ao rebanho.

— Fora do campo de visão, senhor — disse Cole tirando o binóculo dos olhos.

Agora não havia como saber até onde mais iria o PBY.

— E quanto ao seu café da manhã, senhor? — perguntou Cole.

Krause não admitiria que era incapaz de lembrar em que condição havia deixado a bandeja. Foi até ela. O prato grande conservava ainda um ovo frio e tiras de bacon congeladas.

— Vou pedir que tragam mais, senhor — avisou Cole.

— Não, obrigado — replicou Krause —, eu já comi tudo o que eu queria.

— Sem dúvida o senhor poderia tomar um pouco de café. Esse aqui está frio.

— Bem...

— Mensageiro! Traga para o capitão outro bule de café.

— Obrigado.

— O quarto de serviço já vai mudar, senhor. Vou descer para dar uma olhada.

— Muito bem, Charlie.

Quando Cole saiu, Krause olhou de novo para a bandeja. Automaticamente sua mão se estendeu e ele pegou um pedaço de torrada e começou a comer. Estava fria e dura, mas desapareceu com notável rapidez. Krause espalhou um monte de manteiga e de geleia no outro pedaço e comeu. Então se viu pegando as tiras de bacon e comendo-as também.

Sexta-feira
Quarto matutino: 0800 — 1200

Harbutt prestou continência e informou sua dispensa do quarto de serviço.

— Muito bem, sr. Harbutt. Sr. Carling! Quero um relatório de combustível da casa das máquinas.

— Sim, senhor.

Krause olhou de novo para o comboio e de novo para os três navios à popa. Seria sentimental querer estar na chefia do seu comando quando os reforços chegassem?

— Com licença, senhor — disse o mensageiro colocando o café quente na bandeja à sua frente.

— Me traga uma caderneta e um lápis.

Escreveu a mensagem.

COMESCOLTA PARA NAVIOS À POPA. REASSUMAM POSIÇÃO NO COMBOIO.

— Leve para a sinalização — ordenou ele. — E diga a eles para passarem devagar.

— Sim, senhor.

— O TBS, senhor — avisou Carling.

Era o *James*.

— O Catalina está cruzando o nosso rumo a sessenta quilômetros, senhor. Parece que o grupo de escolta não está muito à frente. Achei que gostaria de saber, senhor.

— Com certeza. Muito obrigado.

Estava a caminho de volta para seu café quando o mensageiro prestou continência.

— Navios à popa acusam recebimento da mensagem, senhor.

— Muito bem.

O capitão de corveta Ipsen chegou da casa das máquinas com seu relatório sobre o combustível por escrito. O suficiente para cinquenta e sete horas de navegação em velocidades econômicas. Era o que bastava.

— Obrigado. Muito bem.

— Obrigado, senhor.

À sua frente, o comboio estava praticamente em boa ordem. Ele poderia trafegar por uma faixa de água em segurança.

— Vou assumir a pilotagem, sr. Carling.

— Sim, senhor.

O *Keeling* se afastou dos navios à popa e entrou na faixa. Navios por todos os lados. Navios velhos e navios quase novos, com toda cor de pintura e todo estilo de fabricação. Havia trinta e sete navios quando ele assumiu a tarefa de escolta. Agora havia trinta; sete foram perdidos. Perdas graves, sem dúvida, mas comboios sofreram perdas ainda mais pesadas que aquelas. Ele trouxera trinta navios até o seu destino. Da sua força de escolta perdera um contratorpedeiro, uma perda muito grave. Mas afundara dois prováveis e um possível. Pesado foste na balança... na balança... Voltou a si com um sobressalto. Enquanto pilotava, enquanto na verdade comandava o navio, ele havia dormido de pé, numa faixa do comboio com perigo de todos os lados. Enquanto eu meditava se acendeu um fogo. Jamais conhecera tamanho cansaço.

O café poderia ajudar. Só então se lembrou do bule que fora trazido para ele. Estava quase frio, mas bebeu, terminando a segunda xícara quando emergiam à frente do comboio.

— Sr. Carling, assuma a pilotagem.

— Sim, senhor.

— Posicione-se cinco quilômetros à frente do comodoro.

— Sim, senhor.

— Vigia da proa informa avião diretamente à frente, senhor.

Era o PBY de volta. Krause o observou alterar o rumo, patrulhando em longos e demorados zigue-zagues na extremidade de cada lado do curso do comboio. Oh! quem me dera asas como de pomba! A visibilidade estava excelente, o mar, moderado.

— Vigia da proa informa objeto diretamente à frente, senhor.

Krause ergueu o binóculo. Não havia nada à vista. Nada? Nada? Um minúsculo pontinho no horizonte distante.

— Vigia da proa informa que o objeto é um navio.

Este era o momento. Pisca-pisca. Pisca-pisca-pisca. Já uma luz lampejava lá. Acima ouviu o retinir da lâmpada do *Keeling* respondendo. Pisca-pisca-pisca. Não podia impedir seu coração de bater acelerado. Não podia impedir suas mãos de tremerem um pouco.

— E então, conseguimos, senhor — disse Cole ao seu lado.

— Conseguimos — respondeu Krause. Sentia uma secura na garganta que afetava sua voz.

O mensageiro veio correndo.

SNO PARA COMESCOLTA. BEM-VINDO. POR FAVOR FAÇA RELATÓRIO VERBAL A DIAMOND.

Seguiu-se então uma frequência de onda. Krause passou a caderneta de mensagens para Cole e caminhou até o TBS. Não foi fácil caminhar tudo isso.

— George para Diamond. Está me ouvindo?

— Diamond para George. Estou ouvindo. — Outra daquelas vozes inglesas. — Receio que você tenha passado por momentos difíceis.

— Não tão difíceis, senhor. Perdemos sete navios do comboio e tivemos dois ligeiramente avariados.

— Só sete?

— Sim, senhor. *King's Langley, Henrietta*...

— Os nomes não importam no momento.

Era um alívio ouvir isso; só com um esforço ele conseguia lembrar os nomes.

— Perdemos o Águia também, senhor.

— O Águia? Isso é ruim.

— Sim, senhor. Foi atingido na casa das máquinas à noite passada...

— Noite passada? Era quase impossível acreditar que fosse há tão pouco tempo. Krause travou sua mente, que já viajava. — E ele afundou à meia-noite, senhor. Foi feito todo o possível para salvá-lo.

— Não tenho dúvidas, capitão. E qual é a condição do seu comando?

— Neste navio temos combustível para cinquenta e seis horas de navegação em velocidade econômica, senhor. Sofremos um ligeiro golpe de um quatro polegadas no nosso convés principal da popa com avarias sem importância. Três mortos e dois feridos, senhor.

— Um quatro polegadas?

— Um submarino buscou combate na superfície, senhor. Nós o pegamos. Acho que pegamos outros dois. A conduta dos outros navios da escolta foi excelente, senhor.

— Três submarinos? Bom trabalho! Imagino que não tenha sobrado nenhuma carga de profundidade.

— Nós temos duas, senhor.

— Hum. — Era uma observação vaga meditativa pelo TBS. — E seus outros dois navios? Quais são seus codinomes?

— Harry e Dick, senhor.

— Vou pedir que se reportem diretamente a mim.

Krause os ouviu. *Dodge* com seu canhão fora de ação, sem cargas de profundidade, avaria séria na proa adequadamente remendada e combustível para trinta e sete horas. *James* com três cargas de profundidade e combustível para trinta e uma horas.

— Vai ser apertado para vocês chegarem a Derry — comentou Diamond, que devia ser o capitão conde de Banff.

— Acho que vai dar, senhor —disse *James*.

— Não tenho tanta certeza — retrucou Diamond.

Krause o ouviu dizer isso quando uma onda de sono tomava conta dele outra vez; como as ondas de uma maré montante, a necessidade de sono subia e subia e submergia suas faculdades por mais tempo em cada ocasião. Aprumou-se. A nova força estava visível com os cascos acima do horizonte, quatro navios em coluna rígida, o contratorpedeiro de Diamond à frente, três navios de escolta à sua popa.

— Vou desligar vocês três — disse Diamond. — Vocês terão melhores condições de chegar a Derry.

— Senhor — disse Krause fustigando sua mente em busca das palavras certas. — Aqui é George. Solicito ficar com o comboio. Tenho combustível de reserva.

— Não, receio que não — disse Diamond. — Quero que você leve esses dois rapazes inteiros para casa. Eles não têm condições de ficar sozinhos por aí.

Isso foi dito com leveza, mas havia certa qualidade positiva nas palavras; a sensação de Krause foi como quando sua lâmina escorregava ao longo do florete de um oponente e seu pulso sentia a transição da parte fraca para a forte.

— Sim, senhor — disse ele.

— Forme no flanco esquerdo do comboio — ordenou Diamond. — Eu entro no flanco direito.

— Sim, senhor.

— Você fez um trabalho excelente, capitão — comentou Diamond. — Estávamos todos preocupados com você.

— Obrigado, senhor.

— Adeus e boa sorte — despediu-se Diamond.

— Obrigado, senhor — disse Krause. — Adeus. George para Dicky. George para Harry. Formem coluna atrás de mim. Velocidade de treze nós. Rumo zero-oito-sete.

Junto da sua fadiga, a depressão mais sombria tomava conta dele. Algo tinha chegado ao fim, estava acabado. Aquelas últimas palavras encorajadoras de Diamond podiam ser muito gratificantes. Era óbvio que, ao trazer sua carga até a costa da Inglaterra e entregá-la à força de substituição, ele havia completado o dever que lhe fora confiado. Combati o bom combate, acabei a carreira. Podia dizer isso? Talvez. No entanto, esta tristeza indizível se apossava dele, mesmo quando mecanicamente dava as ordens que o afastavam dos navios que protegera por tanto tempo. Olhou para trás para eles. Havia uma longa guerra à frente, sabia. Ele combateria, conheceria agonia e perigo, mas mesmo que sobrevivesse jamais poria os olhos nestes navios outra vez. Tinha um último dever a cumprir, um passo final a dar em nome do acordo internacional.

— Mensageiro! Caderneta de sinalização e lápis.

Hesitou em relação à primeira palavra. Mas ele a usaria uma vez mais durante estes últimos segundos. COMESCOLTA PARA COMCOMBOIO. ADEUS. MEUS MAIORES AGRADECIMENTOS POR SUA ESPLÊNDIDA COOPERAÇÃO. BOA VIAGEM E BOA SORTE.

— Para a lanterna de sinalização — disse ele. — Busque o rumo zero-oito-sete, sr. Carling.

Ouviu o intendente repetir a ordem de Carling.

— Leme à direita para o rumo zero-oito-sete, senhor. Firme no rumo zero-oito-sete.

Acima dele as paletas da lanterna de sinalização matraqueavam enquanto a mensagem era enviada. O *James* e o *Dodge* estavam girando para assumir sua posição atrás dele. A força de revezamento ocupava posições de proteção, a insígnia branca da Marinha ao vento. Terrível como um exército com bandeiras. Ele estava de novo oscilando de pé. A insígnia canadense e a insígnia branca seguiam atrás da bandeira americana, mas não havia nenhuma insígnia polonesa. O comodoro piscava de volta para ele agora. Lutou contra sua fadiga de novo e esperou.

O mensageiro trouxe a caderneta de sinalização. COMCOMBOIO PARA COMESCOLTA. NÓS É QUE DEVEMOS AGRADECER PELO SEU MAGNÍFICO TRABALHO. A GRATIDÃO MAIS PROFUNDA DE TODOS NÓS. TUDO DE MELHOR.

Era tudo por enquanto. Estava acabado.

— Muito bem — disse ele para o mensageiro. — Sr. Carling, estarei na cabine se precisar de mim.

— Sim, senhor.

Charlie Cole olhava para ele de perto, mas não teve força para sequer trocar uma palavra. Um pouco de sono, uma pequena soneca, um pequeno aconchego rumo ao sono. Às cegas encontrou o caminho da cabine.

3

Tudo parecia girar ao seu redor. Apalpou o capuz, que ficara tanto tempo desabotoado ao redor do seu rosto e, num puxão feliz, o arrancou. Colocou as mãos nos botões do casaco de pele de carneiro, mas não conseguiu soltá-los. Queria dormir, caiu de joelhos ao lado do beliche e colocou as mãos no rosto.

— Querido Jesus.

Eram a atitude e as palavras que usava quando criança e quando a mãe querida tão nebulosa em sua memória lhe contou sobre o gentil menino Jesus a quem uma criança podia levar suas mágoas. O sol da sua infância girou ao seu redor. O sol sempre brilhava quando ele era pequeno. Foi envolvido pelo amor. Quando a doce mãe se apagou da sua vida, o pai querido o amou por dois, o pai cuja boca desolada ainda era capaz de sempre sorrir para ele. O pai querido; o sol brilhava quando iam pescar juntos — o sol havia iluminado sua felicidade e sua empolgação quando pegavam o trem para o estreito de Carquinez a fim de pescar percas e nas poucas e memoráveis ocasiões em que pegaram a balsa para atravessar a baía e em que tinham lugares num barco para atravessar a Golden Gate e chegar ao oceano revolto sob o sol dourado. Ele tinha aprendido seus textos, tinha lido sua Bíblia para isso, porque quando sabia seus textos eles podiam ir pescar e só então; o pai ficava triste quando ele não aprendia os textos.

Krause esqueceu o brilho do sol; sentia seus joelhos desconfortáveis no convés de aço e seu rosto estava enterrado nas mãos no beliche. Num segundo de retomada de consciência, ele se contorceu para a frente e para cima sobre o beliche, deitando-se sobre o peito nele com o rosto virado para o lado. Ficou deitado de bruços com braços e pernas abertos, a barba por fazer desfigurando seu rosto sujo, sua boca um pouco aberta, dormindo um sono pesado, como se estivesse morto.

Aprendeu os textos em casa enquanto estudava matemática na escola. Aprendeu sobre dever e honra também, os dois inseparáveis. Aprendeu sobre caridade, sobre ser generoso, a pensar bem de todos, mas imparcialmente de si próprio, mesmo quando o sol brilhava sobre ele. A luz do sol cessou quando seu pai morreu, deixando-o órfão justo no momento em que terminava a escola, quando os Estados Unidos entravam numa guerra. O senador havia indicado para Annapolis o filho órfão de um pastor muito amado, uma indicação estranha para aqueles dias, pois não trazia benefício político, não fortalecia nenhuma aliança política, embora a indicação fosse antiquada o bastante no sentido de que nenhuma tentativa fora feita para escolher o candidato academicamente mais adequado.

Trezentos dólares; esses foram os bens que seu pai lhe deixou ao morrer, quando seus livros e móveis foram vendidos. Pagaram a passagem de Krause para Annapolis; ele teria se virado sem esse dinheiro, vivendo do seu soldo como estudante da academia naval; a turma de 1922 se formou em 1921 na atmosfera do pós-guerra, e Krause se formou com ela, na metade superior da lista, sem se destacar por nada exceto a habilidade acima da média em esgrima que ele descobriu inesperadamente. Aprendeu algo de disciplina, subordinação e autocontrole para complementar seu treinamento quando criança. A indicação do senador havia direcionado um potencial considerável para um canal que Krause jamais teria selecionado por si mesmo. Era um daqueles acasos singulares que podem mudar o destino de nações. Sem o treinamento de Annapolis Krause teria se tornado um homem muito semelhante, mas talvez sem o pragmatismo implacável que endurecia sua humanidade. Disciplina severa e lógica, enraizadas nele, produziram um efeito estranho ao reforçar um espírito cristão inabalável que já não era chegado a fazer concessões.

A Marinha dos Estados Unidos foi seu lar e ele não conheceu outro durante muitos anos. Não tinha família, nenhum parente no mundo e, quando as chances do serviço o levaram de volta ao cenário da sua infância, as mudanças ocorridas lá o cortaram daquele passado como se com uma navalha. Oakland era barulhenta e diferente e as colinas de Berkeley estavam repletas de casas. O estreito de Carquinez, com tantas memórias felizes, era atravessado por uma ponte de aço vasta e terrível com um tráfego pesado e barulhento e logo as balsas da baía foram substituídas por outras pontes sobre as quais o trânsito se arremessava com uma obsessão impiedosa tão diferente daquilo que ele lembrava. O sol não brilhava tão calorosamente; a bondade e a generosidade pareciam ter desaparecido.

A transição foi abrupta; parecia que nunca tinha morado lá. Outro menino, do qual ele sabia muitos detalhes, tinha morado lá, tinha trotado até o armazém segurando a mão da mãe, sentara-se encantado no circo, caminhara até a escola atravessando aquelas esquinas que agora eram tão diferentes. Não era ele; ele não tinha passado, não tinha raízes. O que conhecia como casa estava enquadrado dentro de quatro anteparas de aço; o que conhecia como vida familiar prosseguia no alojamento dos oficiais e na corte naval. As promoções vieram, primeiro-tenente, capitão-tenente, capitão de corveta, a responsabilidade aumentando com a experiência. Durante dezessete anos, dos 18 aos 35, não viveu para outra coisa senão o dever; foi por isso que aquelas palavras odiosas — "disponível sem função" — o atingiram tão duramente, embora soubesse que no serviço de que fazia parte só podia haver um comandante para cada dez capitães de corveta.

Mas isso veio depois de conhecer Evelyn, o que tornou as coisas ainda piores. Ele a amou como somente um homem sincero pode amar uma mulher; o primeiro amor de um homem de 35 anos; e ela tinha 20 e poucos anos e era brilhante e bonita — assim ele achava, e era só o que importava —, mas, apesar de todo o seu brilho, ela não compreendeu as trágicas implicações do "disponível sem função". Ele não podia acreditar que ela fosse insensível e, menos ainda, não podia acreditar que fosse estúpida e assim as deduções a serem feitas em relação a si mesmo doíam ainda mais profundamente. Ele a amou tão ensandecidamente, tão freneticamente. Conheceu uma intoxicação e uma felicidade ativa totalmente diferentes de qualquer outra experiência, algo tão avassalador que apagava completamente as dúvidas que pudesse ter sobre seu direito a tanta felicidade e sua sensação inquieta de que nenhum homem deveria ser tão deficiente em matéria de autocontrole. Foi um momento supremo. Havia a casa em Coronado; durante aquelas semanas raízes começaram a crescer; o sul da Califórnia com suas praias banhadas de sol e suas colinas nuas começou a ser seu "lar".

E então "disponível sem função". A incapacidade de Evelyn para entender. A desonrosa e terrível suspeita de que o ídolo tinha pés de barro; a suspeita fortalecida pela falta de compreensão de Evelyn para com sua determinação de cumprir o dever — e essa determinação fortalecida, contraditoriamente, pela opinião que o serviço tinha ao seu respeito como "disponível sem função". As brigas começaram, brigas amargas, muito amargas, quando tudo se combinava para levá-lo a acessos de raiva insanos e os acessos de raiva seguidos por um remorso sombrio de que jamais tivesse dito tais coisas a Evelyn, que jamais tivesse dito tais coisas a uma mulher, simplesmente, e ainda que ele pudesse ter perdido o autocontrole numa medida tão assustadora, assim como tinha esquecido o autocontrole quando estava na cama — um pensamento inquietador.

No entanto, tudo isso fez pouco ou nada para diminuir a dor quando Evelyn lhe contou sobre o advogado de cabelos pretos. Foi um sofrimento que ele jamais soube que alguém pudesse sentir. A dor aterradora quando ela lhe contou; a infelicidade não mitigada; nem mesmo o orgulho pôde ajudá-lo. A dor persistiu enquanto ele atravessava as formalidades necessárias, subindo para novos picos às vezes quando ele prosseguia com elas, quando era confrontado mais uma vez com a incapacidade de voltar um único passo atrás — não para suspender os procedimentos legais, mas para desfazer atos que já foram feitos, e para desdizer palavras que já foram ditas. Então houve o pico culminante de dor no dia do casamento, na noite do casamento.

Ainda havia um dever a ser cumprido e uma vida a ser vivida; e não era contra o dever pedir ao departamento pessoal que o destacasse para a costa atlântica, longe do sul da Califórnia e da casa em Coronado; arrancar as raízes frágeis que tinham começado a crescer; encarar o resto da vida com o dever como seu único companheiro. O acaso — o acaso que elevou um paranoico ao poder supremo na Alemanha e um grupo militar ao poder no Japão — ditou que, quando já era tarde demais, ele devesse receber a cobiçada promoção para comandante, se isso pode ser chamado de acaso. O acaso fez dele um órfão; o acaso trouxe a indicação do senador. O acaso o colocou no comando da escolta do comboio. O acaso fez dele o homem que era e deu àquele homem o dever que ele tinha de cumprir.

Agora ele dormia. Podia ser chamado de feliz agora, deitado com braços e pernas abertos e de bruços no beliche, numa inconsciência total.

Este livro foi composto na tipografia
Palatino LT Std, em corpo 11/16, e impresso
em papel off-white no Sistema Cameron da
Divisão Gráfica da Distribuidora Record.